最小的海

叶昕昀

——

著

新 星 出 版 社　NEW STAR PRESS

新经典文化股份有限公司
www.readinglife.com
出　品

写作对于叶昕昀是一次又一次的自我解放

2019 年 3 月，我调入北京师范大学工作，有两个硕士研究生已在等待我这个导师了，其中一个是叶昕昀。叶昕昀当时给我的印象是不怎么说话，一副冷眼旁观的表情，即使在微信群里讨论某个文学话题时也不发言，只是在结束时会发上来一句"谢谢老师"，这也是跟在其他同学的"谢谢老师"后面。她第一次给我私信是想考博，理由是继续学习写作。那时候我对她文学方面的才能不了解，没有读过她的作品，也没有听过她对文学的见解。我回信说欢迎报考，没有录取的话不要生气。可能是意识到应该让我这个导师对学生有更多的了解，她给我发过来三个短篇小说，有两篇收录在这个小说集里，《孔雀》和《乐园》。另一篇《慈航》没有收入进去。

叶昕昀是一个对自己的写作和作品有些刻薄的人，我们在讨论这个小说集的目录时，她不想把《慈航》和《乐园》收入自己的第一部小说集，她觉得这两篇小说不够优秀。我觉得可以放弃《慈航》，因为《慈航》与整个小说集的风格有冲突，但是《乐园》应该在里面。

我认为她低估了《乐园》的价值，家人之间的冷漠在她笔下恰如其分地表现出来，重要的是冷漠在她的叙述里不是僵硬的，温情在冷漠里时隐时现，从而让冷漠显得生动和真实，尤其是真实，因为冷漠不是一成不变的。从故事的角度说，通常情况下母亲和女儿各自失去儿子，会让读者感到过于巧合，在《乐园》里没有这个问题，成熟的叙述可以去抹平、填补和消解故事中的不合理因素。《乐园》虽然是叶昕昀最初的写作，可是她出手就已成熟。况且，《乐园》的叙述风格与这部小说集也是吻合的。

《孔雀》可以说是叶昕昀的成名作，是我读的叶昕昀的第一篇小说，是她建议我先读《孔雀》。我读完后很惊讶，这不是学生的习作，这是一个成熟作家完成的一篇优秀作品，尽管小说里还存在些许不足，但是足够令我满意了。我把《孔雀》发给莫言，请他读一下。我给莫言的微信里说我们学生的作品普遍缺少烟火气，这篇《孔雀》有烟火气。莫言很快读完，他很欣赏这篇小说，他认为小说还有上升的空间，应该好好修改一下。我和莫言准备用一个下午的时间与叶昕昀讨论《孔雀》，我们国际写作中心其他老师知道后，不同意只是我们三个人讨论，应该让所有学生参与进来，于是有了后来的写作指导工作坊，给一个又一个学生的作品开讨论会，我们开的不是表扬会，是指出学生作品中的不足，这有益于他们的成长。

我把叶昕昀修改后的《孔雀》发给苏童，苏童读完后给我电话说写得好，他的声音很高兴，为我们有这样优秀的学生高兴。之后，《孔雀》在《收获》杂志的青年作家专辑里重点推出，叶昕昀因此崭露头角。

《孔雀》是一篇宽阔的小说，叶昕昀的描述触及到了不同的社会生活，这是在大约两万字的篇幅里做到的。《孔雀》并非开放结构，开放结构的优点是可以扯进来不同的和不相关的人与事，缺点是稍有不慎就会四散开去，无法追回，一盘散沙。《孔雀》有着完整的故事，故事的最后还有反转，有反转必然要有之前的铺垫，这些叶昕昀都很好地处理了。里面的人物也就两个，加上父亲的话勉强三个，其他有名字和没有名字的人物都是在杨非和张凡的讲述中顺理成章出现的，没有节外生枝之感。叶昕昀在处理杨非和张凡的讲述时，不是简单地让两个人讲述各自的经历，而是与讲述时的情绪、环境和故事的发展环环相扣。比如张凡当兵时因为抓捕一个毒贩，被毒贩用刀刺瞎眼睛，杨非说毒贩挺狠毒的，张凡却说毒贩没下狠手，要是朝他脖子捅的话，他肯定死了。叶昕昀是一个不失时机的叙述者，她不会放过这只被刺瞎的眼睛。杨非觉得张凡那只假眼挺逼真的，问他是不是马眼睛。因为杨非小时候住在丝厂大院时，一个男孩被鞭炮炸瞎了眼睛，眼眶里装上了马眼睛。张凡摇头说不是，是玻璃的。这个延续性的对话表现出来的是小说的质感，也是生活的质感。

关于假眼的情节还在延续，重要的是叶昕昀不是一个急功近利的叙述者，上面的对话引出丝厂，然后是以前的生活片断和正在发生的生活片断，叶昕昀对人物状态和生活状态的把握十分细致，差不多六页之后，与假眼有关的情节再次出现，那时候杨非和张凡坐在河边，耐心的景物描写和简洁的忆旧之后，思维时常跳跃的杨非突然问张凡，毒贩扎他眼睛的时候疼吗。张凡没有马上回答，他看着眼前宽阔的大桥，从前是很窄的桥，他上中学时自习后骑车过桥，借住在大伯家只有三平米的小房间，这个房间之前是他奶奶住的。叶昕昀在这里让张凡引出了他的奶奶，奶奶很安详地死去，"那对陪伴她大半辈子的、长长的玉石耳坠将她的耳朵坠到了底。"张凡小时候问奶奶，你什么时候死？奶奶说耳洞坠到底，就死了。张凡在记忆里结束有关奶奶死去的样子时，感觉当时眼睛被毒贩刺中时，自己的眼睛也坠到底了。然后张凡说，当时没感觉，后来觉得疼。杨非问那个毒贩呢，张凡说被他的战友一枪击毙。然后李哥出现了，那个击毙毒贩的战友，另一类型的生活开始被讲述了起来。需要说明的是，李哥不是紧接着出现的，是在张凡讲到毒贩被击毙的三页之后出现的。我前面说过，叶昕昀是一个不失时机的叙述者，但她不是一个急功近利的叙述者。

《孔雀》就是这样的叙述构成的，上面所举例的只是一个方向，小说里还有其他方向，叶昕昀不断地写开去，又轻松地写回来，行云流水般的自如，而且描写与刻画准确到位。在这篇不到两万字的小说里，呈现给我们的是远远超过篇幅的丰富。在这样一篇有着完整故事，并非开放结构的小说里，叶昕昀写出了开放性，叙述面向了最大化。这个不是深谋远虑，是写作时即兴的感觉，叶昕昀拥有了小说家十分宝贵的品质，天赋的感觉，感觉指引她以这样的方式写下了《孔雀》，这让我意识到这个学生蕴藏的写作能量。

《河岸焰火》是叶昕昀第四篇完成的小说，是这个小说集里篇幅最短的。这是一篇没有表现因果关系的小说，小说写下的只是一个片断，或者说是人生中的一个瞬间，一个女人决定离开人世，之后又放弃了这个决定。这是一篇两段式的小说，第一段写下了与女儿告别的场景，叶昕昀写下了冷酷的平静，没有一丝情感的流露，只是事物的描写。小城习惯放烟花来庆祝元宵节，人们拿着烟花走向河流最为宽阔之处，只有母女两人坐在警务亭的街对面的露台上。看着走去的人们，好奇心让天真的女儿一直在向女人发问，女人只是麻木地回答，叶昕昀细致入微地写下这个生活场景。第二段是女人告别女儿之后走向死亡的描写，与第一段一样细致的生活场景描写，也是一样的随意，只是这随意里涌动着心如死灰般的机械言行。

对话在叶昕昀的叙述里占据重要的地位，每次出现都是恰如其分，她既能写不动声色里暗藏玄机的对话，也能写一目了然的生活对话。在父亲这个角色始终缺席的《河岸焰火》里，天色稍暗时刻，母亲终于点燃女儿手中的烟火，烟火熄灭后，女儿的快乐意犹未尽之时，母亲决定与女儿诀别了。

"你在这里玩，妈妈去买点东西。"女人说。

女孩乖巧地点头。

"一会儿天黑了，如果我还没回来，你应该去哪里，记得吗？"女人问。

女孩指了指街对面不远处的警务亭，说："找警察叔叔。"

女人点点头，她这时蹲下来，再次为女儿拉了拉头上的帽子，女孩躲在帽子里，笑脸红扑扑的。

她说："我走了。你玩的时候要小心。"

女孩点点头。

女人站起来的时候，又问女孩："记得见到警察叔叔要说什么吗？"

女孩说："记得。"

这个对话到此为止，叶昕昀没有让女孩说出见到警察叔叔应该说什么，只让女孩说"记得"。这是感觉的天赋，也是冰山一角式的对话，《河岸焰火》就是一篇冰山一角式的小说，是什么原因让一个母亲忍心抛弃女儿去向死亡，无人知道，叶昕昀也不知道，因为原因已经深在海水之中。

再来看看叶昕昀叙述里另一类型的对话，就是我前面所说的一目了然的生活对话。这是《孔雀》里一段对话，杨非小时候学习民族舞，老师说她跳孔雀舞好看。杨非说到这里问张凡，杨丽萍你知道吗？张凡点头说，知道，我妈喜欢吃的那个糕点，包装上印着她。

《河岸焰火》之后，叶昕昀不再是散漫的写作，进入了正式写作的轨道，一年多时间里写下了《午后风平浪静》《雪山》《最小的海》《周六下午的好天气》和《日日夜夜》。

《午后风平浪静》将现在与过去、虚与实交织在一起，可以看出来叶昕昀充分自信以后放飞自己的写作，我觉得现在和过去的两个部分里的生活场景描写很精彩，这是实的部分，而虚的部分，或者说是人物精神扩张之后的幻觉描写，虽然显示了叶昕昀拥有了去进行大幅度描写的才华，仍然没有令我满意。当然文学是开放的，不同的读者会从中获得不同的感受，我这里所说的，只是其中一个读者的声音。

《雪山》是一篇让我吃惊的小说，初稿是另外一个题目，叙述是另外一个方向，我当时告诉她，我担心她的写作可能因此走上弯路。她思考了几天后将这篇小说搁置下来，去写其他的，直到准备结集出书的时候，才把修改稿发给我，我当时琐事缠身，没有认真读，只是看看叙述的方向是否修改过来了，看到改过来了，告诉她可以收进小说集了。这次认真重读后，十分吃惊，远超我的预期。我读到的是锋利精准的描写，貌似平凡实质强劲的对话，故事充满张力，直指人性的深处。

《周六下午的好天气》在这八篇小说的集子里有点特别，也是我读到的叶昕昀第一篇以群像描写开始的小说，"我""大瘤""米线""武松"的"门诊友谊"写得十分生动,在"我"与"基努"的叙述线索里,生动的叙述很好地下沉了。我对于叶昕昀能够将人物写得栩栩如生,没有感到惊讶,这部小说集没有收入的《慈航》,大概是叶昕昀第一篇小说,里面的人物个个生动有趣。但是她刻画群像的能力我是第一次领受,她写得秩序井然收放自如,这让我对她接下去的长篇小说的写作充满期待,因为长篇小说对于作者的索取比短篇小说更加贪婪。

《最小的海》和《日日夜夜》可以放到一起来说,这是两个不同的故事,各自的人物也不同,但是两个叙述指向一个方向。我在她最初发给我的《孔雀》和《乐园》里,已经看到了她写作的这个方向,当时是隐隐约约,经历了《河岸焰火》《午后风平浪静》《雪山》,包括《周六下午的好天气》,逐渐明显起来,到了《最小的海》和《日日夜夜》的时候,可以说是一览无余了。那就是叶昕昀擅长刻画畸形的人性,不是那种表面的变态的畸形,而是深入到人性深处的畸形。从这个角度来说的话,《日日夜夜》比《最小的海》更为深入。她是怎么做到的,我想这是她拥有了十分有力的叙述,娓娓道来之中让我们的阅读心神不宁。

这几年来,作为叶昕昀的导师,每次阅读她的新作都是一次新的体验,我不知道她接下去的写作里还能爆炸出什么能量,她自己也不知道,只有写下去才知道。

有一点我是知道的,叶昕昀每次的写作恍若一次不归之旅，像是《河岸焰火》里的女人，抛弃女儿走上了不归路，谢天谢地的是，女人最终还是回到了女儿那里。叶昕昀每次的写作也是如此，最终还是回来了，因为写作对于叶昕昀是自我解放，一次又一次的自我解放。

余华

2023 年 8 月 11 日

目录

孔雀

　　她约张凡到大觉寺看孔雀那天是六月十九。到寺庙上香的人很多，流通处厢房买香烛和文疏的人几乎没有间断。她那天脑子昏得很，人家说要一把香，她递两把，说要三道文疏，她递五道，昏头昏脑地到下午三四点，几乎忘了看孔雀的事。四点寺庙关门，人渐渐散去，她一样一样清点货品，发现柜台里的绿松石手串少了一个，不算贵，二十来块钱，买去图个吉利的，但少了要她补上，多少觉得亏损，只能怪自己不留神，再一想，又怪老刘今天没来，她一个人应付不过来。

　　大概就是埋怨到老刘头上的时候，张凡到了。他们此前没有见过面，是经常来寺里做事的周嬢从中牵线，说让两人见个面，算是没有明说的相亲。她没有拒绝。

　　他从外面探头进来，大热天还穿一个皮夹克，个子挺高，皮肤是云贵高原紫外线塑造的黝黑。他问，杨非在吗？她点点头，说，在呢，你面前。他一下子就笑了。她看他，你是张凡吧。他说，是，我是张凡。

　　她注意到他挺拔的身躯和稳重的步伐，然后低下头去，说，你在旁边的椅子上坐一会儿，我还有事没做完。她习惯点两遍货品，算是某种强迫症，现在还差一遍。张凡问，这里忙吗？她低着头，说，看日子，香客多的时候一刻也不得闲，你待会儿再跟我讲话，我现在忙不过来。

张凡便不说话，坐在椅子上看院子里的三角梅，他的右眼视力好，看得清相隔二十米对面佛殿牌匾上不大的字，是地藏殿，他想问地藏殿供的是哪个菩萨，话到嘴边又咽了回去。他往地藏殿旁边看，佛殿的匾额被一棵贝叶棕遮住了，他将目光收回来，看厢房门口浮着睡莲的青褐色石缸，里面有几尾金鱼，天气太热，一直往外吐气泡。他盯了很久，听到杨非说话，你定力挺好。他回过头去，杨非又说，走吧，去看孔雀。

她把柜台的隔板抬起来，张凡过去扶住，让她出来。她解下身上的墨蓝色罩衫，把身后那条长长的黑发拨到胸前，平视的视线只能达到他的腰际。他系着一条黑色皮革的腰带，印着老虎头的金属闪着光。她说，要劳烦你。张凡就走过来，站在她的身后，微微蹲下，两只手托起她轮椅两侧的把手，缓慢地抬起来。她比他预想中轻很多，即使加上轮椅的重量也还是很轻，跟他儿子的重量差不多。他感觉到她的双手紧握，后背往下靠，他尽量使自己的步子平稳。他抬着她的轮椅跨过厢房的门槛，到了台阶，那里有专门的木板搭成的小坡，可以让轮椅下去，他没有放下，直接将她抬下台阶，然后安稳、缓慢地让她落地。

杨非对他说谢谢，声音很轻。张凡假装没有听见，预备推着她往前走，杨非用手卡住轮子，说，不用，我自己来。张凡就撒开手。

寺庙的路都是石子铺成，她划动得有些吃力，张凡放慢步子，跟在她后面。她在石子路最里面的禅房门前停下，说，里面的木桶里有玉米粒，你用碗装一点，碗在木桶旁边。他走进去，禅房的案桌上立着一幅观音送子的画像，香已经燃尽。他绕过案桌，在角落里看到木桶，旁边放着一个不锈钢碗，他从桶里舀起一碗玉米。

她看见他走出来，说，把门带上。他回过身去关门，转头时她已经往前走了。他跟着杨非，绕过大雄宝殿，来到寺庙的后院，远远就望见那只被一片铁丝网围起来的孔雀。

孔雀站在罗汉松旁一动不动，杨非划着轮椅过去，将扣住铁丝网的钩子移开，然后回头看张凡，说，放里面吧。

食物就在面前，孔雀仍站在原地不动。张凡蹲下，将碗往里面推了推，孔雀警惕地扬起脑袋，头上的冠羽轻轻地晃动。张凡这才注意到孔雀蜷缩着一条腿，准确来说不是蜷缩，而是萎缩，它只凭一条腿立在那里。张凡突然想知道它怎么走路，于是又往前走一点。孔雀意识到入侵，往后退，它萎缩的右腿落在地上，右半边身子大幅倾斜，左腿立即向后迈一步，将身子稳住。

张凡觉察到这样有些残忍，他于是向后退去，直到走出它的领地，关上那片铁丝网，与它保持最初的距离。

张凡到杨非身旁，孔雀还是待在退后的位置，没再往前。张凡说，它挺怕生。杨非说，分人。张凡点头，我确实吓人，别人都这么说。杨非说，这挺好，没人敢欺负。张凡笑，它怎么不吃。杨非划着轮椅退后，说，人走了它才吃。张凡说，还挺有个性，养了多少年了。杨非想了想，说，二〇〇八年老马从版纳带回来的，也有十来年了。张凡问，谁是老马？杨非说，以前经常给寺庙捐钱的富源煤老板，后来煤矿倒了，就没再来过。张凡点点头，那也挺老了。杨非问，谁？张凡说，孔雀。杨非没说话。张凡往左边跨了一步，说，这是绿孔雀吧。杨非说，不知道，我不懂。张凡说，这是绿孔雀，我当兵的时候在怒江集训，见过这种孔雀，现在是濒危动物了。你们养得不好，毛色都变了。杨非问，你在怒江当的兵？张凡说，算是吧，滇西那片都待过。杨非问，怎么样，那边。张凡说，不好在，不如东边。杨非没再说话。

张凡退到杨非身后，他们站在松树下面。一片云彩飘到太阳底下遮住光，天微暗下来，吹来一阵风，张凡觉得凉快，又觉得有些恍惚。空气中有从前院寺庙飘过来的檀香气味，在此刻短暂的静止中，他心里生出一种久违的隐秘和平静。

从后院出来，她觉得饿，提议去寺外的清真街吃凉粉。张凡说好，他们便往外走。张凡说，我推吧。她说，不用，走到千佛塔的时候，又说，好吧。他走过来扶住她的轮椅。她抬手指着千佛塔，说，上学的时候来参观过吗？他说，没有。她问，那你知道这是什么时候建的吗？他说不知道。她告诉他，是元代。他说，没谱气，历史没学好。她说，有六七百年了。他说，噢，是古物。她身子往后靠了靠，说，我刚来寺庙的时候，每天就在塔下面看，看到太阳刺得眼睛睁不开才回屋，后来视力就降了，总是看不清楚。他说，那你配个眼镜。她说，不用，能看清人就行。他说，人你看不清。她岔开话去，问他，你知道这塔有多少龛佛吗？他说，千佛塔千佛塔，上千吧。她笑，你回去查查。他点点头，好，塔尖的两只鸟是什么。她随着他抬起头来，一齐看那座二十米高的佛塔，她笑，那是鸡，金鸡。他说，我看着倒挺像后院那只孔雀，你看，它也蜷着腿。

他们在凉粉店外坐下来。有几个人在里屋，杨非说热，他们就在外面坐下。杨非是熟客，老板娘笑问，今天吃什么？她说，两碗凉粉，我那碗不要米线，你呢，她转过头去问张凡。张凡说，我要多一点米线。杨非笑，问他，你现在做什么工作？张凡答，司机，给领导开车，之前跑长途货运。杨非点点头，介绍人没跟我仔细说你的情况。张凡看着她，你想知道什么，随便问。杨非摇摇头，现在不用了。张凡说，我离过婚，有个儿子，跟了他妈。杨非没说话。张凡又说，我爸死得早，家里有个老母亲，现在城里住的房子是我大伯的，我前些年在开发区买了套电梯房，还有辆二手车，大众的。杨非说，吃东西吧。

和张凡分开的那天夜里，杨非发起了高烧。房间里很闷热，她想也许是明天要下雨，然后想起张凡眼睛上的那颗痣，又想起洒在地上的玉米粒和落在泥土里的月季花瓣。她渐渐魇在清醒的梦里，小腹传来的疼痛没有减弱过，从子宫右侧的某个点开始，呈放射状地蔓延着疼痛，它不是持续的，大概隔几秒加剧，躯体的痛楚将梦境变成一堆破碎的画面。她有时听见开门声，有时听见有人在耳边低语，有时看见灰褐色的水泥广场和漫长的延伸到铁轨的马路，然后那个男人模糊的身影又开始出现，慢慢靠近，她感觉到自己在坠落，然后是奔跑，似乎有风从她耳边穿过，又拂过她的小腹，她摸到自己的双腿，突然从梦魇中清醒，像是沉溺在海底又浮出水面的一瞬间，那种熟悉而恒久的绝望。

一丝光从蓝色的窗帘透进来，她盯着窗帘上跃动的斑点，很久以后，那种梦境带来的无法言说的感受仍在持续，那种针刺般的、小小的欲望从她腿骨的一处开始蔓延。天渐渐亮起来，光充满空荡的房间，充满她内心某块凄清的空白。

她终于听见父亲起床的声音，她轻轻喊着，但嗓子几乎发不出声音来，她张着嘴吐出无声的语言，然后抬起右手，从空中降落，捶击在床沿，只是发出轻微的响声。过了很久，她听见父亲推开她的门，说，起床了。她没有回应他，他于是走过来，看她暴露出青筋的脸庞和手臂，以及肿胀的眼睛。他摸了摸她的头，说，我去买针水。她感觉到内心突然滋生起来的与悲伤相掺杂的怒火如同落在床上的拳头一样，软绵地四散开来，散布到身体的每一处。

那天她没到寺庙去，第二天也没去。第三天的时候，张凡找上门来。下午三点，父亲刚下中班回来，他在附近的小区当保安，三班倒。她坐在阳台上吹风，父亲走到她背后，说，你有朋友来了。她转头，短暂的诧异之后，她看见张凡的脸。透过窗户的光照在他的脸上，印出三道长长的条纹。

张凡走过来，把手里的水果放在茶几上，父亲咳嗽了两声，走进房间，关上门，将她和他隔绝于那间落满斜纹光影的客厅。张凡站在客厅中央，说，我去寺庙找过你。她没有说话。张凡又讲，阳台上晒，要不要我推你进来。她自己把轮椅退回来，摇到茶几旁边。

她请张凡坐，要给他倒杯水，张凡拦住她，说，我自己来。他在她面前站起来，身体挡住她面前的光，她注意到他今天换了一条腰带，棕色皮质。他握着杯子在她面前坐下来，说，我想了想，觉得我们能处。杨非说，怎么处。张凡转动着杯子，说，你看我的眼睛。杨非看着他。他说，左眼。她就看他的左眼。他说，你仔细看。杨非说，怎么弄的。张凡说，在勐海的时候，抓捕一个毒贩，他拿刀朝我眼睛捅过来，我没来得及躲。她问，勐海在哪里？张凡说，在版纳，对面就是缅甸。她说，挺狠毒的。张凡抬起手摸了摸左眼，说，他没下狠手，他本来可以朝我脖子捅，我肯定死。两人沉默，她又看他，说，这眼睛挺逼真，是马眼睛吗？小时候丝厂大院里有个男孩，被鞭炮炸掉了眼睛，在眼眶里装了一只马眼睛。张凡摇头，不是，是玻璃的。杨非点点头，不仔细看看不出来。张凡问，你们以前住在丝厂？

杨非摇着轮椅过去给自己倒了一杯水，说，以前我爸在丝厂缫丝车间，做到车间主任，我们就住在生活区，十平米的房子，没有厕所，整栋楼都是尿腥味。后来丝厂倒闭，我们就搬了出来。张凡站起来，在屋子里四处转着，说，丝厂是二〇〇〇年左右倒的吧。杨非说，好像是，想了想，又说，是，那年我初三。

张凡在电视柜的几张照片旁边停下来，他仔细看了很久，转过头问杨非，你小时候跳舞？杨非说，是，从小就学，拿过县里挺多奖。张凡说，真厉害，学过舞气质不一样。杨非没接话。张凡又说，你应该开个舞蹈班，教孩子跳跳舞。杨非说，我这样子怎么教。见张凡有些尴尬，她又说，我不喜欢小孩子。

张凡感觉到杨非兴致不高，他在那些照片旁边停了很久，说，要不然今天出去，你喜欢看电影吗？一中对面的商业中心新开了一家电影院，环境不错。杨非说，我不方便。张凡笑，有什么不方便。杨非说，我不爱出门。张凡说，要适当出去走一走，外面都大变样了，我带你去看看。

杨非没有拒绝。

她这几年相了很多亲，要遵从彼此匹配的原则，所以对方都缺胳膊少腿，像是照镜子，相互看见都觉得尴尬。她与张凡的第一次会面却不尴尬，这是她少有的体验。另一个觉得不尴尬的是一个乡镇中学的语文老师，右腿车祸截肢，爱读史铁生和路遥，眼镜总是滑到脸中央，笑起来眉头就皱在一起。他们那时几乎快成了，后来男方家里又嫌她工作不好，要她陪嫁一套房子，父亲几乎要妥协，她找到语文老师，说我们还是算了，残缺的地方不一样，彼此补不起来。

张凡是第一个以四肢健全的姿态站在她面前的男人，她观察他，想要发现他的残缺，最后得到的却是他的无比健全，她竟觉得恐惧。她早发现他的眼睛问题，可这种残缺和她的残缺并不对等，和她比起来，他仍旧是健全的。她厌恶他的健全，却又贪恋他的健全。

张凡开来一辆吉普，是单位的车。他将杨非推到院子里，上车的时候，他犹豫了一下，但这种犹豫没有持续太久。他说，我抱你上去，轮椅放在后面。杨非同样地犹疑，她看着张凡的腰带到达她的眼睛，突然觉得有些滑稽，她点了点头，双手从扶手抬起来，张凡蹲下来，轻轻咳嗽了一声，靠近她的身体，将她的双手搭在自己肩上，抄手绕过她的双腿，扶住她的后背，轻轻地，将她抱了起来。她轻轻贴着他的胸膛，大脑里有一瞬间的空白，除了父亲，这些年来，她再没有这么近距离地靠近过一个男人，他的军绿色衬衫上有着炙热的汗味，带着腥气，她的体内突然又升起那小小的刺痛感。

张凡将她轻轻放在副驾，她的重量在他手上消失的时候，他的衣衫上沾湿了一片汗渍。他关上车门，在炙热的空气里轻轻呼出一口气，提起地上的轮椅，放进后备箱。他记得那天热得出奇。

她坐在副驾，看着放置在她前面的车辆通行证，下面印着一个大大的政府红章。她轻轻吐出一口气，一种陌生的未知在她面前展现。

张凡上车，侧脸看了看杨非，说，系一下安全带，最近查得严。她拉过背后那条长长的黑色带子，始终找不到能够扣住的地方，她的脸憋得通红。他终于伸过手来，拉住她的安全带，轻轻扣进去。她没觉得得救，而是更重的沉溺。

一路上，他们没有说话。他推着她从地下车库走进电梯的时候，她尽量使自己不低下头去。电梯门快关上的时候，一个穿黑色裙子的女人跑进来，眼神在杨非身上停了很久，她与他们并排站立，毫无掩饰地表达出对于他们的好奇。从地下二层到一楼，电梯的空间始终呈现一种密闭而窒息的状态，从电梯出来，她再次感受到那种从海面浮起来的感觉。

他去买票，她在后面等。后来让她回忆，她完全记不得那天看的到底是什么电影。工作日下午看电影的人很少，售票小姐的声音在空荡的大厅里听得很清楚，售票小姐说，两张是吗？张凡说是，售票小姐问，是后面那位女士吗？张凡说是。售票小姐微笑着说，凭借残疾证可以半价。张凡说，不用，两张全票。售票小姐说，好的，请稍等。

她突然想立刻逃回去，逃回那间此刻已经落满日光的房间，一个人藏在被子里，睡上漫长的一觉，等到黄昏来临的时候，去感受房间空荡的凄清。但她终究待在原地，像她人生中所面临的所有选择。她看见他朝她走过来，她一时分不清他哪只眼睛是真的。他看着她，说，我们走吧。

她在梦境里再次沉溺，在梦境那片荒凉的废墟里，那种只属于她的昏黄色调的梦境里，她始终有一种不想再醒来的愿望。

那天从电影院出来，他说，你喜欢看飞机吗？她问，什么？张凡说，城外的军用机场，附近有一个很高的水坝，小的时候我经常去那里看飞机。

小城是云南最大的坝子，抗战时期在县城西南边建了军用机场，驻扎美国空军部队，建国后成了空军训练基地。张凡小时候跟爷爷住，就在机场旁边的村子，每天听见飞机在头上轰隆轰隆地飞过。他问爷爷，是不是要打仗了？爷爷抱着水烟筒，你想不想打仗？他说，想，电视里演的可刺激了。爷爷摇摇头，不说话。老家的墙上现在还挂着一张黑白照片，一个美国大兵，搂着一个小男孩的肩膀，男孩裸着身子，骨瘦如柴，瞪着眼睛看镜头。那个男孩就是爷爷，爷爷的父亲曾经是修建机场的民工，每天都要拉着巨大的石碾压碾机场跑道。有一次爷爷跑去机场给父亲送饭，美国人给他拍了一张照，后来洗出来送给他，爷爷一直视为珍宝。那个大兵，是开战斗机的嘞，爷爷说。张凡说，那我以后也要开战斗机。

他们最后去了盘江河边。盘江属珠江水系，绕县城四十余公里，这是距城最近的一段。河边新建了一片别墅区，修了宽大的柏油路和河滨公园。杨非小时候来过，那时候这里还只是一条长长的泥土路，在土堆里能找到大大小小的海蛳螺。那些童年的海蛳螺使她相信课堂上老师所说，这里原来是一片海洋，后来海水退去，成了一片平原，一片在云贵高原中低洼处的显眼坝子。

那时太阳已经落下去一点，没有建筑的阻挡，阳光恣意地、大片地照耀着柏油路大道，他推着她沿树荫走。他原本想沿台阶下到河边，但台阶很高，没有适合轮椅下去的坡道，他就放弃了。他感觉她有些累了，便在一片树荫下的石凳坐下来，旁边是一棵炮仗花树，长出来的花红得像一串串鞭炮。在路的对面，一排排空着的商铺贴着招商广告，中间有一家突兀的小超市，他说，我去给你买瓶水。

她坐在炙热的大地里，转过轮子，去看河水。已是汛期，河水涨了上来，河流裹挟着从上游漂流下来的松木枝和各种垃圾。河岸的斜坡上间杂地长着各色矮牵牛，偶尔有羊群从公路穿过，不听话的几只就跑下来，咬几口岸边的花，再留下一堆小小细细的粪蛋，等赶羊人长长地喊一声，它们又跃跑着追上羊群。

等她转过身来的时候，他已经给她拧开了瓶盖。他指着河对面那片红墙建筑说，我初中就在那个中学。她点点头，九中。他说，你在一中吧。她说是。他喝了一口水，看来学习好。她笑，学习不好，小升初是舞蹈比赛保送。他便惊叹起来，真是厉害。她突然愿意谈论这个话题，说，我读书读不好。他说，我更老火，看见字头就疼，天天想着能开飞机。她笑，你想当飞行员？他说，从小就想，但我连高中都没考上。她说，你当兵了，也算是接近。他说，不一样的。他扎你眼睛的时候你疼吗，她突然问。

张凡看着河流上的大桥，那桥算是一个城乡分界线，驶过那座五十多米长的大桥，便算出了城。从前那只是一座不到三米宽的小石桥，每天晚上下自习，他就骑着自行车穿越那座小桥，去大伯家里。他借住在那里，留给他的是一个三平方米的小房间，之前是他的奶奶住，最后奶奶死在这个小房间里。大伯和父亲将奶奶从房间里抬出来，她睡得很安详，那对陪伴她大半辈子的、长长的玉石耳坠将她的耳朵坠到了底。小时候他曾问奶奶，你什么时候死？奶奶摸着耳朵，说，等我这个洞坠到底，就死了。他被那把尖刀戳穿眼球的时候，脑子里突然就想到奶奶那只坠到了底的耳洞，他觉得自己的眼睛也坠到了底。

他说，当时没有感觉，后来才觉得疼，觉得自己会死。她看着他的眼睛，说，后来呢，那个毒贩。张凡拍了拍自己的胳膊，抬起手来，臂膀上印着一只虫子的尸体。被战友击毙了，一枪穿破了脑袋，他说，就倒在我面前。

杨非不再说话。

张凡帮她赶了赶面前的飞虫，问，你以前跳什么舞？她看了看他，似乎自己也有点疑惑，顿了一会儿，才说，学的民族舞，老师说我跳孔雀舞好看，后来就一直跳孔雀舞。杨丽萍你知道吗？张凡点头，知道，我妈喜欢吃的那个糕点，包装上印着她。杨非说，当时老师天天让我看她的录像带，我还逼着我爸买了台 VCD。张凡说，你爸对你真好。杨非沉默下来。

读书的时候追你的人很多吧，张凡突然问。杨非说，还行。张凡笑，看样子很多，有谈朋友的吗？

杨非说，有一个。张凡问，什么样的？杨非说，长得还行，就是有点胖，都叫他胖子。他爸是县里的官，有钱，每天都给我送早点，买礼物。张凡点头，是，男友有钱就魅力大增。杨非没搭话。张凡说，我能抽根烟吗？杨非说，你抽。张凡从裤兜里掏出一包红塔山，点了火，嘴里含着烟说，电视里都这么演，男人没钱，女人就要跑。杨非看着他，你觉得我是贪你的钱么？张凡说，我不知道，我也没钱，但我觉得你贪别的。杨非望着他，什么？张凡不说话。杨非说，麻烦烟借我一支。张凡看她，没说话，拿食指敲出一支烟，把自己的烟头凑近，点燃，递给她。张凡说，你会抽烟。胖子教的，杨非说。后来呢，张凡问，你和胖子。

太阳又落下去一点，杨非往树荫下挪了挪，后来我出事了，休学，没再联系过。张凡说，现实。杨非两只手叠在一起，望着对岸。

两人聊到天已有些擦黑，那时晚饭后到河边散步的人渐渐多了起来，张凡说，我们走吧。他推着杨非向路边的车走去，打开门，轻轻抱起她，放到副驾驶座上，他碰到她的双腿，觉得异常冰凉，他看了看她，她只是抿着嘴不说话。

她到家的时候，父亲坐在桌边。她叫，爸。父亲点点头，吃饭吧。她扒拉了几口，说吃饱了。父亲说，在外面吃了？她答，没吃，就是吃不下。父亲动了动嘴，没说话。

她回到房间，去抽屉里翻相册。门锁坏了，她就推着轮椅背靠着抵住门，一面听着外面父亲洗碗的声音，一面一张一张地翻照片。照片右下角印着的暗红色的日期在提醒她，在某个时刻，她曾在某个地方对着镜头笑过。与张凡聊天的时候，她发现自己似乎陷入一种失忆之中，记忆并非她想象中连贯的线条，而变成一些细小的、随时可以丢弃的碎片，这使她感到一种被记忆背叛的恐惧。这是第一次，她涌出一种强烈的、回忆过去的渴望，那些回忆曾被她强制压在脑子某一处黑暗的角落。

她突然听见父亲向她房间走来的脚步声，她左手抵住门，右手将相册往床底下滑过去，留出一个边角，她没来得及过去塞起来，父亲就推门而入。

父亲端着菠萝水进来，她从小就喜欢吃这个，用冰糖煮菠萝，放凉以后搁到冰箱里，冷透了再拿出来吃。以前没有冰箱，父亲总是煮好一锅，笑嘻嘻地去楼下的小卖部，放在小卖部的冰柜里，晚上去拿，给小卖部舀了大半，剩下的半锅端回来。

她接过菠萝水，问，今天不上夜班吗？父亲说，待会儿就去。父亲站在她面前，看她吃完几块菠萝，说，今天那个男的就是你周孃介绍的？她说，是。父亲说，还是找个真心实意的好。杨非说，他挺真心实意。父亲递纸给她，让她擦嘴。还是条件相当一些的好，父亲说。杨非吃下最后一块菠萝，菠萝卡在她的喉咙，等她吞咽下去，喉管里却始终残留着一段可感的空隙。父亲接过她手里的碗，转身出去，轻轻关上门。

她把纸巾捏在右手手心，用左手划动轮椅到床边，用轮子推了推那本相册，她低下身子去，没有够到相册，她再弯下去一点，还是够不到。她的身子趴在自己的腿上，随即缓缓抬起，她扬起手，重重地捶在腿上，没有一点知觉。

张凡和杨非开始定期见面。一般是一周一次，张凡空下来，就去找杨非，他在寺庙外一条巷子等她，开车去河边，或者是公园。他们第一次亲吻是在月亮湾公园。那是一个废弃很久的公园，荒草长得老高，池里暗绿色的水发出阵阵臭味。是她提议去的，说是小时候去过公园里跳蹦蹦床，五毛钱两个小时，她很喜欢那种腾空的感觉，比跳舞时的那种腾空要精彩得多。那边，她指了指公园东北角，以前蹦蹦床就在那片空地上。张凡朝她指的方向看过去，现在堆满了一层层破碎的石棉瓦和几个废旧的皮沙发，越过围墙，旁边是一片居民区，居民楼窗户里漏出的光照在那片废墟上，能看见灰尘的颗粒在黄色的光晕里流动。

他们选择了一片草比较浅的石凳，他挨着凳子的边沿，扶着她的轮椅。她说，给我讲讲你当兵时候的故事吧，我爱听。她喜欢他那些与此刻不同时空的故事，带着残酷的荒蛮和猎奇。她也喜欢他讲故事时的神态，眼睛微微眯起来，仿佛与这个世界隔着一层主动的疏离，然而她却能穿过那层疏离，轻易地走进他的世界。

他说，我入伍的时候，跟的是李哥，就是我跟你说过，用枪打破毒贩脑袋的那个。他跟我是同乡，比我早几年入伍。李哥带我们去边防站查检，是个半夜，我记得挺清楚，刚下过暴雨，看得见蓝色的天空和白云。我们上一辆卧铺车检查，大部分人还在睡觉，各种奇怪的味道混在一起，我的脑子猛地清醒起来。几个男人坐了起来，抱怨一趟车要检查多少次，李哥低吼了一声，车里立刻安静下来。我跟在李哥后面，车门处的卧铺坐起来一个女孩，十六七岁的样子，头发黄黄的，看上去像发育不良。李哥挨个查身份证，让我搜他们的随身行李，其他几个战友搜车厢里的大件物品。那女孩低着头看我，嘴唇发白。她移动身子从床上下来，我在她卧铺上翻找，李哥提醒，床铺什么的都要翻，我一一照做，最后是她的包，一个黑色皮革的背包，表面的皮革剥落，我让她把包里的东西倒在床上，仔细查看每一件物品。然后第二个人。我们没有发现什么，我松了一口气，有点像以前看考试卷子上的分数，明明知道结果，还是会心惊。我和李哥走到车门边的时候，李哥停留了一下，随即我们下车，就在下车的时候，那个女孩一下子扑倒在地上，嘴里吐着白沫，李哥看过去，说，他妈的。

杨非问，她藏毒？

他说，是，塞到下体的毒品破了，我们的女兵从她阴道里掏出几百克海洛因。我现在还记得那女孩的样子。后来没抢救过来。

杨非问，她为什么？张凡点上一支烟，开始沉默。不知怎么，他突然想起，曾有一次，他也这样问过李哥。在李哥退伍的前一年，那时候他的眼睛也还没坏，李哥给他讲过这样一个故事。李哥说，那时队里接到一条情报，派他去中缅接壤的一个村子里和毒贩接头。那个村子里原先有十几户人家，全部吸毒或者贩毒，后来死的死，逃的逃，成了一座空村。他就躲在村里一间土基房旁的石头后面，听见毒贩在外面开枪，他听到是手枪，但不能分辨型号，不知道对方子弹打完没有。等对方的枪声停止，他拿那把步枪抵着毒贩脑袋的时候，才看清楚，那人是曾带过他的一个老兵。那时张凡问李哥，他为什么？李哥摇摇头，过一会儿，突然问他，如果你是我，你会怎么做？张凡说，我会开枪。李哥又问，如果你拿枪指着脑袋的那个人是我呢？

想什么呢，他的回忆里闯进杨非的声音。烟灰落到裤子上了，杨非说着，伸手过来帮他拍了拍裤子上的烟灰。他笑了笑，突然说，我以前不抽烟的。她抬起头，说，是吗？他说，当了兵以后才学会。她点点头。他说，那时候我们要整夜整夜地守着山头，全靠烟撑着。他抬起手里的烟，说，李哥那时候教我，在烟屁股上涂万金油，然后深深吸进去，整个肺都凉透了，脑子才清醒起来。那时候我们还开玩笑，说这么抽一口，跟吸毒没什么两样。

你尝过吗，毒品，杨非问。她的眸子望着他，似乎要从那只玻璃眼珠里发现些什么。

张凡没有直视她，说，不能算尝，有时候需要用牙床验毒，尤其是海洛因，纯度越高，味道就越酸越涩。张凡再点起一根烟，他的烟盒里已经没剩下几支了。越了解那东西，越知道不能碰，张凡说，以前我们队里一个老兵，缉毒的时候被灌了毒品，现在还在戒毒所。戒了又吸，吸了又戒，那东西根本不可能戒得了。

夜色深了下来，张凡听着那栋老旧的居民楼传来电视剧的声音，似乎是一对夫妻在吵架，在停火的间隙，他听见杨非问他，你杀过人吗？张凡吐出烟圈，烟雾随着气流缓缓上升，融合，然后消失。他说，杀过。

张凡第一次出任务，去山上伏击毒贩，李哥让他负责射击。对方是支土枪，估计是个新手，听见动静后虚空放了一枪，张凡没多想，朝着枪声的地方开了几枪，开完枪的手还不停颤抖着。李哥给他点了烟，接过他手里的枪，走到毒贩旁边，还没死透，又朝毒贩开了一枪，说，不要命的孙子。

那之后整整三个月，我天天梦见他，满身是血地看着我。张凡说完，低下头去，听见风吹过草丛的声音，他把烟蒂按在椅子上，烟灰随着风吹到一旁的草丛里，未熄灭的火星子闪了几下。然后他抬头，看见杨非的眼睛。她握住他的手，手心里全是汗珠，湿腻腻的，他就低下头去亲她的嘴唇。他听见她加大的喘息，闻着她脖颈里淡淡的香气。轮椅朝一旁摇了摇。他握住轮椅，将她放到面前来，用双腿固定住她的轮椅，他看见她脸上渗出的汗珠。

她从他的手臂里挣脱出来，觉得身体里的东西炙热得可怕。他稳定了自己的情绪，握着她的手。

她问他，后来为什么退伍，是不是因为怕死？他说，不是。过了一会儿，他又说，是。她看他，他说，不是怕自己死，是怕别人死。他说完，低下头去含住烟。她不说话，只是移过去，把头搭在他的肩膀上，一仰头，就看见稀疏的星星。

他们去河边约会的一个晚上，他送她回家，在路灯投入车内影影绰绰的光影中，他说，今晚别回去了吧。

张凡把车停在城边的一间旅馆，老式的招待所样式。张凡拿身份证去开房，杨非坐在车里等他。她看着旅馆闪着红灯的招牌，"鸿瑞宾馆"，在心里默念出声。"鸿"字的三点水掉了一个，"馆"字的颜色比其他三个字亮一些，应该是新焊接上去的。在心里默念的时候，宾馆两个字背后确切的含义慢慢在她脑海里显现，她的心脏开始加速跳动。她看见张凡走出来，站在"宾"字下面，随着闪烁的灯光点起一支烟，他厚厚的下唇兜住烟雾，再轻轻吐出来，她的目光和烟雾一起上升，停留在他那只玻璃眼珠前面，随着他轻轻的咳嗽，烟雾散去，她看见他那只在夜晚格外明亮的眼睛。她身体里小小的炙热升腾起来。

他终于走过来，打开车门，看着她有些异样的脸，说，我背你吧，不那么显眼。她说，好。伏在他背上的那一刻，她脑海里浮现出父亲的脸庞，那张蜡黄得如同牛皮纸揉在一起的脸庞，牛皮纸的褶皱里堆满了岁月对他的耗损，她觉得刺眼，将头转到另一边，侧靠在他的肩上，看着地上，他们重叠的身影缓缓拉长，又缩短，再拉长，进入大厅的时候，影子消失了。有那么一刹那，她有些恍惚地问自己，怎么到这个地方来了，到底是什么样的欲望将她推到这里，这种隐藏着无数污垢的地方。也许明天便会传到相识的人耳朵里，他们会用怎样的目光看她，会像当初他们盯着她残缺的双腿那样？她不知道。她的双手只是更紧地搂住他的脖子，带着决绝。

他背着她上楼，步子放得很慢，一步一步，像是行军时跋涉险途的谨慎与警惕。楼道很窄，他小心地掌控着自己的力度，不使她的身体碰到发黄的墙壁和掉漆的栏杆。她失去知觉的双腿被握在他宽大的手掌之中，随着每一步的攀爬而更紧密地与那片肌肤相触碰。他握着她，随着每一步的颤动，想象着每个清晨她怎样醒来，如何将那条纱裙套在身体上，再轻轻抚摸过双腿。

他们终于到达，他腾出一只手，推开黄漆的木门，一股长久未透气的霉味扑面而来。他的皮鞋踩上厚厚的地毯，地毯已经看不出原本的花纹和颜色，上面有很多小小的洞，虫子蛀的，或者是烟头烫的，这些小洞和地毯表面显眼的污渍告诉他们，这里住过很多人，很多同他们一样、或者不一样的人。灰尘从地毯上扬起，他听见她轻轻咳嗽了几声。

他将她放在床上，碰到老旧的木桌，发出嘎吱嘎吱的响声。他的气息扑到她脸上，带着一丝理智问她，你做过吗？她没说话。他便把手伸到裙子下面。她握住他的手，说，我有点怕。他带着耐心，抽出手来，摸着她的脸，说，也许是灯太亮了，我去关灯。她又拉住他的手，说，你来吧，轻一点就行。

她很瘦，一摸就碰到骨头，两条腿的肌肉已经开始萎缩，默然地、软绵绵地蜷缩在那里，他轻轻摆弄她的身体，将双腿轻轻抬起，试图去验证是否真的没有知觉。他一直注意着她的表情，她闭着眼睛，右手紧紧握着脖子上的玉观音，不发出声音，疼的时候皱一下眉头，仿佛在经受某种既定的惩罚。她始终没有直视他的眼睛，将目光放在可及的老式电视机和布满黄色污渍的热水壶上。她闻见白色床单散发出浓重的漂白剂气味，在床单米黄色的暗纹里，她想象曾有多少身体在此刻她容身的床上留下过痕迹，她的喉咙里突然涌出一股酸水，她闭上嘴，酸水又顺着她的喉咙回返到她的胃里，她感觉到一阵恶心。

得不到回应，他很快就结束，她轻轻挣脱他，身体扭向一边，握着玉观音的手始终没有松开。

他光着身子起来，去洗手间。她望着床头柜上落满灰尘的台灯，几只小飞虫绕着灯泡旋转，黄色的灯罩上，团着一片片黑色的小点。他出来的时候，手上沾了水，湿漉漉的，他抽出电视机旁的抽纸，擦干手，走到床沿坐下，床垫便陷下去一片。

你的腿很凉，他说，但并没有转头看她。她轻轻咳嗽几声，说，今天晚上天气凉。不是那种凉，他说。她没说话。他问，是不是不太舒服。她有些恍惚，想了一会儿，答，还好，像是以前练舞时压腿那样，总是想尿尿。然后她问他，你觉得这个有意思吗？他说，我抽根烟，然后弯腰去地上捡衣服里的烟盒，没有找到打火机，他又将衣兜和裤兜翻了个遍，最后在衣服内衬的口袋里找到那个印着白酒广告的黄色打火机。打火机里剩的气体不多，只划出小小的蓝绿色的火星，他又用大拇指重重划了两下，听见黑色塑料清脆的响声之后，黄色火焰腾地升起来。

我不喜欢这个，她说。他深吸了一口烟，说，没关系，我不强迫你。她笑，那你找我图什么？他说，不图什么。她说，说实话。他问她，那你图我什么？她说，图你没缺胳膊少腿。他回过头去，说，我图你好看。她说，瞎扯。他说，真的，看见你照片的时候就觉得你好看。她说，那有老的一天。他说，老了再说。顿了一会儿，又说，老了我也喜欢。

抽完一支烟，他钻进被子里，和她并排躺在一起。他将手放在她的腿上，问，你腿怎么弄的？她说，一个事故。他说，什么事故。她没说话。他说，没关系，我就随口一问。过了一会儿，他又说，你腿太凉了，我给你按按吧。她饶有兴趣地看他，你知道怎么按吗？他笑了笑，在床上坐起来，对着手掌哈了哈气，然后轻轻放到她的腿上。在她大腿中部的外侧，他的大拇指按下去，说，这是风市穴。她轻轻笑，你真的会？他的手往下，摩挲过她的肌肤，转到她的大腿内侧，按住，说，这是血海穴。她笑出声来，继续。他抬起头来，也笑，说，就记得这两个，以前训练腿疼，一个战友教我们按过，他爷爷是中医。借助他的胳膊，她微微坐起来，然后去握他的手。他抬头看她，她不说话，拉着他的手，顺着大腿往下，到达膝盖，她将他的手掌伸展开，扣住那片肌肤，说，这是足三里。他点点头，她带着他的手往后绕，按住腘窝正中，她抬起头看他的眼睛，说，这是委中。他的眼神又重新蒙起一层雾来，她还没有结束，拉着他的手，顺着小腿向下，他感觉到她皮肤细腻的纹理，她带他的手到达脚踝内侧，按住中间一点，她说，这是三阴交。他的手掌缓缓握住她细细的脚踝，就这么望着她，然后低头去亲她的嘴唇，她避开，握着他的手，到达脚踝下方，她告诉他，那里是昆仑。他看着她，到昆仑了？她笑，到昆仑了。

他用左手稳住她的脑袋，右手仍旧在她的双腿停留，然后再次去亲吻她。这一次，她顺从地、长久地停驻在他有些冰凉的嘴唇上。她闭着眼睛，听见自己血管里血液流动的声音，温热而缓慢地，从她的双腿往上涌，她明知那双腿已没有知觉，却在他手掌停留的部分，觉察到更深的炙热。面对这种奇异的知觉，她显现出自己的贪婪来，她双手扣住他的双臂，感受他健壮的躯体，她像台灯下的那只飞虫，绕着他的炙热旋转，一圈又一圈，直到再忍不住，飞蛾扑火一样撞向岩浆喷薄而出的地心，被灼伤了躯体，才本能地尖叫着退回来。她停靠在他的胸膛，轻轻喘息，在岩浆四溅而呈现白色画面的一瞬间，她又从那片高空狠狠地坠落下来。

当喘息平静下来的时候，他们又重新并排躺在床上，两手交握。他听见她说，丝厂倒闭那年。嗯，他应。她说，我爸没了工作，我学跳舞费钱，九几年的时候上一节舞蹈课五十块。他说，真贵。她接着说，我爸说要出去打工，但不放心我一个人。他问，你妈呢？她说，跟人走了，我六岁的时候。其实我能理解她。他问，怎么说？她说，我妈长得很漂亮，像香港电影里的女明星。你见过我爸吧，那么一个小矮个子，长得也不好看，我妈当时图他什么呢？他说，也许是对你妈好。她说，她那时候怀孕了，临时找的我爸，给她接盘呢。大概就是图我爸老实，也确实老实，对她挺好，她没舍得立马就走，拖了五六年，她大概也觉得仁至义尽。他说，怀的那个是你？她说，是。他说，那你亲爸是谁？她说，我不知道，知道了也没用。他点点头。她说，这里没什么能赚钱的工作，我爸去了昆明，把我放在二孃家。我问他做什么也不说，就让我好好学习。那年我初升高，没考上一中，去了二中。二中离我二孃家远，每天去学校要蹬三十分钟单车。那时候我和胖子还好着，他出钱继续上了一中，每周我们见一次。我记得是高二刚开学的一天，那天晚上下自习，我们约在开发区一幢刚完工的楼。我到了楼顶，他还没来。我准备走，上来一个戴着黄色安全帽的男人，他问我在这里干什么，我说没什么。我要走，闻见他身上的酒气。他拉住我不让。我挣不过他，他捂住我的嘴，把我按在地上，脱我的裤子。力气有点大，我一使劲儿，楼道没有护栏，直接从楼上摔下去了，再醒过来，就成这样了。

张凡看着她，说，那个男人呢？她说，听说死了，也从楼上摔下来，脑袋着的地。张凡问，什么人。她说，不清楚，我也没问。

他突然坐起身来，又开始找他的烟盒，打火机再打不出火来，他有些恼怒，一把掰掉了银色金属的防风罩，急躁地持续划动，点火头终于升起微小的火苗，他急不可耐地凑上去，点燃他的烟。

他背对着她，默默抽完那支烟，烟雾在房间里四散，他听见她的咳嗽声，他起身，掐灭烟头，说，走吧，这里睡不着，我送你回去。

中午吃过饭，杨非想起还没喂孔雀，端着玉米粒到后院，看见老刘正给孔雀喂水。

老刘回头看见杨非，说，小杨最近不对头，天天忘记喂孔雀。杨非没说话。老刘又说，前面总来找你那个伙子呢，最近怎么不见？杨非知道老刘嘴碎，也不搭理。老刘叹了口气，和孔雀聊起天来，你这个大鸟啊，现在老得不爱动了，记得老马刚送你来庙里的时候，你天天嚎着嗓子叫，现在连眼皮都懒得抬起来咯。杨非抬头看了看天，东边的乌云渐渐飘过来，应该是要下雨了。孔雀似乎也有感觉，瘸着腿跳到石棉瓦搭的棚子底下，立在正中，羽毛随着风轻轻吹向一边。

遇上要下雨的天气，杨非总觉得身上的骨头也随着空气中湿润的气息松软下来，甚至她感觉到小腿的关节骨也咔嚓咔嚓响起来，像她从前练舞时那样，每个动作都伴随着她骨节清脆的响声。她想起张凡说她的腿很凉，父亲也总这样说。出事后那几年，每天睡前，父亲就坐在她的床边，一遍一遍地帮她搓腿，让血液循环起来。他布满老茧的手按着她的双腿，告诉她每一个穴位的名字，他也不过刚从别人那里学过来，就要开始在她面前炫耀。她的腿并没有知觉，但想起小时候父亲总是喜欢用那双布满老茧的手帮她擦脸上的眼泪。母亲脾气不好，时不时地发火，总拿她出气，要么罚站要么不准吃饭，有时更过火，一个巴掌就甩在她脸上。父亲护着她，把她拉到一边，用手轻轻揩掉她脸上的泪珠，小声说，待会儿带你去买小蛋糕。她才止住眼泪，说，爸爸你的手好疼。父亲就笑，告诉她，是"爸爸你的手擦得我脸好疼"，不是"爸爸你的手好疼"。她记不住，等到下一次，还要这样说，父亲总是不厌其烦地纠正她。她想，如果她的双腿还有知觉，父亲手上的老茧摩擦在她的腿上，她应该也会说，爸爸，疼。

后来她来庙里工作，也许是常活动的原因，父亲说，腿没有从前那样凉了。当时为了这份工作，父亲托了好些关系，工资虽然不高，但拿的是县里文物管理所的编制，保障很好。和父亲同期进丝厂的好些人后来都身居县里各种高位，父亲是个脸皮很薄的人，为了这份工作到处求人，她能想象得到父亲卑躬屈膝站在他那些老同事面前窘迫的样子。起初她并不是很愿意去，后来还是妥协了。从小旁人就夸她懂事，她想，她只是见不得别人难堪。她那时已经不喜欢父亲再给她按腿，觉得别扭，父亲笑，说她长大了。她说，我到了这个年纪才长大。

杨非感觉耳边落下来雨星子，这才摇着轮椅往回走。到了前院，雨滴落大了，她看见老刘从厢房小跑出来，拿塑料布去盖院子里晒着的橘子皮。一只山树莺从树上飞下来，低空掠过地面，发出带着自然转音的叫声。杨非想起，好像张凡来的那天，她也听到了山树莺的叫声。

和张凡再次见面是一个月后，杨非主动给张凡打电话。

杨非告诉张凡，她爸给人捅了，在县医院抢救。

张凡赶到抢救室，在走廊上远远看见坐在轮椅上的杨非。她垂着头，双手杵着脑袋，旁边人来人往，几乎要把她淹没。张凡走过去，把她推到长椅旁边，蹲下来，握住她的手。杨非缓缓抬起头来。张凡问，怎么回事？杨非的眼睛布满了红血丝，她哑着嗓子说，他昨晚值夜班，有几个混混要进小区，他没让，听说还吵了一架。今天早上他刚换班，在小区旁边的那条巷子里，被那几个混混给捅了。扫地的看到，报了警。

张凡陪着杨非坐在抢救室门口等，接近傍晚的时候，杨父被推出来，转到重症监护室。张凡推着杨非去医生办公室，杨非几乎没有力气说话，医生只好告诉张凡，病人原本就有严重的肝病，加上过量失血和伤口感染，引发了败血症，现在非常危险，就看能不能熬过去。张凡点点头，轻轻拍了拍杨非的肩膀。说完，医生又急匆匆地去赶另一场手术，末了，不忘提醒杨非，抓紧去窗口缴费。

　　你能送我回趟家吗？杨非说。好，他说。他推着她的轮椅，穿过医院两旁茂密的李子树，走到高原炽烈的阳光底下。她抬起手遮了遮眼睛，觉得整个身子轻飘飘的，像浮在云里。她想起六七岁的时候，也是这样炽烈的太阳底下，父亲骑单车载着她，送她去学舞蹈。她坐在单车的后座，两条腿轻轻在空中摇晃，听父亲嘴里哼着："人们说，你就要离开村庄，我们将怀念你的微笑。你的眼睛比太阳更明亮，照耀在我们的心上。"她闭上眼睛，张凡将她抱进车里，她脖子上挂着的玉观音在她胸口来回摇晃，她想起今晨在病房里，她握着父亲的手，那些厚厚的老茧也瘫软下来，不再像以前他给她擦眼泪时那样，硌得她生疼。

　　张凡在三门柜顶层，那件黑色的皮夹克口袋里，找到一张用卫生巾包裹着的银行卡。他从椅子上跳下来，穿上皮鞋，回到客厅，将银行卡递给杨非。杨非划着轮椅回到房间，背朝张凡说，帮我换条裙子吧，上面沾了点血。

张凡将她抱到床上，犹疑着，伸手去帮她脱身上那条带血的裙子。今天怎么没开那辆吉普，杨非说。张凡顿了顿，我没在那干了。杨非问，你要去哪儿？张凡停下手上的动作，接了个单子，跑趟长途。什么单子？杨非问。张凡终于将她的裙子褪到膝盖处，他头上透出汗滴，说，就运输。杨非问，运什么？张凡在床上坐下，说，孔雀。

他从兜里掏出烟，点燃一支，缓缓吐出烟雾，说，李哥联系我，说遇到了点麻烦，让我帮忙运些东西。杨非偏头看他，说，就运孔雀？他没有回答，掐灭烟头，将衣柜里那条白底红花的丝绸长裙拿出来，穿过她的脚踝，慢慢往上。提到骨盆处，他用右手轻轻将杨非抱起来，左手将裙子提至腰际，然后缓缓放下她，走到客厅。

他给自己倒了一杯水，在沙发上坐下，他能看见卧室里杨非随窗外的风扬起的裙角。为什么躲我，杨非的声音从卧室传到客厅，仿佛梦境里一句轻飘飘的呓语。

张凡仿佛没有听见，他重新点起一支烟，说，李哥退伍以后，我们就没联系过。他轻轻呼出一口气，像是在跟自己说话，我眼睛被戳穿的时候，是李哥开的枪。停顿了一下，张凡又说，他暴露了位置，被毒贩埋伏的同伙射穿胳膊，摔下山去，那条胳膊再没能抬起来。张凡抬头看窗外，第二年，他就退伍了。

太阳顺着西边的窗户照进来，落在张凡的身上。他深吸了一口烟，剧烈地咳嗽起来。咳嗽平缓下来时，他说，那年我爸也出了事。

房间里很静，听得见两人细微的、此起彼伏的呼吸声。客厅也似乎空旷起来，他的声音甚至带着一点点回声。他看着房间里杨非的裙摆，说，他早年喝酒好赌，家里欠下好些债。后来在工地做建筑工，就现在开发区购物中心那片地，他晚上喝多了，强奸一个女学生，不小心摔下楼来，死了。张凡的声音有些嘶哑，他捏着还未燃尽的烟蒂，说，他下葬后一个多月，我才接到电话。我妈在电话里哭，说，儿，我们欠了天大的债。

窗外的光影从他身上移开，他听见杨非在床上动了动。

我们走吧，杨非说，该去缴费了。

张凡掐灭烟头，说，好。

人是下午没的，在张凡出发的前一天。

他赶到医院，看见杨非的轮椅靠在走廊窗前，她佝偻着腰，低头在腿上的通知书上签字。光将她的右半边脸颊晒得通红，颧骨上那块褐色的晒斑更加显眼。他走过去，低头扶住轮椅，她将背轻轻往后靠，声音有些轻飘飘的，说，几点了？他答，四点一刻。她说，哦，这么晚了。然后看着前方，目光却没有落在任何一处。

他陪她站在光影里，晒得他右边肩膀有些发烫的时候，他说，我先送你回家？这时她朝他轻轻仰起头，带着几分茫然，似乎在辨认他是谁。看见他眼珠的一刻，她的目光才重新聚焦起来。他似乎看见她轻轻笑了笑，然后听见她说，你不是说过，要带我去看飞机？他迟疑了一下，问，现在？她把头转回去，轻声说，现在。

他开车带她往城外去。

沿着盘江河上那座大桥出城，傍晚的风从对面广阔的田野上吹过来，他在后视镜里看见她随风扬起的头发。在他们的前面，有一辆拉豆秆的卡车，在公路凹陷的地方，卡车往左边侧了侧，掉下许多干掉的蚕豆，他开车压过去，听见空气中轻微的声响，携带着夏天汗渍的声音，使他想起幼时稻田里起伏的微风。

公路两旁种满了翠竹，只能从密密的竹叶里看到流过的盘江，偶有几个地方缺了一片竹子，便能往外看到不受遮拦的河水。沿着公路开到一个大的岔路口，他往左边拐过去，没走多远，道路就狭窄起来，他放慢车速，稳稳绕行几条乡间小路，再穿过一个村子，前面突然就开阔起来，他们看见一大片一望无际的平原，延伸到很远处的青色的群山。

车在平原上加速驶过，几个戴草帽的村民沿着公路行走，听见喇叭响，就往一边靠一靠。在村民的前头，几头水牛在车窗外一闪而过。最后，车子进入一条土路，他再次减缓速度，沿着不宽的路慢慢往前，直到那片漫长的穿越平原的水坝在他们面前展现。

他将车停定，解开安全带，说，这里轮椅上不去，我背你。

她搂住他的脖子，紧贴着他的背脊。他背着她穿过面前大片的豆田，鞋子陷进土里，他提起脚，沿着山坡继续向上，她感觉到他身上沁出的汗珠。

他一步一步，背她登上坡顶，站在水坝之上。坝中的水汹涌向前，涌入等待灌溉的土壤。

他问，怕么？她贴着他的背，答，不怕。他说，那我们就坐在这里，小时候我经常爬上来玩，淹死过几个孩子。她说，那小心一点。

他将她从背上放下来，让她侧身扶住旁边的石块，在地上坐定，然后他将她扶到坝边，轻轻将她的双腿放下，她整个身体立即感受到流水的凉意。

太阳渐渐落下来，远处就是那片机场，可以看见长长的跑道。一架银色的战斗机训练完毕，低空掠过他们的上方，向机场返航。她抬头，问，那是什么飞机？他握着她的手臂，保持在水坝上的平衡，他们听见脚下湍急的水流。他说，是歼20，它的机身是菱形，刚服役。她说，是吗？他又说，之前还有歼10和空警500，有一次就贴着我的头顶飞过去，是离我最近的一次。她说，飞机太吵。他说，听习惯就好。

他说，我查了。她问，什么。他说，我查了县志，千佛塔一共有一千六百九十一尊佛。不对，她说，是一千六百十三，我数过的。我数了很多遍。

他说，其实我早就认识你。她看他，什么时候。他说，九九年。她说，那时我上初中。他说，是，你上初二，我记得。他又说，那年澳门回归。她说，是。他说，县里的中学在你们学校礼堂办庆祝活动。她说，文艺汇报演出。他说，我们学校唱那个"你可知马靠，不是我真姓"。她补充，《七子之歌》，闻一多写的词。他说，我们临时胡编乱凑去的，还跟好几个学校重了节目。

你们表演舞蹈，我记得，张凡说，跳的是孔雀舞，你是领舞。杨非点点头。张凡说，你穿一条白色的裙子，裙尾拖地，上面都是绿色的孔雀羽毛。那时你的头发比现在长，一直拖到腰。我那时看见介绍人给的照片，一眼就认出了你。她说，所以你是有预谋的。他说，可以这么说。她说，挺有意思。他说，是，有意思。

接近傍晚，水边的虫子渐渐多了起来。她问，什么时候走？明天，他答。

天渐渐暗下来，他低着头，点开手机的手电筒，放在一边。那群细小的飞虫便凭借着趋光性聚集到亮光的周围。他点燃一支烟，抬起手，火光落在远处的山峦上，风一吹，山峦上便布满了点点火星。他突然想起爷爷家门口那条长长的石子路，两侧都是低矮的瓦房，缝隙里插种着柏树，天一黑，柏树便伸着顸长的枝叶在晚风里晃荡，月亮隐在灰蒙蒙的山峦背后，间杂着狗吠和此起彼伏的虫声，却生出最令人孤寂的冷清来。

你帮我挪过去那边，杨非指着不远处与土坡分离，悬空的一段水坝。他这才回过神来，犹豫了一下，还是抱起她，小心地往那边挪动，然后让她抓住他的手臂，移到悬空的一段。

她不再面对水面。低头向下，是距离水坝七八米高的地面。她张开双臂，两只手臂交绕，傍晚的风从她的指缝、从她的胸口穿过。她听见舞蹈老师说，预备，她的小臂带动双手举向空中，食指与拇指相碰，形成孔雀的样子。旋转，直到天际的蓝与地面的灰相融，她看见那只孔雀站在对岸，轻轻颤动着，展开尾屏，消匿在远空暗紫色的黄昏。

又一架飞机飞过。胖子，杨非突然说。张凡转过头，什么？

杨非闭上眼睛。胖子向她走来，按住她的身体和喉咙，短暂的窒息之后，那个无数次出现在她梦里的男人现在终于在她眼前清晰起来。他从后面赶上来，试图帮她推开胖子压在她身上沉重的身体，却被轻而易举地推到一侧。他抓住胖子的手臂，胖子往旁边一推，他就从楼道旁的缝隙往下坠落。几乎是一瞬间，她本能地伸手去抓他，然后一起，穿过那个夜晚黑暗的尽头，在地面上降落。全部的，父亲断气前干枯的面孔，六岁那年母亲离开时喷的茉莉花香的香水，那天晚上胖子按住她的身体和喉咙的短暂窒息，统统从她的身体里奔涌出来。

她终于睁开眼睛，夜已经暗下来了，没有光，她在黑暗里，踩着脚下悬浮的、虚空的影子。最后一架归程的战斗机从她的头顶掠过，发出巨大的轰鸣。她在轰鸣的余音里回头，他仍旧站在她的身后，仰头看着天空。她将双手在狭窄的水坝边缘撑起来，缓缓地离开悬空，退回岸边，伸出她的手。她等待着，等他握紧她，她就回到他的身后，告诉他关于她的一切，然后和他一起，缓缓降落在地面。

周六下午的好天气

一

每次走进疾控中心的美沙酮维持治疗门诊，护士们都会对我说，作家，你来啦。

起初我感到很高兴，认为他们肯定了我在某方面的成就，于是回报给他们相应的服从，无论是尿检还是血检，我都尽可能地配合。但后来我发现这里的常客似乎都有这么一个称号，"大瘤"被叫作音乐家，因为他会用两瓣嘴唇吹奏贝多芬的《致爱丽丝》，绝对的音准。"米线"被叫作画家，因为她会用中华牌铅笔在登记表背面画不同的阴茎，并告诉我们每一条属于她的哪位前男友，但我们从来记不住那些名字。"武松"被叫作政治家，因为他总爱拉着病友们谈论鲍里斯·约翰逊和唐纳德·特朗普哪个更像大黄狗，普京和希拉里谁在脸上打了更多的肉毒杆菌，他的政治八卦遍及全世界。我被称为作家，是因为二十岁的时候，市级刊物登了几篇我自己的故事，关于我如何吸毒、滥交和精神病发作。但他们认为那是小说，并擅自更改了我的结局，在那些结局里，我最后都成了坐在戒毒所忏悔的可怜女人。听上去多少有些滑稽。

武松说这是那些护士婆娘们的诡计，用甜言蜜语的伎俩麻痹我们的犯罪神经，提高我们的服从性。我知道，我说，但我喜欢听。武松骂我是软骨头。米线则支持我，她认为好听的话本身没有什么错。伸手不打笑脸人嘛，她说。和武松争论的时候，我和米线总是无条件地互相支持，米线说我们是牢固的"珍珠街联盟"。我也是不久前才知道米线以前也在珍珠街住过。我敢说，米线大叫着，珍珠街是世界上最烂，但也最有趣的地方。我说我同意。武松在一旁为我们吹口哨，大瘤则沉默不语。大瘤一般不参与我们的争论，因为他得全神贯注地躲过门诊保安，好把他藏起来的美沙酮偷带出去，喂给他家里被癌症阵痛折磨得奄奄一息的老母亲。武松有时候也会偷药出去，是为了卖给那些暂时囊中羞涩的瘾君子。我和米线从来不这样做，因为李护士说这样会影响我们在门诊的诚信记录。武松说我和米线实在是女人见识短，轻易就中了敌人的糖衣炮弹，要是在战争年代，我俩肯定是汉奸。

不过也不是所有的护士都会用这种方法，我指的是至少表面上装作和善和毫无偏见地对待我们的那种方法。之前有一个新来的护士，但年纪最起码四十往上，我们叫她"裘千尺"，因为她头顶稀疏得几乎没剩几根头发。她对待我们毫无耐心和信任可言，如果她当值，那她肯定要在我们走的时候让我们朝她那张老脸张开嘴，好确认里头有没有藏着药水。她还威胁说如果我们不听话，那尿检的时候她绝对会打电话给警察。她说"不听话"和"叫警察"的时候，活像高中时候最讨人厌的班主任，她完全把我们当作了学校里容易受威胁的小孩子。

不久以后警察真的来了，在门诊附近蹲点抓人尿检，有几个倒霉蛋尿检阳性，被拉去了派出所。大瘤那天没来门诊服药，第二天得知消息的时候，他坚称绝对是裘千尺搞的鬼，然后提起椅子在裘千尺脑门上砸了一个大洞，血喷出来的时候我们都兴奋地哇哇大叫。裘千尺受伤以后再没出现过，大概是被调到了其他门诊。我们都很高兴，我和武松甚至坐在门诊前喝起了酒，要是大瘤在的话，没准我们的庆祝仪式会更加疯狂，可他那天被警察带走后就消失了。

我为此专门打市长热线投诉，义正词严地在电话里陈词："国家设立美沙酮维持治疗门诊，是为了帮助更多的吸毒成瘾者进行毒品戒断，警察在门诊附近蹲点抓人，严重打击了成瘾者们的治疗积极性，破坏了人民对于政府的信任，这简直就是强盗行为。"接线员告诉他我会登记然后回访，接着挂掉了电话，此事就这么不了了之了，甚至之后警察来得还要更频繁。

米线说我是傻子，居然会相信市长热线。我说我就希望大家能好好戒毒。米线说你真这么想戒毒，我说那当然，不然天天来这里做什么。米线说大家来这里不都是因为没钱买毒品了，暂时替代一下。我说我可不是，我得把毒瘾戒了才能见我女儿。米线说你都有孩子了。我说当然，快三岁了。米线问我今年几岁，我说二十六。米线说真好。我说好什么。米线说你年轻，还有孩子。我说你也不老啊，再说生孩子有什么难的。米线说她生不了，说什么自己子宫里有个洞。谁会相信她的鬼话，我猜她一定是拒绝不了她那些男友们不戴套的要求，然后流产太多次以至于把身体给搞坏了。她会告诉我她跟几个男人发生过关系，却不会告诉我她不能生孩子的真正原因。有部警探电视剧里怎么说来着？"你会惊讶于人们愿意坦白和不愿意坦白的事情。"

　　武松喝完药走过来，说我投诉的那些话是蠢逼才会说的话。我说武松扯鸡巴蛋。武松却笑起来，说我传承了他的脏话，他很满意，要请我喝他的"黄泉水"。他把买来的松子酒兑进红牛里，给我倒了半纸杯，米线说她不想喝，武松骂她扫兴，然后仰头连干了几杯。武松的酒劲上来，开始大骂那些虚情假意的臭婆娘护士，说她们激活了大瘤的犯罪神经。

　　米线说武松说话太绝对，她说只是裴千尺比较讨厌，其他护士还是不错的，尤其是李护士。武松说扯鸡巴蛋。我站在米线一边，我说李护士跟他们不一样，她热爱这份工作，并且在其中获得了成就感。有的人天性如此，无论身处何种处境，总是对生活充满希望，并在其中感受到意义。李护士就是这样。武松说我是墙头草，他说别忘了我之前是怎么骂李护士的。我说是的，她确实又老又蠢。但这不是她的错。而且，我说，裴千尺虽然讨厌，但我们也不能完全肯定就是她叫的警察。武松彻底动了怒，他大骂我是搅屎棍，骂我敌我不分，骂我既想当婊子还要立牌坊。不，他说，你就是个臭婊子。我把黄泉水泼在他脸上，米线从后面拉住我。臭婊子，武松说，你话说得好听，还以为自己真是个作家？就你写的那些破玩意儿老子能写五百页。做你妈的春秋大梦去吧，他说，你已经烂透了，烂得不能再透了，别以为你他妈跟我们有什么不一样。

武松经常会跟我们发生这种决裂式的争吵，但他事后总说是酒的错，死皮赖脸地要求修复这段门诊友谊。这次我没有原谅他，决裂整整持续了一个月，并且没有要结束的迹象。米线说我有点小心眼了，我告诉她武松需要得到惩罚，一次次轻易的谅解只会让他更加肆无忌惮。米线点点头，然后告诉我，基努里维斯回来了。

真可怜，米线说，老婆和孩子都没了，真不知道他该怎么办。

几天后我在门诊碰到了基努，我们俩都变了很多，但还是一眼就认出了对方。但我们也都不约而同和彼此擦肩而过。我故意让自己拖沓在队伍的尾端，和基努保持相当的距离，这样我们可以避免正面相碰。但等我喝完药走出门诊的时候，发现他正坐在外面的长椅上。

他朝我招手，冲我点点头。我走过去，在他旁边坐下来。

欢迎回来，我对他说。

二

　　十三岁的时候她第一次见到他，妈妈让她叫叔叔，她就叫他叔叔。他看她刚在素描本上画的画，用铅笔勾勒的项羽虞姬，配的字是"殉情"。大人怎么晓得她从哪里学来的词语，她自己自然晓得，流行歌曲是最好的教材，许多东西是先习得然后模仿的，接吻是这样，做爱也是这样。电视里当然没有做爱，至多是亲吻，吐舌头的还少，不过已经知道人类相亲的方式是要用嘴表达，动物会不会这样呢，妈妈会不会这样呢，这些想法只是掠过，结果最重要，便是从媒介中习得了动作。做爱又是哪里来的呢，录像厅，舅舅在珍珠街开的录像厅。她和妹妹推门进去，舅舅和他的朋友们正入神地观看缠绕在一起的裸体，她立刻明白了那是什么，不然为什么说她早熟，她从家里的那本没藏好的都市故事集里看来的，妹妹不明白，不明白的人不会觉得羞耻，只有她觉得羞耻。

　　他夸奖她，画得好，却忽略她的配字，她其实是想要他注意到的。他生得多好看啊，哪里最好看，当然是嘴巴，月牙形，心想，要是跟他接吻多好，老天爷，她才十三岁，想法出来自己都觉得羞耻。这种羞耻还有可以等量的例子，是她升入高中的时候，一个男同学，瘦瘦的样子，坐在她斜前方，她每次看他，脑子里就出现自己跪在他面前，口含阳具的场景，她觉得自己快要完全毁灭了。这种画面的来源是什么，她发誓在哪里看过这种画面，但录像厅的电影里没出现过，那只能归结为一种本能。她后来同一些男人在一起，他们也都本能地喜欢吮吸她过早发育的胸部，她想，这两种本能可以归为一类。

他起身告辞，她礼貌地说叔叔再见。他说，我在图书馆工作，你以后要看书，可以来找我。她听进去了，也不曾想到只是客套，这不怪她，他讲得那样真诚，同那些成人之间的客套有着分别。不过在她还没来得及挑一个好时机去图书馆找他的时候，他已经提前成了她的"父亲"。她从没发觉妈妈和他之间的关系。那时候她只觉得自己恶心。

……

基努里维斯读完以后，说很好，虽然它还没有写完，但仍然能看出一些问题。我说什么问题。他说不诚实。他说我的文字里透露出审判这个故事的意图。恐惧、好奇、兴奋、喜悦，他说，这些情绪是一个诚实的整体，但批判和它们格格不入。还有，基努说，你可以先给故事取一个名字。我想了想，说，叫《恶心》怎么样。他说再想想。丢掉那些刻意的隐喻，他说，让你的故事纯粹一点。

那时我只有十五岁，留着齐耳短发，穿有钢圈的内衣和印着小兔的平角内裤，听披头士，写故事，不看村上春树。还有，每周六去基努里维斯的书店，给他看我写的故事。书店在街口，占据着通往珍珠街的交通要塞。有时候我去得早一些，书店只有哑巴在，他比画着跟我打招呼，我问他吃饭了吗，他会点点头，用手告诉我他吃了三个酸菜包子。他能看懂别人的嘴型。哑巴是个孤儿，住在珍珠街废弃的平房里，不识字，但会算账，基努雇他为自己看店。基努一般下午三点左右过来，我们远远就能将他认出来，他缓慢而轻盈的步姿没人能模仿，就像是武侠剧里踩在湖面上入定的僧人。

他走进书店，脱下外套，和哑巴换班，喝一口茶，然后开始读我的故事。我和基努一高一矮地坐在书店的窗户旁，西垂的日光晒着我们的脸颊，基努耐心地阅读，用唾沫翻页。等待基努的时间里，我经常在脑海里想象自己的身体是一片宽阔的湖面，阳光在上面变换着光斑，基努就踩在光斑上面。那时候门外经常会突然打起架来，珍珠街的人似乎生来就有一种好斗的习性。那些突如其来的骚动总是将我平静的湖面震得四分五裂，基努也从湖上摔下来。他得下来，为那些打架表演做最终判决，因为大家都信任他，服从他，尊敬他。

我继父常说珍珠街的人是天生坏种。即使后来他记性坏掉了，总是以为我还只有十几岁，教训我不要走入歧途的时候，还是常常会脱口而出这句话。"天生坏种"这个形容有着极富偏见的性感，它确实代表了珍珠街的某种内在精神，暴力、勇敢、义气、狂妄，不计代价和后果。他们是一群永远活在动荡之中的亡命之徒，打架、吸毒、犯罪。确实是，"天生坏种"。

一群坏种，米线也这么说过，随后我们提起了基努里维斯，在珍珠街待过的人大概不会不知道他。但米线所认识的基努跟我认识的有所区别，米线记忆中的基努，是用一根生锈的单车链条打遍珍珠街的狠小子，这个总爱揣本书在身上的文弱青年后来用他的链条打败了孙和尚，一链成名。孙和尚原名孙兴德，是个块头很大的屠夫，凭借他招式多样下手狠毒的棍法称霸城南已久。孙兴德年轻时连娶三个媳妇都死了，他发誓不再娶，后来大家都叫他孙和尚。我认识基努的时候，他已经很少再打架了，他有了妻子和孩子，行事变得谨慎起来，甚至重新戴上了近视眼镜，开起书店做正经营生。米线说这就叫作后顾之忧，那段时间她正在看《成语故事大全》。

基努三十岁刚开起书店的时候我认识的他。那时我十三岁，跟着我妈到处搬家，居无定所，没有朋友。我妈说她是我的朋友，但这位朋友总是任性地在我脸上扇巴掌，或者用她的尖头高跟鞋踢我的肚子，然后我的肚子就像气球漏气那样发出锐利的叫声。不过后来我知道她踢的不是我的肚子，我青春期有好一段时间吃不下饭，瘦得跟骷髅似的，继父带我去医院，那时候他和我妈刚结婚，急切地展现出一副为人父的热情。医生看着 X 光片，指着我的"肚子"跟我继父说，小姑娘的胃有外伤性损伤，那时候我知道了，那个部位叫作"胃"。后来我跟崔良结婚，他动怒的时候也喜欢踢我的胃，但事后道歉的时候，他说他以为踢的是肚子。

就是那段居无定所的日子，我开始回珍珠街闲逛，不过那时候我外婆和舅舅已经从珍珠街上搬走了，只剩那座空荡荡的老屋，基努的书店就开在老屋的不远处。我在书店里读的第一本小说是阿加莎·克里斯蒂的《无人生还》，基努拿给我的。我每天下课就去他的书店，走之前用发夹做书签标记读到的位置，下次再接着读。基努从没说让我带回去读，我也没动过这个念头，大概就是这种默契的分寸让我在他的书店长久地待下来，读完他拿给我的《哈克贝利·费恩历险记》《巴黎圣母院》《活着》，然后是我自己选的玛格丽特·杜拉斯和张爱玲。后来我开始能跟基努聊上几句文学，谈谈我的看法，他会认真地回应我，夸赞我有那个天分。我开始自己写故事的时候，只告诉了基努一个人，他说如果信得过的话，可以拿给他看看，我说当然。

三

基努问我的第一句话是，还在写故事吗？

我说偶尔。

偶尔？他说，不嗑药的时候吗？

我没有说话。

我记得你写的第一个故事，基努说，情绪泛滥，但令人印象深刻。

你当时并不是很喜欢，我说，所以后来我没把它写完。

你完全可以写得更好，基努说。

是吗，我说。

基努沉默了几秒。

我一直认为你能够走上更好的路，他说。

没想过会在这里碰到你，他说，所以挺失望的。

是吗，我揶揄他，对我失望还是对你自己失望。

对你，他说。

你呢，我说，你出现在这里就是理所应当？

他没说话。

你刚从监狱出来，我说，然后来这里无缝衔接。真是精彩。

你嘴巴现在变得很厉害，基努说。

一直如此，我说。

我从前没有发现，基努说。

你从前拿我当小孩子，我说。

基努没说话。

那里面怎么样，我岔开话题，能读书吗？

可以，他说，有图书室，但没几本好书。

至少能消遣消遣，我说。

是，他说，后来我写过接济单，让他们给我寄几本书。

什么书？

《荒野侦探》，他说，波拉尼奥的。

我听过。

你应该看一看，他说，很好的小说。

我点点头。

有什么打算吗，基努突然说，你不能永远待在这里。

你知道吗，我说，你现在变得很啰唆。你以前可不这样。

基努推了推滑下鼻梁的眼镜，没有说话。

但我最后还是告诉他，我会戒毒，然后去找我女儿。

你结婚了，他说。

我点点头。

他想了想，说，很好。

但我弄砸了，我说。

说完我就笑了起来，基努里维斯知道我为什么笑，但他没有笑，只是看着我。

我弄砸了，我说，我带女儿出去散步的时候药瘾犯了，醒过来以后她就不见了。我不敢回家，在外面待了半个月，钱全花光了，不得不回去，崔良狠狠打了我一顿，我没有反抗。不过好在女儿没丢，有个老太太在路边捡到她，送到了派出所。后来崔良把我赶了出来，不再让我见女儿。

基努没说话。

他做得没错，是吧，我说，是我活该。

你怎么认识他的，基努问。

谁，我说。

崔良，他说。

我仔细想了想。

市里办的写作课上，我说，二十一岁的时候，有人打电话让我去上写作培训课，说会给钱，我就去了。课不值一提，最大的收获就是认识崔良。

他在晚报做编辑，念过大学，会写些抒情散文，爱母亲爱土地爱宇宙的那种。他跟我一样，没有父亲。我们认识不久他就说他爱我，我问他爱我什么，他说爱我的才华。是不是很可笑。

但很奇怪，跟他在一起后我再也写不出故事来。我只好去做我能做的事情，比如生个孩子。

我想后来他可能是对我失望了。但我能够怎么样呢？我的才华只能到这里，只能到让他失望的程度。我没有办法。

基努没说话。

我也厌倦了，我说，厌倦了取悦他，厌倦了挖空心思只是为了得到他的认可。

有什么重要的呢，他的认可。对我的整个人生来说，又有什么重要的呢。

操他妈，我说，操他妈。

四

他喜欢称赞她乖巧，当着他同事的面摸一摸她的头，说自己撞大运白捡一个乖女儿。乖巧是什么。是听话，是服从，是将自己置于他的体系，服从他的权力。小学的时候听写词语，语文老师说 quán lì，她写"权利"，作业本发下来是一个大大的红叉，她想"权利"怎么就错了呢，"权力"为什么就对了呢？后来他说，你没有这个权力。她于是懂了，乖巧是权利而不是权力，她的乖巧要服从他的权力。她对他说求求你，求求你快一点，求求你轻一点，他爱听她这样讲话，他们都爱，然后动作起来更加兴奋。他用衣架抽妈妈，她会说，求求你不要打，他的衣架抽在妈妈身上更加用力。

他第一次带她去他家里看他的大书房，看完书房，让她给他看她的身体，她穿一条小兔的粉色内裤，让他虔诚地抚摸。他让她看他的阴茎，丑陋的暴露着血管的东西，她说我见过。她见过，所以她成熟。比现在还要小的时候，晚上妹妹睡着以后，舅舅招招手让她过去。他说，我们来玩躲猫猫咯，将她置放在床上，说，猫咪要出来咯。他脱下他的裤子，露出平角内裤，然后掏出阳具，他说，你摸一摸。她就去摸一摸，像是真的摸一只小猫那样的摸一摸。她记得那个房间永远有潮湿的气味。最后舅舅会说，猫咪要走咯，然后穿好衣服，耐心地给她梳好辫子，扎上彩色的皮筋。

他问，是真的吗？然后从背后冲进她的身体，她哭出来，是真的吗？她也问自己，原来在这之初她就要思考，记忆和幻想的区别。她能幻想出阴茎的模样吗？她觉得不能。她还要感激他的仁慈。他夸赞她的乖巧，然后把阳具放在她的面前。和他一样，电影里的男人也都喜欢把他们的阳具放进女人的嘴里，后来她发现，不只嘴巴，只要能包裹住阳具的东西他们都要去尝试，仿佛凸出的部分需要东西来接洽。他再次轻声且急促地夸赞她的乖巧。她却不知道，这一切是乖巧的错，还是阳具的错？

……

基努读完以后没说话，过了一会儿他问我，《白鲸》读了吗？我说没有，很难读。他说没关系，慢慢来。我问他这次写得怎么样。他想了想，说，如果要写一个持续的故事，应该依靠情感而不是情绪，是经验而不是经历。我说我不理解。没关系，他说，不着急，慢慢来。别着急宣泄，他又说，写作需要时间。

我点点头，问他在看什么书。一本历史书，他说。讲什么的，我问他。太平轮，他说。那是什么，我问他。一艘船，他说，载着一群人，一九四九年从上海逃往台湾基隆的人，后来和另外一艘船相撞沉没，死了近千人。有点像铁达尼号，我说，我看过那个电影。对，基努说，书上也这么说，中国的铁达尼号。有幸存者吗，我说。有的，他说，有一些幸存者。

你喜欢看关于海的东西，我说。你很敏锐，他说。你有梦想吗，我问他，我猜会和海有关。他想了想，说，小的时候有。什么？我问。当一名水手，他说，有个动画片叫《大力水手》你知道吗？我说，知道，他爱吃菠菜。基努笑了，他说，我那时候想当那样的水手。现在呢，我问他。现在？他说，现在只要能吃上菠菜就行。我看着他，然后他笑了。你还小，他说，很多事情还不懂。我懂，我看着他，我懂很多他们不懂的事情，比如性。基努看着我。我真的懂，我说。

基努让我在椅子上坐下来，他给我倒了一杯水，没有放茶。

那不是性，他的声音很柔和。

我不明白。

性是平等，是爱，是自主，他说。

我看着他。

而非侵犯，引诱，他说，和强迫。

我看着他。你跟娇姐是性吗，我问他。

当然，他说。

娇姐是基努的妻子，是个弃婴。基努的奶奶在河边好几个丢弃女婴的篮子里选择了她，因为她篮子里压着五十块钱。钱里面夹着一张纸条，纸条上写着她的小名，娇娇，没有姓。基努说他和娇姐一起长大，等奶奶去世以后，他们就相依为命。

你们是平等，是爱，是自主吗？

他想了想，说，大约是的。

你也不确定对吗，我说，你也不确定。

基努没有说话。

你们会谈文学吗？我问他。

不谈，他说。

那你们谈什么？

什么都不谈，他说，我们一起生活。

一起生活？我说，我不懂，什么都不谈地生活？

他在思考。

我不懂，我说，其实你也不懂对吗？

他没有说话。

五

那天下午，我和基努在长椅上一直坐到傍晚。后来我问他怎么打算。

基努说什么。

我说你怎么打算，你也不能永远待在这里。

基努说当然，这里只是暂时，他会离开的。

这么说，你对未来有所规划，我说。

当然，基努说，我有规划。

但我那时候不知道，他的规划就是等待。等待"误杀"他妻子和孩子的那个人从监狱出来，等待找到真正发号命令的那个人的踪迹，然后——解决他们。那就是他的未来。

我常常会想起基努坐在书店时候的样子，西垂的日光落在他脸颊上，他静静地看着窗外，仿佛在等待什么，但又没有完全在等待。我想他坐在监狱里的时候，应该也是这样的神情，就这样静静地等待时间的流逝，日复一日地劳作，然后是最后的自由，直到回到自己相依为命的妻子和孩子身边。但他最终等来的却是他们被杀害的消息。

那些人说基努是罪有应得，说他如果没有参与那场械斗，没有砍断那位老大儿子的手臂，对方也不会在他进监狱以后找他的妻儿寻仇。那场械斗发生的时候我已经跟着继父的工作调动去了市里，他跟我妈离了婚，但他说珍珠街上的人都是杂种，我妈也是个杂种，他说他愿意抚养我，确保我走入正途。他将我引入正途的手段就是打我，像以前打我妈妈那样打我，但他从没有放弃我。

我不太明白基努那时如何愿意撇下他的"后顾之忧"重新参与纷争。我想大概率是由于"义气"，我曾对他说那个词听上去很幼稚可笑，基努没有生气。他说我觉得可笑是因为我有亲人有老师有同学，我有这些关系作为依托，而他，还有珍珠街上的大部分人，他们没有这样的依托，所以他们要互相支撑。我不只和娇姐相依为命，基努说，我也和他们相依为命。

那天的重逢是我多年以后和基努的第一次见面，当时我不知道，那也是最后一次见面。我想，如果知道再也见不到他，也许我会做些什么，和他再讲上一两句话也好，即使只是一些无关紧要的闲谈，又或许，什么也不做。

我和基努走到疾控中心旁的十字路口，他要朝左走，我得朝右。他问我住哪儿，我说朋友家。他点点头。你呢，我问他。他耸了耸肩，说随便，去哪儿都一样。我笑了起来。那时候珍珠街已经被拆掉了，确实是，去哪儿都一样。

临别的时候，基努回头对我说，你不能再这样下去。

我笑着说什么样。

他说吸毒。鬼混。脱离社会。没有未来。

我说你能这样，为什么我不能。

你是误入歧途，他说。

而我，他说，本来就在歧途上。

我不明白。

他笑了笑，说我走了。

我点点头。

记得读波拉尼奥，他又说。

我说好。

然后他背对我离开。脚步缓慢，却不再轻盈。我目送他的背影在巷子尽头消失，然后我转身，离开。

那就是我们最后的告别。

六

米线告诉我大瘤死了，海洛因注射过量死在了阿诗玛公园外的公厕。我没有说话。武松待会儿过来，米线说，我们一起去河边给大瘤烧点纸钱。武松走到我身边的时候，我没有避开他，我看得出他很高兴。米线提着装满纸元宝和纸钱的红色塑料袋，说，走吧。现在只剩我们三个了，米线又说。

护城河边正在做沟渠清理，武松说这是劳民伤财的面子工程。我说挺好的，弄干净了看着挺舒服。武松动了动嘴，没说话。我知道他在克制，为了这段挽回不易的友谊。

我们从石坡上滑下去，像是小时候做的那种游戏，依靠屁股和坡面的摩擦力滑落和刹车。米线的短裙在滑行过程中被撕扯开来，紫色的内裤露出大半截。武松骂她伤风败俗，然后脱下自己的运动外套给米线围在腰上。

我们坐在地上开始烧纸，不管围绕着我们的脏水发出怎样的恶臭。米线往火堆里丢定数的纸钱和元宝，口中念念有词，她懂得这一套民间流程，她说是外婆教给她的。我说我外婆从来不跟我说话。为什么？米线问。她不喜欢我，我说，因为她不喜欢我妈妈。我知道，米线说，你外婆不喜欢你妈妈是个女儿。对，我说，她喜欢我舅舅，喜欢我舅舅的女儿。她用柳条抽我，我说，但给我妹妹吃水果糖。真操蛋，米线说，是吧，操蛋。武松插话，扯蛋更好听。米线说，好吧，扯球蛋。武松说，扯鸡巴蛋。米线说，扯鸡巴蛋。武松说，欸，对了。

米线说她这段时间没再遇到基努。我说我也是。米线说基努受这么大的打击，不知道能不能重新振作起来。会吧，我说。也是，米线说，只要他愿意，他能做成任何事。我说是吗。她说是，他有胆识有魄力有决断，这样的人去做什么都能成事。后来我想，如果那时候我们知道基努要去做什么，我们是否还会那样满怀期待地为他畅想他的未来。武松从树边撒尿回来，问我们在说谁，米线说马军。武松说，哦，马军，我听说过。

七岁的时候我第一次见到马军，他并不记得我。他来录像厅看电影，放的是《生死时速》。他走进来，身影和电视里的基努里维斯重叠在一起，我舅舅走过去拍了拍他的肩膀，请他在中间坐下。后来我在日记里把他叫作"基努里维斯"，我没告诉过他，没告诉过任何人。

我们不瞎聊天的时候就开始想起大瘤。我们很悲痛也很怀念他，但也不妨碍我们给他烧纸的时候继续嘲笑他断在大腿动脉里的针头，那针头搞得他肌肉发炎肿大，好长一段时间走不动路，医生们都说无能为力，这傻子居然想自己拿磁铁把针头吸出来。想起这些的时候，我们都笑得喘不过气来，到最后武松不得不讲他的苏联笑话给我们听，好让我们忘掉大瘤大腿里的针头。

武松给我们讲了列宁和斯大林的笑话。

列宁快去世了，把继承人斯大林召进克里姆林宫。

列宁说："不瞒你说，我还有一个隐忧啊，斯大林。"

"说吧，亲爱的伊里奇。"斯大林专心地听着。

"那就是，人们会跟你走吗？不知你想过了没有？"

"他们一定会跟我走的，"斯大林强调说，"一定会！"

"但愿如此，"列宁说，"我只是担心，万一他们不跟你走，你怎么办？"

"那只好让他们跟你走！"

但我们却没人笑，甚至觉得大瘤的针头笑话都没意思了。米线责怪武松的烂笑话破坏了一个好笑话，然后我们一起沉默下来，也停止了往火堆里丢纸钱的动作。

烧纸的火堆熄灭下来，袋子里还剩几个纸元宝。武松把它们放进发臭的河水中，风吹着元宝漂流了一段距离，然后元宝船缓慢地沉没在水里。

我想起了基努讲的太平轮，我把这个故事讲给他们听。武松说他知道这个，米线压根没听过，她甚至不知道铁达尼号是什么。她只说太惨了，那么多人淹死在水里，太惨了，不过幸好有一些人活下来。武松说活下来的人也不好受。我没有说话。

我们的船如果沉了，武松突然说，那个活下来的一定是你。他看着我。米线说我们什么时候坐过船。武松没说话。米线又说，你太偏心了武松，船沉了我也能活下来，不，我们都能活下来，因为我们都会游泳。武松笑了出来，我也笑了。等我们的笑声停下来，武松说，你会活下来，因为你跟我们不一样。米线似乎听懂了什么，这次她没有插话。

我知道你跟我们不一样，武松说，所以我有点忌妒你。

瞎扯，我笑着说，能有什么不一样。

天色渐暗，河边的小区亮起了几盏灯。那些细小的灯火围绕着我们，围绕着世世代代在这里生活的人们，却从未让我们看清楚什么。我们置身此中，只有恶臭，阴暗，肮脏。罪恶，贪婪，绝望。这就是我们的生活。

武松盯着沉没的元宝船。你有未来，他说。

而我们没有。

七

几年后，在拜登当选美国总统那天，我遇到了我的第二任丈夫。我们在前往瀑布的轮船上相遇，不久以后我们结婚。很多事情从那时候起发生了改变，我的处境，我的生活，我的整个人生。我戒掉药瘾，我重新上学，我再次写作。这也是个很长很长的故事。

我们住在一间不大但却明亮的公寓，楼下有几棵很好的高山榕，我们经常绕着它们聊天。我们不谈文学，但我们一起生活，吃饭、睡觉、散步、吵架。我总是想起基努说的相依为命，我以前以为他对我质疑的沉默是因为他也不懂，如今我懂得他的沉默不过是等待，等待我有一天能够明白，明白性，明白爱，明白生活。

我会想起崔良，想起女儿，但想得不多。我从未想起过妈妈和继父，但愿是真的从未。

我常常想起太平轮，想起元宝船。武松说得没错，我是那艘船上的幸存者。但基努错了，这不是正路与歧途的分别，只是命运与处境的分别。我没办法接受了命运的恩赐却说这是我努力的结果，我和他们没什么分别，从来都没有。即使我从那艘沉船上走了下来，我依然认为现在的生活并不真的属于我。

我也会常常想起那些周六的日子，和米线武松大瘤厮混的周六，去门诊服药的周六。那时我坐在门诊外的长椅上，服药过后的清醒总让我觉得一辈子就那么过去了。我和基努重逢的时候似乎也是一个周六，还有从前我去书店找基努的周六。说来也奇怪，记忆中那些周六好像都有很好的天气。不过基努说的那本书，我总是断断续续地读，却从来没有读完过。要死，我还是没办法喜欢上波拉尼奥。

最小的海

一

李早提起她父亲去世前的情景。

是个傍晚，他让李早取来他的老花镜，说想看看这几天的新闻。

过期的报纸堆在医院的床头柜，他一张一张地翻阅。

"怎么没人告诉我？"他说。

"什么？"李早问他。

"曼德拉死了。"他说。

"谁？"

"南非前总统，"他把那串长长的名字一个字一个字念得非常清楚，"纳尔逊·罗利赫拉赫拉·曼德拉。"

李早说自己不看这些新闻。

"你们女人从来不关心政治，"他说，"你把李江给我叫来，我问他知不知道。"

"李江不在。"李早说。

"去哪儿了？"他取下老花镜，仰着脖子问她。

"不清楚。"李早说。

他把老花镜摔在床沿，背朝她躺下。过了很久，她听见他嘟囔着说："我知道了。"

李早弯腰捡起他的老花镜，问他："知道什么？"

他没有说话，她走过去，发现他已经睡着了。

当时李早和何毅坐在车里，挡风玻璃正对着夜晚的海面。那天晚上天气不好，几乎看不到月亮，只有灰蓝的海浪片刻不停地从山脚一遍一遍翻涌过来，渐渐逼近他们，击打在岸边的防波堤，再重新退回去。

"他睡着了，"李早说，"但我其实希望他是死了。"

何毅没见过李早的父亲，王阳说那老头是个混蛋。有点文化的混蛋，王阳的原话。

"但他只是睡着了。"李早说。那时候她感觉自己可能是有些醉了。

几个小时前李早跟王阳还有朱莉待在一起，他们吃过晚饭，坐在旅店的壁炉旁喝酒。一个假的壁炉，里面的火焰用鼓风机吹起来，看上去很逼真。李早蜷腿窝在沙发里，靠着王阳，朱莉坐在他们对面，隔着一张木制圆几。大厅的光调得很暗，方便客人们夜间观赏窗外的海景。

那片海其实是高原上一个巨型淡水湖，当地人把它称作海。"最小的海，"朱莉说，"翻译成汉语就是这个意思。"李早和王阳下午到的时候天气晴朗，朱莉带他们到海边转了转。朱莉告诉他们，他们在海的东岸，海景其实是西岸更好，那边的海紧邻环海公路，望出去无边无际。不像东岸这样民居密布，岸边筑着高高的防波堤和青石护栏，对于观赏海景是一种损害。

朱莉是何毅的新女友，比何毅大六岁，他们不久前一起接手了古镇这家临海的旅店。"何毅一直喜欢比他年长的女人，"王阳说，"刘茵是个例外。"刘茵是何毅的前妻，也是王阳和李早大学时期共同的朋友。

王阳认为何毅的这段新恋情或许会长久，李早见到朱莉的时候，大概明白了王阳"能长久"的判断。朱莉跟何毅之前众多的女友不同，她不张扬，无论是外貌还是个性，都透露着内敛和平稳。她身上有生活的力量，王阳这么形容朱莉。王阳说他期望朱莉会是何毅的归宿，希望朱莉的乐观和包容能让何毅学会放下，从早年不幸家庭的痛苦和前一段婚姻的阴霾中走出来。李早知道，王阳是真心希望何毅能过上一种更好的生活，至少是他价值意义上更好的生活，稳定的家庭，和睦的关系，人人充满希望。

朱莉自己先喝了一口酒，向王阳和李早表示祝贺，询问他们什么时候办婚礼。王阳说年内，具体时间还没定。朱莉笑着说何毅听到这个消息肯定会为他们高兴。王阳问何毅什么时候回来。朱莉说快了，他现在应该折回机场高速了。那是几个挺重要的客人，朱莉解释，何毅得亲自送他们到机场。

王阳坐了一会儿，说自己头有些痛，想先回房间躺一下。白天他开了一整天的车，几乎没怎么休息。李早问他要不要自己陪他上去，或者去给他买点药，朱莉这里没有缓解头痛的药。王阳说不用，他躺一会儿就好了。"何毅回来的时候叫我，"王阳说，"他一杯酒也别想喝。"朱莉笑着应道，这个惩罚很好。

"何毅说你们从大学开始就一直是很好的朋友。"朱莉看着李早，那时剩下她们面对面坐着。

李早知道，何毅原话肯定不会用"很好的朋友"这样的字眼，他内心好像从来不觉得谁是他的朋友，但她还是点点头："对，何毅，王阳，我，还有刘茵，我们大学时期就认识。"

"王阳和何毅住一个寝室，刘茵当时还是何毅的女朋友。"李早说，"我和王阳是支教时候认识的。"

"我看到过你们四个人一起拍的毕业照。"朱莉说。

"是吗？"李早说，"我都不记得我们一起拍过毕业照。"

朱莉说："何毅保存得很好。"

"他很喜欢保留东西，"朱莉又说，"高中时候穿的湖人队球衣现在还留着。"

李早看着窗外："那时候我们还很年轻吧。"

"你们现在也很年轻。"朱莉笑着说。

她们听着窗外不间断的海浪声，轻轻举杯，把玻璃撞击的清脆融入海浪。那是一块横贯整个旅店大厅的落地窗，从窗内看出去，视线的尽头是一片绵延的群山，亮着散落的点点灯火。正对旅店的那座山，朱莉指给李早看，在山顶最亮的地方，是禅寺的佛塔。"叫楞严塔。"朱莉说，"当时有好几间海边的旅店要出手，何毅最后选择了这间，说这个位置看楞严塔最好。"有几只晚归的红嘴鸥从海面跃起，在空中上升、旋转、滑落，然后迅速消失在夜空之中。

　　李早把杯子里的酒喝完，站起来，身体轻轻晃了一下，像是在配合刚好拍打过来的浪潮。"我还是出去给王阳买些药。"李早说。

　　朱莉说："我陪你。"

　　"不用。"李早又说，"我想一个人走走。"

　　李早出门的时候天只是有些擦黑，等她转到海边的时候，天已经完全黑下来了。

　　手机地图显示海边广场附近有一家药店。那是一个很大的广场，沿着海边一直延伸到远处密集的民居。广场中央有一群学滑板的小孩子，正屈膝准备勇敢地跃下两级台阶，但最后成功落地的居少，大部分都接二连三地摔倒。李早经过他们，向海边沿岸的人行道走去，那里有几个正在饭后散步的当地人。李早走到差不多广场尽头的时候，看见了广场内侧药店的招牌。药店关着门。很多商铺都是这样，大概是冬季游客少，没什么生意。李早那时也感到有些累了，她看见不远处有一座石亭，便朝那边走过去。

石亭算是广场真正的尽头，再往前就只剩一人宽的小路，沿着小路可以进入一片民居，一部分是当地人的住所，但大部分是租当地民居改造的客栈、餐厅、酒吧和咖啡馆。李早倚靠着石亭的护栏，倾听海浪击打她面前的防波堤，有规律地、不间断地击打，那声音有种叫人安静的力量。在更远处的海面，闪烁着一层密集的不断移动的光斑，那是一座连接两块陆地的跨海大桥，车辆在桥上无休止地穿行。即使有那些光亮，海面还是显得孤寂而宁静。

何毅找到李早的时候，她已经移到了海边的圆柱护栏，她觉得坐在那上面更能接近海的静谧。

何毅从她身后走过来的时候，她吓了一跳。

"这样很危险。"何毅说。

李早指了指绑在岸边那排橙色的救生圈，"没事。"她说。

"意外的发生就在一瞬间，"何毅说，"你根本没有机会碰到它。"

"你还是一如既往的悲观。"李早说。

何毅耸耸肩："这是事实，和悲观无关。"

李早没说话。

"你给王阳回个电话，"何毅说，"他正准备出来找你，说你电话打不通。"

"我手机没电了。"李早说。

这时候王阳刚好打来电话，何毅接起来，说他找到李早了，让王阳不用担心。李早听见王阳问他们在哪里，她朝何毅摇摇头。何毅说："我们现在就回来。"然后挂掉了电话。

"你怎么知道我在这儿？"李早问何毅。

"朱莉说你出来买药。"何毅说。

"药店有很多。"李早说。

"我猜你会来这里。"何毅说。

"你刚回来吗？"李早说。

"刚到。"何毅说，"你药买了吗？"

"药店关着门。"李早说，"你车停哪儿？"

"路边。"何毅指了指前面。

"还有别的药店吗？现在还没关门的药店？"

"镇上有一家，"何毅说，"二十四小时营业。"

"远么？"李早问。

"不算远，"何毅说，"开车十分钟能到。"

"还有更远一点的吗？"李早说。

"怎么了？"何毅问。

"我不想那么快回去。"李早说。

车子开出古镇，开始沿着环海公路匀速行驶。公路边上设置有专门给游客拍照的装饰巴士和玻璃秋千，李早和王阳白天过来的时候走过这段路，那时还有一些游客在排队拍照，如果是夏天，排队的游客数量应该会再翻好几倍。

白天李早和王阳在高速路上行驶了五个多小时，驶出高速后还要再开一个小时才能到达古镇。那是下午两三点左右，虽然是冬天，但阳光很好，加上长时间路途的劳累，他们显得倦意十足。导航提示快要到达古镇的时候，公路两侧的山峦和农田渐渐隐去，车子开始走一段长长的下坡路，当农田在他们眼前彻底消失的时候，远处阳光下粼粼的海面突然在他们眼前显现。这片山体绵延的高原上暗藏的广阔海面让他们瞬间倦意全消，王阳说这是自然的力量。

此时这片海面被夜晚所笼罩，显示出和白天全然不同的样貌，沉静，安宁，甚至有一种被吞噬的可怖。"我更喜欢湖。"何毅说。他放缓车速，把车窗放下。他让李早仔细听浪涛的声音，"比海柔和，"他说，"但并不缺乏力量。"

何毅说这是他选择这里的原因，这片蕴藏在高原群山间的湖泊与海洋不同，无论是它在夜晚与生俱来的清寂，还是它更为缓慢与收敛的力量。李早却说何毅爱上的是这里不被日常生活所规训的放纵与狂欢。"这里到处都是酒吧，"李早说，"算得上你的天堂。"

这时他们开始远离环海公路，朝内陆驶去，那个方向有一片更繁华的古城，也有李早想去的更远一些的药店。在他们即将离开海面的最后时刻，何毅踩下油门，车子在空荡的公路上疾驰，海风和李早的长发一起向他吹拂过来。

"你以为你很了解我？"何毅说。

李早说："我不了解你，我只是在说我看到的事实。"

何毅问："什么事实？"

"酗酒，纵欲，"李早语气平静，"毁灭，还有绝望。"

"这像是王阳会说的话。"何毅说。

"如果是王阳，"李早说，"那他会说你正在毁掉你自己的人生，并为他没有把你引入更具期望的生活而自责。"

"而不仅仅是罗列这些词语。"李早补充。

"这些词已经足够具有杀伤性了。"何毅说，他摇头笑了笑，"王阳一直觉得我在过一种堕落的生活。"

"他只是觉得你在挥霍你自己的才华，"李早说，"他觉得你本来可以在某些方面有所成就。"

何毅笑："王阳觉得每个人都独具才华，我以前跟他开玩笑，说他可真是个菩萨。他也想拯救你来着，是吧？"

李早没说话。

"他怜悯你，想拯救你，给你想要的生活，"何毅说，"但你现在退缩了。"他转头看着李早，车子急速地穿过前方闪烁的黄色指示灯。

"你以为你很了解我。"李早说。

何毅说："我不了解你，我只是在说我看到的事实。"

李早转头看了何毅一眼，他们对视，沉默，然后笑了起来。

　　李早在药店等店员给她拿药的时候，何毅正靠在车门边抽烟。陆续有人走进来，几乎都是深夜刚从古城出来的游客，高反、呕吐、胃痛、眩晕，一身酒气。李早拿完药出来，何毅灭掉烟头，她走上车，他按下启动键，车子准备离开。

　　这过程快得出奇，从他们离开海边广场，一路驱车至三十公里外的古城，买药，然后踏上归程，时间流逝得飞快。李早想要慢一点，再慢一点，慢到她有足够的时间去想明白自己到底在渴望些什么。她甚至希望听到何毅向她提议，问她要不要进古城去喝一杯，里面有一家他常去的酒吧。"真他妈的不错。"他会这么说。她不会像他想象的那样拒绝他，说她今晚已经喝得够多了，说她并不想看着一个酒鬼当着她的面酗酒。她会同意的，她会跟他走进去，去酒吧再喝上几杯，谈谈他们大学时候的事儿，谈谈他们如何成为今天这个样子。但何毅没有这么提议，他甚至一句话都没有说。

　　车子驶入归程，车速比来时快很多，他们很快就能到达，回到那间海边旅馆，回到他们各自爱人的身边去。完全不是李早想象中的"逃跑"，她现在承认这是一场逃跑，一场可笑的逃跑。她希望何毅能做点什么，但他什么都没做，或者说他什么都不想做。那他为什么要同意呢？当她说还不想那么快回去的时候，他为什么会同意带她来更远的药店，成为她的盟友，和她共同达成这次逃跑的契约？她不明白何毅在想些什么，她承认，她从来就不明白他在想些什么。

车子重新驶进他们来时的那条岔道，蓝色指示牌显示环海西路。

"我有点犯恶心。"李早说。

何毅看了她一眼，把车速降下来。

"前面找地方停一下吧，"李早说，"我想透透气。"

如果这次逃跑不只是一种情绪上的闹剧的话，李早想，她或许该试图做些什么。

何毅保持着低速行驶，直到前方出现一片观景台，他开始缓缓打方向盘。消失的海面重新在他们眼前显现，广阔、混沌、沉静。

观景台设计独特，叶片形状，从外向内逐渐收缩，最窄处悬空于地面，像是一座悬崖，那里是观景的最佳位置，只容得下一辆车的宽度。他们的车停在"悬崖"边，整片海面就在他们眼前，所有的岛屿，所有的边界，比想象中更小，更有限。

"这只是一片湖，"何毅重新放下车窗，海浪声涌进来，"用海的标准看待它肯定要失望。"他看出了她在想什么。

"我没见过真正的海。"李早说。

何毅问她什么是真正的海。李早想了想，说："没有边界？没有尽头？"何毅说："不存在那样的海，就算太平洋也是有边界的。"李早说："是吗，那什么没有边界呢？"何毅说："什么都是有边界的。"

"人呢，"李早问，"人的边界呢？"

"是死亡吗？"李早说。

"死亡是实体的边界，不是人的边界。"何毅说。

"所以人不是实体，"李早说，"那是什么，思想？"

"也许吧，"何毅说，"在你说的边界意义上，人是思想。"

"这么说的话，"李早说，"人的边界取决于思想的边界？"

"我喜欢这句话。"何毅说。

"那思想的边界呢，"李早问，"思想的边界又是什么？"

"这个你恐怕要去问哲学家。"何毅说。

李早笑了笑，何毅也不再说话，他们沉默着，倾听海浪如何将他们围绕，直到几辆轰鸣的摩托从他们身后飞驰而过。

"你平时也这样吗？"李早说，"像他们这样不要命地做这种速度游戏？"

何毅愣了一下，似乎在回想李早问了他什么。

"不，不会。"何毅说，"嗯。偶尔也会。偶尔。"他毫无意义的重复让李早明白，他没听进去李早在问他些什么。

"你在想什么？"李早问，"边界？"

"还是酒？"李早看着他。

何毅笑了起来，他把天窗打开，从口袋里拿出烟。

他的答案不言自明。

"要是没有跟我出来，你现在应该正坐在窗边喝酒，"李早说，"边观赏佛塔边喝酒，是吧？那塔叫什么来着？"

"楞严塔。"何毅认真地告诉李早。

李早的讽刺在他身上完全落空，她自己都忍不住笑出来。

"但我没逼你出来。"李早又说。

"对，"何毅说，"我是自愿的。"

"你后悔了？"李早说。

"有一点。"何毅说。

"后悔是你的常态，"李早说，"是吧？"

"是吧。"何毅说。

"离开刘茵以后有后悔吗？"李早说。

何毅沉默，然后说："你喝多了吧？"

"不多，"李早说，"朱莉的白葡萄酒，只喝了半杯不到。"

"不是，那是我的酒。"何毅说，"味道怎么样？"

"还行，"李早说，"所有的酒我喝来都一个样。"

"可惜，"何毅说，"应该挑最便宜的招待你们。"

李早看了他一眼。"记得李江吗？"她说。

"你弟弟？"何毅说。

"对，"李早说，"李江是喝假酒死的。"

何毅看了李早一眼："虽然有些冒犯，但我怎么觉得你像在讲什么劣质笑话。"

"好笑吧，"李早说，"人死得像个笑话一样。"

何毅没说话。

"挺有意思的，"李早说，"这种死法挺有意思。我跟你讲过我爸爸怎么去世的吗？"

何毅说没有，然后李早提起了她父亲去世前的情景。

"我以为他死了，结果他只是睡着了。"李早说。

"后来我以为他只是睡着了，结果他死了。"

何毅终于点起了他的烟。

烟雾从天窗升腾上去，月光倾泻下来，一片正好落在何毅的鼻峰上，像黑夜海上浮着的冰山。

二

李早让王阳和儿子去麦当劳等她，她拿完检查报告就去找他们。

儿子多多坐在后排的儿童座椅上拍手，说要吃麦旋风。王阳说："你一个人哪行，我得陪你去。"李早说："不用，要真检查出什么我还得反过来安慰你。"王阳动了动嘴，没说出话。"医院细菌多，"李早语气柔和下来，"多多感冒刚好，别又感染了。"王阳点点头。"待会儿从建设路岔过去。"李早又说，"别走主道，堵。"

"好。"王阳说。

几周前李早在左侧乳房发现了肿块，她刚洗完澡，往身上抹身体乳的时候摸到的，蚕豆大小，很硬。她当时没有在意，后来发现肿块在变大，晚上睡觉的时候她告诉了王阳，王阳伸手摸了摸，吓得不轻，责怪她怎么不早说，李早说她当时没想那么多。王阳一夜没睡，第二天一早请了假带她去市医院做检查。

医生摸了摸，说像纤维瘤。他问了李早的家族女性病史，比如她的母亲是否患过乳腺癌等。李早说她不清楚，母亲很早就去世了。医生又检查了她腋下和锁骨处，摸了摸那些部位的淋巴结是否肿大。

"会是癌症吗？"李早问医生，"我没想过会这么严重。"

医生开单子让李早去做核磁和肿物穿刺，"不要紧张，"医生从打印机里取出单子递给李早，语气平静，"先去缴费做检查，到时根据结果才能确定。"

李早今天来医院取检查报告。

昨天晚上李早没太睡好。白天她把多多送去王阳母亲那里，让她周末帮忙照看两天，说这几天公司要加班应对巡视整改，没提第二天要去医院的事。晚上十点左右，王阳的母亲打电话过来，说多多在她那边一直闹，非要找妈妈，怎么哄也不听。王阳把多多接回来的时候已经快凌晨了，李早又花了一些时间哄多多睡着，然后才回卧室，但躺下没多久就醒了。她看了看手机，三点十分，王阳不在卧室。她下楼走到客厅，看见王阳站在院子里，关着玻璃门在外面抽烟。她重新回到卧室躺下来，睁着眼睛看墙上的壁纸花纹，数一块壁纸上有几只蜜蜂。后来她听见王阳上楼的脚步声，她闭上眼睛装睡，但王阳一直没进卧室。第二天她起床的时候，王阳还躺在楼下客厅的沙发上。

有时李早会想，婚姻所具有的意义，就是此刻对方比她更惧怕自己的死亡。她和王阳恋爱四年，结婚七年，孩子四岁，他们人生共同的十一年就这么过去了。一起度过的所有日日夜夜都将他们连成了一个整体，一个不可分割的整体。是真的不可分割吗？李早想，还是仅仅因为他们彼此都没有找到必须分割的充分理由？他们和睦，友爱，相互尊重，生活中没有出现别的意外，那种令他们必须分割的意外，或者说，那种意外还未到来。它们会到来吗？不仅仅死亡，李早想的不仅仅是死亡那种意外。

医院里的停车位已经满了，王阳把车停在了路边。下了车，李早让王阳和儿子直接去麦当劳，她往反方向走去医院。"不用送，"李早说，"我自己走过去。"王阳说："你把口罩戴上。"李早点点头，转过身去戴上口罩，往前走了几步，听见儿子在她背后喊："妈妈，快来找我们哟。"她回头向他们挥了挥手。

置身于医院的喧哗和骚动中时，很难不想到人的苦难和死亡。救护车、呻吟、防护服、感染、急诊室掉落的手指、红灯手术中、恸哭、刚被清扫的血迹、求救、黑色垃圾袋里的皮脂和内脏。人们匆忙或是神色紧张地在每一处穿梭，停留，等待。也不是没有欢乐，如果等待的结果令人惊喜，人们会欢呼，但还是会无法抑制地哭泣，欢乐的哭泣。

李早说不清楚她此时的等待掺杂着什么样的心情。她当然暗自祈祷只是身体上的小毛病，也许最终会被证明只是虚惊一场。但她也想着最坏的结果，生命的倒计时，突然降临的死亡。算是恐惧的一种吗？也许吧，但她更好奇到时候身边的人会对她的死亡抱有什么样的反应。父亲临终前，在医院照顾他的那段漫长日子里，她见过很多种对于死亡的反应。一个中年男人凌晨脑溢血死了，过了两个星期他的家人才来认领尸体，缴清欠款。肾衰竭的老人刚进手术室，他的儿子儿媳、女儿女婿为了遗产分配问题在楼道里吵得天翻地覆。也有的人去世以后，他的儿女过来有条不紊地收拾着他的东西，把水果分给病房里的其他人，握着医生的手说："谢谢，我知道你们已经尽力了。"父亲去世的那天夜里，她只是叫来了护士，确认死亡后她签了字，然后感到了前所未有的轻松。那天晚上她站在住院部院子里那棵合欢树旁，轻轻地呼了口气，她也哭了，但不包含悲伤，即使有的话，那也很少。李早不知道自己的死亡会让周围的人感受到些什么，但如果他们想起她时，露出更多的微笑，或是带着遗憾，那就不算是坏的死亡。

挂念。她当然会有所挂念，她的孩子，她的丈夫。孩子会健康地长大吗？会幸福吗？快乐吗？会忘记她吗？丈夫呢，需要多久走出这场阴霾？又会在多久以后再次成家？幸运的是，她了解王阳是什么样的人，也会相信和尊重他此后的选择。他会处理好一切。一直以来，他都是一个称职的丈夫和父亲。

遗憾，李早捕捉到这个词，有遗憾吗？也许吧，李早想，但她想不出什么具体的遗憾。但如果，她是说如果，在还能够选择的时候，她选择了另一种生活，一切又会是什么样？

在她很年轻的时候，她就渴望步入一种安全的生活，稳定、舒适、无须为金钱发愁。她厌倦了曾经那些今天担心明天的日子，担心交不上的学费，担心父亲无来由的毒打，担心李江鬼混闯祸，担心他们各种意外的死亡，担心她不得不辍学去供养这个家庭，担心自己最终将过上令她恐惧的生活。所以她又常常觉得自己算是幸运的那一个，在一个她完全被轻视的家庭和动荡的环境里还算正常地长大，没有被拐卖，没有被强奸，没有辍学，没有走入歧途。考上不错的大学，找到一份稳定的工作。或许更重要的是，她遇到了王阳，并在他那里看到了一种对她而言极具诱惑的人生。

李早认识王阳的时候就知道，他会是一个好丈夫，以后也会是一个好父亲。他从他的父母那里接受到了足够的爱和富足的生活，他也能够把他的富足和爱释放给每一个需要的人，如同七年前李早在婚礼上给宾客读的她写给王阳的信中所说的那样："他是一个善良的人，懂得如何去爱一个人的人。他懂得如何尊重别人，尤其是尊重女性，这是周围大部分男性所真正缺乏的。他从不站在更高的位置看人，尽管他拥有着比同龄人更加优渥的生活条件。他总是能够看到那些被忽视的人群，带着悲悯但不俯视的姿态接近他们，怀着最大的善意和期望去帮助他们，希望他们过上一种美好的生活。这些都是我爱他的理由。"

王阳说他是在去支教的那趟列车上爱上李早的，李早问他具体是什么场景。"列车穿过贵州境内最后一条隧道，"王阳说，"看到尽头的时候。"

那是一列从北方直抵云贵高原的列车，整个旅程严格依照着地理课本中地形和植被带的划分。列车起初在一望无际的平原上行驶，铁路两边的房屋和农田一闪即逝。当平原和天际衔接的直线逐渐被起伏的山峦所取代的时候，列车就开始频繁驶入狭长幽暗的隧道，喧杂的人声也随着渐暗的背景色突然沉寂下来。

王阳坐在紧挨过道的位子，他转头看向漆黑的窗外，借由车厢内的灯光，看见了自己隐隐反射在玻璃窗上的脸庞。和他的脸庞共同构成一幅完整画面的，还有坐在对面靠窗位子，一个正在低头看书的女孩。

从上车开始他就注意到这个女孩了。她有很好看的下颌线，齐肩发，耳廓很小。她在一页书上要停留很久，即使翻了页，也还会不断回头去看前面的内容。有时候女孩很久都没有翻页，他猜想那一页是不是格外精彩。

阳光再次照进车窗，由暗渐明转换的瞬间，女孩抬起了头。她在看他，觉察到这一点的时候，他有些尴尬。他不知道那一刻自己的目光该不该从窗户上移开，是该直视她，还是装作在看窗外的景色。他感觉到自己肩膀的肌肉都在紧绷着。

是女孩主动跟他说的话。"你东西掉了。"女孩说。

他转头，确定她是在同他讲话，然后低头去看，是他的卡包，应该是刚才坐下的时候从兜里掉出来的。

他把卡包捡起来，对她说了谢谢，又觉得自己还应该再说些什么，然后他问："你在看什么书？"

女孩把书本合起来，朝他抬起，展示封面。"《玫瑰之吻》。"她说。

"小说？"他问。

"不是，"她说，"植物学的书，讲花的。"

"花？"他问。

"对，"她说，"花。很有意思。"

"是吗？"他说。

"比如莲花。"她说。她比他想象中开朗和热情得多。

她迅速翻到折了一角的书页，指着文字念起来："每朵莲花都有自己的恒温器。莲花开放时，即使空气低到五十华氏度，它也能够产生并维持超过八十华氏度的温度。"

她阅读的时候很专注，为了压住火车经过轨道的声音，她提高了音量，念完后又觉得自己影响到了其他同学，于是不好意思地笑了笑。但他们周围并没有人在意她，在意他们。

王阳觉得这样呈对角线的交流并不方便，他想换到离女孩更近一点的位子，但没有同学愿意。女孩这时站起来，提出跟坐在王阳对面的男孩换一下位子，男孩同意了。

"靠窗的位子更吸引人。"女孩眨着眼睛对王阳说。

王阳感觉自己的耳后正微微地发烫。

"还想再听吗？"女孩问他，"比如花如何凋零？"

王阳点点头。

女孩继续翻到另一面折角的书页："日本樱花是'大爆炸战略家'，它开花时间十分短暂，但成千上万朵樱花中每一朵都可提供微量的花粉和花蜜。樱花树吸引了多种不同的'机会主义'昆虫，这些昆虫寿命较短，关注的范围也不大，但它们会成群结队扑向花团锦簇的樱花树，寻求短暂的回报。"

王阳认真地点头，表示他学到了这些知识。

女孩接着念："对于'多年生但只结一次果的植物'来说，青春期是致命的。植物用尽其所有细胞分化来生成花枝，为了生产果和种子，它们等于燃尽了多年来贮存的能源。性对于'多年生但只结一次果的植物'来说是一种代价极大的胜利。"

"比如龙舌兰和竹子。"女孩说。

王阳还是点点头。

"是不是很像人类不同的生存方式？"女孩问他。

原来她想说的是这个。

王阳想了想，然后问她："那你呢？你属于哪种生存方式？"

"不知道，"女孩说，"这两种方式我都喜欢。一种热烈，一种坚韧。"

他喜欢她的形容。

"但我们大部分人应该属于另一种方式。"她又说。

"什么方式？"他问。

"从墨西哥到哥斯达黎加低地森林中的十字架树，一年中大部分时间里都在开花，它的老枝和树干上都会产生许多花苞，但这些花苞寿命都很短，而且每晚只开放少许。较大的深紫色花朵会吸引种类不多的蝙蝠前来吸食花蜜，这些蝙蝠每晚造访同一片小树林。这种'稳恒态'植物更倾向于锁定食性比较专一化、体格强壮并且寿命较长的动物，这些动物有很好的记忆力，并有到处流浪的习惯，动物愿意每天奔波很远的距离以获取有限但可持续的回报。"女孩读完，抬起头看王阳。

王阳点头，表示赞同，沉浸在植物对于人类生存方式的启迪之中。过了很久，他听见女孩合上书，问他："你是哪个系的？"

"经济系。"他说。

"我是中文系，"女孩说，"我叫李早，你呢？"

"王阳。"他说。

然后她问他为什么来支教。

王阳想了想，说："想来体验另一种生活。"

李早的表情严肃起来。"'体验'这个词有问题，"她说，"有居高临下的姿态。"

王阳想说他不是那个意思，但他一时不知该如何辩驳。

"难道你不就在生活里吗？"李早说，"你想体验什么？"

王阳有些不知所措，他不明白只是简单的一句话为什么会让面前这个女孩突然变得咄咄逼人。

"我不是那个意思，"王阳说，"我是说感受，感受别人的生活，然后尽可能地帮助他们。"

"帮助他们？"李早说，"你觉得自己有能力去改变别人？"

"尽可能，"王阳说，"尽可能带给他们一些有益的影响。"

"影响？"李早说，"如果他们并不觉得自己需要被影响呢？或者说，他们并不觉得自己过的是一种不好的生活？"

"那我就去向他们指出什么是好的生活。"王阳说。

"你太自大了，"李早说，"非常自大。"

王阳当时是有些生气的，他不知道为什么自己要无故地受到她的指责。剩下的时间他们都没有再说话，当列车穿越最后一条隧道的时候，王阳开口，他跟李早说自己思考了她刚才的那些话，他说他并不是觉得别人的生活不值一提，他只是觉得完全可以让他们看到更好更广阔的生活。

李早抬起头："你还是没懂我的意思。"

王阳看着她。

"我想说的是，"李早说，"你没有资格站在更高的位置去看待甚至指引别人的生活。"

"我没有。"王阳说，但他知道争辩下去再没什么用。"好吧，"他说，"那你为什么来支教？"

李早看着他，挑了挑眉："为简历增加一条实践经历。"

王阳无可奈何地笑了起来。"好吧，"他说，"实用主义赢了。"然后李早也笑了起来。那时候隧道刚好抵达尽头。

但王阳其实骗了李早，他根本不是在火车上爱上她的，真正爱上她是在之后。支教结束的时候，他想跟她进一步发展关系，提出了恋爱的想法。她答应了，甚至没有犹豫，但却给他时间让他再回去考虑考虑，她说她的家庭状况不好。

"我妈妈很早就去世了。"她说，"我爸爸精神有点问题，时好时坏。坏占大部分时候。"

"我还有个弟弟，"她说，"很早就辍学了，已经很久没跟家里联系。"

王阳当时认为李早过于认真，他只是想谈恋爱，李早其实没必要告诉他这些。但她的坦诚还是打动了他，他被她讲述生活时毫无怨言的神情所吸引，在她身上并未展现出那些生活的困苦带给人的怯懦。她和别的女孩不一样，即使他当时没有意识到，不久后他也会明白，这是他爱上她最重要的原因。

他身边有很多同龄的年轻女孩，她们虚荣，凌空于生活，以一种生硬的姿态让自己与生活本身相隔离。李早不一样，他看到了她的不同之处。即使后来他向她求婚的阶段，他也依然认为她其实完全可以找到更好的伴侣，比他更成熟，也更有前途，只是需要一些时间。但他还是想要娶她，因为他觉得当下她再没有更好的选择。她还要在她贫困的生活里挣扎许久，甚至比他想象中更久，才能真正让别人看到她的不同。他不忍心看她挣扎，有可能一蹶不振。没人说得准。所幸，是他比其他人更早一步看到了她，至少在这段时间里，他能够给她一种他认为她应当拥有的生活。

但李早犹豫了，当她一直渴望的那种生活置于她的眼前，邀请她进入的时候，她犹豫了。

三

王阳和朱莉面对面在大厅坐着，夜间的温度很低，即使喝着酒身体也是冷的。不只身体上，王阳想，他不知道朱莉有没有这种感觉，意识上的眩晕和颤抖。不过朱莉应该比他好很多，因为她还能腾出多余的精力安慰他，说何毅和李早也许只是手机都没电了所以联系不上，又或许是车子在路上出了一点状况，需要些时间来处理。"生活中多多少少会遇上些出乎意料的情况，是吧？"朱莉这样说。朱莉给他倒上酒。"不用担心，"她说，"他们很快就会回来的。"

"他们"，王阳想着这个词，"他们"，这真是一个"出乎意料的情况"？有一天晚上，当你睡醒一觉后发现，你的未婚妻和你最好的朋友一起消失了。"消失"这个词或许用得有些重了，"失联"，可以用"失联"这个词。他们没告诉你他们去了哪儿，他们也不接你的电话。你只能猜想他们现在在哪儿，在做什么。你也可以更戏剧性一些，去猜想他们是遭遇了严重的连环车祸，甚至遇到了匪徒，才会被迫和你失联。

　　但王阳理智尚存，还能在合理的框架里进行思考，他知道自己唯一能做的只有等待，并在等待中不断回想，这种端倪是何时出现的，难道他一直毫无察觉吗？如果他从未把何毅和李早放在一起想过，一直认为他们三个人的关系是一条线段，他才是中间的那个连接点，线段的两个端点怎么会发生关系？如果是这样，那他此时怎么可以如此理智地等待着一切可能出现的结果。

　　如果不是毫无察觉，那么一切不加指明或阻止的顺其自然，是一种超常的信任，还是蓄意的放任？难道是为了能够站在原地，颤抖着却同时怀着期待去观看那一点端倪能够造成多大的灾难，能在多大程度上摧毁他一手建立起来的生活？如果是这样的话，王阳想，自己或许才是他们三个里最适合被"毁灭"一词形容的那个。

　　无论结局如何，他知道，一切都已不同。

　　他想过最坏的结果就是失去她，或者，也不一定，也许那恰恰是更好的结果，他失去她，然后在不久以后遇到一个更好的女人，什么意义上的更好呢？更年轻，更美貌，更温顺，更加爱他？那时候如果他跟后来的妻子说起，他也许会说现在的失去是一种幸运。

但生活不是那些浅俗的连续剧，遵循的不是它们的逻辑，不是娶了更好的人，过上了更好的生活，就可以说他终于战胜了那些伤害过自己的人，他从此就成了胜利者。不是这样的，生活遵循的是生活的逻辑，他所爱的女人背叛了他，这种痛苦永远不会被其他更好的东西所抵消和替代，那一刻他成了失败者，并且此后生活里的每分每秒都会提醒他不能忘记这一点。

而李早对此一无所知。

她此时在做什么？在想什么？她会跟何毅接吻吗？甚至做爱？她会像对自己那样，用嘴让他快乐吗？会吗？她会感到愧疚吗？或者悔恨？

只有夜晚是永恒的，王阳看着窗外，夜晚永远像现在这样笼罩着他。而李早将永远，永远对他此时内心发生的一切一无所知。

"你就没有什么想对我说的吗？"李早说。

何毅抽完了他的烟，又重新点上一支。

"说说你的童年，你的家人，"李早说，"或者是，你为什么这么绝望。"

何毅没有说话。

"王阳说你妈妈是自杀去世的，"李早说，"但从来没听你提起过。"

何毅没有说话。

"可以不要抽烟了吗？"李早说，"我讨厌烟味。"

何毅把烟头掐掉。

"说说吧，"李早说，"说说你的妈妈。"

"你们夫妇是专门赶过来要给我做什么心理疏导吗，"何毅说，"还是你也觉得你想拯救我？"

"我和王阳还不是夫妇，至少现在不是。"李早说，"我也没对你产生拯救的想法，难道是你觉得女人们都热衷于去拯救一个绝望的男人？"

何毅笑了出来。

"我只是想听你说说话。"李早说，"我还不想回去，所以换你来说说话。而不是我一直在说。"

何毅看了李早一眼。"是，我妈妈是自杀死的，在我出生后不久。"他说，"她把自己吊死在客厅的房梁上，那个空出的位置原本准备装一盏水晶大吊灯，灯装上以后我们就可以搬进那幢新房子去住。"

李早说："是产后抑郁吗？"

何毅说："不知道，那个年代哪有什么产后抑郁的说法，他们只会说她是撞了邪。"

"所以你对她毫无印象？"李早问。

"毫无印象。"何毅说。

"但我觉得她对你肯定有所影响，"李早说，"比如潜在的抑郁一类？"

何毅没说话。

"但王阳说是大学时候你在酒吧做兼职的那段时间毁了你，"李早说，"你觉得呢？"

"你这是访谈还是审问？"何毅说。

"聊天。"李早说。

"他说你在那里不只是染上了坏习惯，比如酗酒。酗酒还只是小事，"李早说，"更严重的是你从那里回来以后彻底丧失了抱负。"

"那只是王阳的臆断，"何毅说，"我从来就没有什么抱负。"

"但你曾经想做一个乐队，"李早说，"你为此做过努力不是吗？听说你在酒吧的那段时间积累了不少听众，有乐评人称赞你是一个诗人。"

"努力？"何毅说，"也许吧。"

"为什么放弃呢？"李早说，"现在你连吉他都不碰。"

"那你呢？"何毅看向她，"你又为什么放弃？你以前也写小说，王阳说你有那个才华，为什么不写了？"

"小说家不是离我最近的目标。"李早说。

"最近的目标？"何毅问。

"对，"李早说，"最近的，我伸手就能够到的目标。"

"是什么？"

"有一个家，"李早说，"一种安稳的生活。"

"也许以后会有机会，在最近的目标实现之后，有机会的话我也许能再写点小说。"李早笑了笑。

"你想要的目标现在就在你眼前，他就坐在那里等你，"何毅说，"但你却待在这里，说你还不想回去。"

"别岔开话题，"李早说，"我是在问你，问你为什么放弃。"

何毅看了李早一眼："因为，不是谁都能有机会成为鲍勃·迪伦。"

李早沉默了一会儿，然后说："一定要成为鲍勃·迪伦吗？成为有几十个听众的何毅不也很好？我以为你只是在享受音乐。"

"那为什么不干脆回归为一个听众？"何毅说，"如果你已经确定自己没有更高的才华。"

"这就是你的原因？"李早说。

"这就是我的原因。"何毅说。

"这也是你背叛刘茵的原因？"李早说，"也是你酗酒，是你绝望的原因？"

"因为你没办法成为自己最渴望的那种人，所以你连最基本的生活都要摧毁？包括别人的生活？"李早说。

"不要用这种教训的口吻跟我说话。"何毅说。

"如同刘茵所说，"李早说，"你最大的才华就是你无与伦比的极端。"

　　"极端的冷漠，极端的自私，极端的懦弱。"李早又说。

　　何毅笑了出来。

　　"你跟我是同一类人。"何毅说。

　　李早看着何毅。

　　何毅说："你跟我是同一类人。"

　　他看着她。

　　"自私、冷漠、懦弱，却想找一个好人来承担我们的生活。但你比我更无耻，你自私冷漠，却还装作热爱生活。你明明想要更多，但又不舍得安稳的生活。你如果跟我一样坦诚，就应该懂得放弃，像我一样，把希望留给有希望的人。你就应该放开王阳，就像我放开刘茵一样。"

　　李早沉默了很久，然后她说："你不过是个生活的懦夫罢了。"

　　何毅说："你不过是个虚伪的利己主义者。"

　　李早却笑了出来："谢谢你告诉我。"

　　"不用谢。"何毅说。

　　"你今晚是希望我做点什么，是吧？"他看着窗外。

　　她看向他。

　　"你对你笃定的目标迟疑了，"何毅说，"所以你希望我做点什么，好让你暂时逃离甚至逃脱原本的生活。你希望那些让你生活发生改变的力量来自于外在，以确保你发生失误的时候可以让自己全身而退，你那个时候会说，你与此无关，因为你没主动做过什么。"

李早没说话。

"那你现在希望我做点什么？"何毅转向她。

"做到什么程度？"他掰过她的肩膀。

李早没有挣扎。

"你看着我的眼睛告诉我，"何毅说，"你想要什么？你一步步激怒我，然后想从我这里得到些什么？安慰？建议？讽刺？"

"还是性？"

李早没有说话。

"你告诉我，"何毅说，"看着我的眼睛告诉我，你眼里有对我的欲望吗？"

李早看着他。

"有吗？"何毅说。

"没有，"何毅说，"一丝一毫都没有。"他将李早推开，放开自己掰着她肩膀的手。

"我承认我对你有，"何毅紧握着方向盘，"你早就察觉到了是吗？所以你在给我机会。引诱？放任？激怒？你想得到什么？"

李早没有说话。

"你冷漠自私，虚伪疯狂。"何毅说。

"而王阳自以为是，"何毅说，"他是个自以为是的白痴，用廉价的善良掩盖内在的空虚。"

"但他也不至于得到这样的惩罚。"

"我也不至于为一点欲望而毁了这一切。"

王阳听到门外汽车喇叭声的时候，他的身体像被再次拧紧了发条。朱莉先跑了出去，她去给他们开门。王阳坐在位子上没动，或者说，他没办法动。他透过那扇玻璃门，看见车子开了进来，然后朱莉关上了院子的大门。王阳看不清车子里的人，他甚至怀疑何毅和李早到底有没有在里面。

然后他看见他们走了进来，李早一个人走在前面，何毅和朱莉跟在她的身后。他们穿过月色，穿过院子里的三角梅，穿过脚下的绿绒蒿丛，一步步朝他走来。

她似乎是微笑着，像是什么也没有发生。她把手中袋子里的药递给他，告诉他镇上的那家药店关门了，他们只好去更远的药店，一直到了古城。她没有再解释别的，好像这样的理由已经足够了，她并不在乎它够不够严密，够不够真实。只需要听的那个人愿意相信，那它就是可信的。"你头还痛吗？"她问他，"赶紧吃一颗，还有冲剂，一起喝下去。"她伸手摸了摸桌上的凉水瓶，然后说她去热一点开水。

朱莉走过来，接过李早手里的水瓶。"我来吧。"朱莉说。

王阳抬起头看着李早，"我以为你不会回来了。"他说。李早看着他，先是迷惑，然后即刻恢复如初。她感觉到，或许王阳早就从那些蛛丝马迹里看到了他们之间的另一种结局。但她的内心没有忐忑，没有恐惧，什么也没有。她只是走到他身旁，把身体倾向他，抚摸着他的头发。"怎么会呢。"她说。

生活再次接续，一切看似如常，但已完全不同。

它的暗面向他们翻转了过来，那些谎言、闪躲、心猿意马，甚至是背叛，开始汇聚成细流融入他们的生活。

四

他们在夏天举办了婚礼。宴会酒店坐落在市区北侧的半山腰，紧邻一片近千亩的玫瑰种植园。负责酒店宴会的经理告诉王阳和李早，玫瑰园每年预计产出食用玫瑰一百五十吨，向全市供应，可供制作一千八百万个美味的鲜花饼。他们站在宴会厅窗前看向远处已经盛放的玫瑰园，听经理向他们解释食用玫瑰和观赏玫瑰的区别，仿佛参与的是一次玫瑰园科普展览，与他们自己的婚礼全然无关。经理介绍完科普知识后，非常遗憾地告诉他们，两个多月后他们婚礼举行的时候，玫瑰园的玫瑰基本已经采摘完毕。

那天他们从酒店出来，车子路过玫瑰园的参观入口，王阳问李早要不要进去看一看，李早摇了摇头。王阳说："确实，食用玫瑰没什么可看的。"李早没说话。王阳又说:"日期太仓促,只有这个酒店规格还可以。"李早说:"没关系。"王阳说:"我妈只是觉得这个日期更吉利,没有催你的意思。"李早说:"我知道。"王阳没说话,等车子下了山,他才说:"那就好。"

那些日子仿佛和从前没什么两样。他们仍旧一周约会三次,偶尔在她的住处过夜,周末会选一天跟他的父母吃饭。饭后,他们会坐在一起商量婚礼的细节,王阳的母亲事无巨细,王阳的父亲则置身事外。常常是他们三个在核对宾客名单或者确定宴会菜谱,王阳的父亲就坐在一旁看战争纪录片。马恩河、凡尔登、珍珠港、中途岛、诺曼底,这些战役一一作为他们讨论的时间标记。他们互相提醒:"诺曼底登陆那次我们说过要加这道凉菜……偷袭珍珠港的时候我们说过要再给同事加五桌。"有时战争场面巨大的音效总是将他们的声音掩盖,王阳的母亲就耐心地等待,并且教他们也学会等待,同时教给他们什么叫作婚姻。她说:"婚姻是一场时针与分针的耐心角逐,等待彼此不同的步调在每一个重合时刻的汇聚。"然后战争的音效停息,他们的讨论继续。最后,王阳的母亲都会用"井然有序"作为结束语。

一切都在井然有序地进行,一切都朝着令所有人满意的方向发展。而不久前他们各自内心的波动都被这些井然的日常所暂时地抚平,除了一些时候。比如当王阳瞥向父亲认真注视的屏幕,纪录片正在讲述那些战后士兵的生活,他们从战争和灾难中走出来，在和平的生活面前展现出巨大的迷惘。王阳想到他和李早一起读过的海明威，想到《太阳照常升起》，想到他自己。那些在他们内心发生过的战火与灾难构成了他们的战后生活，他们要在废墟之上重新铺平日常生活的轨道。他们需要遗忘，需要让一切如常。如常地牵手，吃饭，散步，聊天，也如常地亲吻和做爱，但却总是在进行的时刻突然中止，即将攀上顶峰的瞬间闪现出那些灾难的画面，他们都心知肚明地等待，等待彼此在指针重叠时刻的汇聚，等待爱意的重现，等待生活的再建。他们都竭尽全力。

战争纪录片又从头开始播放的那个晚上，他们的讨论也宣告终止，婚礼不久以后就将举行。那天晚上他送她回公司宿舍，到她楼下的时候，王阳说："婚礼何毅来不了，他说有些急事。"

李早点点头。

"不过朱莉会代替他来。"王阳说。

"刘茵会来。"李早说。

"所以何毅不敢来。"王阳接上李早的话。然后他们一起笑了出来，那一刻他们好像听到了时针与分针的重合声。他吻了吻她，然后放她走。

但他最后还是拉住她。"何毅给我们寄了礼物。"他说。李早看着他。"一个小盒子。"王阳说，"还有一封明信片。"

"是什么？"李早问。

"不知道。"王阳说，"我还没拆。"

"就在后备箱。"王阳说，"你可以去看看。"

李早关上车门，站在车窗旁，跟他说再见。

"你不想看看吗？"王阳说。

她俯下身来，从车窗外看他。他也看着她。

他们僵持着。最后她说好，然后走到后备箱，去拆开礼物和明信片。

盒子里是一对昂贵的手表，明信片上印着"最小的海"。

她拿给他看，他问她明信片上写了什么。

"新婚快乐。"她看着海的背面，把文字念给他听。

"没有别的？"王阳问。

"没有别的。"李早说。

王阳看着她。

她也看向他。

"你失望吗？"他问她。

他听见她的沉默，然后是她的回答。

"我不知道。"她说。

他侧过头去。

"已经不重要了，"她说，"对吗？"

"都过去了。"她说。

"不再想了，好吗？"

她探过身子，帮他把衣领折下去。

"好。"她听见他说。

王阳带儿子从麦当劳出来，给李早打了两个电话，她没有接。过一会儿再打过去，李早关机了，那时天已经开始黑了。他给李早发了一条微信："多多想坐摇摇车，我们现在去超市，在超市外边的彩虹喷泉等你。"

多多坐在摇摇车上，指着广场上的喷泉，说："彩虹。"王阳说："对，彩虹。"多多说："妈妈会沿着彩虹找到我们。"王阳说："对。"李早给多多讲过一个童话故事，她告诉多多，天上的小仙童如果迷路了，只要找到彩虹，沿着彩虹桥一直走，就能找到他们的妈妈。多多问李早："如果是妈妈迷路了呢，也可以走彩虹桥吗？"李早想了想，说："可以的，大人也可以走的。"

"这个彩虹有点小，"多多说，"看起来不够结实。"王阳说："没事，爸爸昨晚加固过了，加了很多很多的水泥，所有缝隙都填得满满的，你妈妈踩在上面没事。"多多点点头，说："加了像多多一样多的水泥。"王阳说："对，像多多一样多的水泥。""多多"是李早取的小名。李早怀孕的时候，王阳最大的乐趣就是对着腹中的胎儿唱歌，王阳喜欢唱《哆来咪》，后来每次一唱到"哆，是一只小母鹿"这句，李早都能感受到腹中明显的胎动，于是她给婴儿取名叫"多多"。

多多说不坐摇摇车了，王阳问他为什么。多多说："我们还是去喷泉旁边等妈妈吧。"王阳说："想妈妈了？"多多别开头，说："我想检查检查你修的彩虹桥怎么样。"王阳说："行，你去视察视察。"

王阳站在远处注视着多多，又给李早打了两个电话，还是关机。失联。这次又是为了什么？检查报告的结果不好吗？哪种程度的不好？她还是不愿意第一时间告诉他吗？他没办法再往下想。他走到多多身后，和多多一起仰头看彩虹喷泉。那是一个波光喷泉，水柱沿着拱形的轨迹喷射，喷泉下有各色光源，光沿着喷射的水波显现出不同的颜色，形成彩虹。

多多伸手去碰水柱，王阳还没来得及阻止，多多已经被水压打得哭了起来。王阳把他拉过来，检查他的手，问他是不是痛。多多哭着摇头，说："这彩虹是假的，一碰就消失了。"王阳抱着他，轻声说："对不起。"多多抽泣着说："妈妈呢？妈妈也消失了吗？"

消失。多多不久前才学到这个词，李早教给他的。李早刚做完检查的那几天，他们坐在客厅里陪多多看动画片，不过专心看动画片的大概就多多一个。王阳时不时地看手机，李早更多时候在想事情。动画片放到一半，李早用腿踢了踢王阳，轻声说："我想起一句话。"王阳问什么话。李早说："博尔赫斯说的，人死了，'就像水消失在水中'。"王阳放下手机没说话，多多却转过头来，问："妈妈，什么是消失？""消失就是东西和人突然不见了。"李早想了想，又说，"你的乐高汽车找不到

101

了，就可以说它消失了。"多多点了点头，说妈妈我知道了。

王阳抱起多多，说："妈妈刚才打电话了，让我们再去坐一次摇摇车她就到了。"王阳给儿子擦干眼泪，然后走回摇摇车旁，把游戏币投进去，金属掉落的清脆响声经过短暂沉默的空隙，音乐再次响起来。

消失。

她已经消失过一次了，在海边旅馆的那个夜晚。朱莉坐在他对面，让他不要担心。

"你会慢慢习惯的。"朱莉说，"在这方面，我经验比你丰富。"

王阳问她是哪方面。

朱莉说："失去。"

广场中央的喷泉全都开启了，水流交错着冲向天空，完美的抛物线。迄今为止，他的生活如同这一条条抛物线一样，遵循着近乎完美的轨迹，即使中间暗藏着某些可能打破完美轨迹的意外，也都被一一克服。不是被他，而是被生活本身所克服。会继续完美吗？继续遵循完美的物理轨迹，不被任何意外所打破？不被那些突如其来的失去所中断？失去，他想，无论经历多少次，他还是不能说自己在这方面经验丰富。

空中落下的水滴四散着落入水面，然后消失。

但至少上一次过后，他想，经过了那么多年，他知道，她会回来的。

从门诊部旁的侧门穿出去距离超市更近。李早计算着从医院出发，沿着种满滇边蔷薇的围墙走到侧门，然后穿过一片居民区，进入马路，右转，一个红绿灯，两条岔路，然后到达，这一共需要十五分钟。但她始终没有起身。

她坐在医院角落被凤仙花丛所围绕的幽绿的人工湖旁，看不远处几个孩子在空地上学习颠足球。一下，两下，三下，最多五下，球就落下来。孩子们渐渐失去耐心，开始练习传球。

结果不算严重，但也算不上乐观。比最好的结果差，但也比最差的结果好。球被踢起来，径直飞进湖里，孩子们跑了过来。她想着该用怎样的语气把消息告诉王阳，才能不显得过分担忧，也不表现得盲目乐观。她制止住孩子们想要伸手去水里够足球的想法，让他们去找保安，她会在这里帮他们看着。在面对王阳之前，她想，她需要一点属于自己的时间。风吹起来，足球往湖里漂得更远。她站起来，沿着足球漂远的方向走过去。夜渐渐暗下来，已经开始有蛙声。她站在树下，看湖面上的涟漪随着风一层层起伏。不过这一次，当结果向她呈现的时刻，她什么都没有想，没有想着死亡，没有想着意外，没有想着遗憾。也没有想着另一种生活。

她听见孩子们跑回来的声音。保安在后面大叫着让他们停在岸边，往里面去危险。她抬起头来，保安巡逻的手电照在她脸上，她抬手挡在眼前。孩子们站在远处问她："我们的球漂去哪儿了，阿姨？"

保安带来一根捞落叶和垃圾用的长杆网兜，沿着水边往湖里探进去，天太黑，湖边的灯很暗，看不清球的准确位置，球在一次次的搅动中漂得更远。保安最后只好放弃，答应孩子们明天白天再给他们捞。孩子们站在岸边叹气，但不一会儿就重新恢复活力，决定回家去玩别的游戏。孩子们临走前跑到李早身边，对她说："谢谢阿姨，阿姨也早点回家。"李早摸摸他们的头，说："好。"

孩子们吵闹的声音逐渐远去，李早开始沿着岸边往回走。她重新打开手机，王阳和多多还在彩虹喷泉旁等她。她知道，他们会一直等待，直到她再次出现。王阳的母亲说，这是一场耐心的角逐。一切被打乱的步调和间或的波动最终都将在指针叠合的时刻重归平静。

如果说现在她要比以前懂得更多，那就是，她知道哪里才是她的生活。

雪山

罗茜忘了在哪儿看过，说自然界除了灵长类动物，其他动物的性交都只是为了繁殖，毫无快感可言。她将这个讲给宋宇听，试图分散他开车走错路的焦躁情绪时，发现导航再次将他们带入一条死路。这次他们不得不在狭窄的泥土路上掉头，折返回307省道。这时候山那边的暴雨也追着他们赶到了。

刚才他们根据导航岔入小路之前，注意到一间用红色油漆在墙壁歪歪扭扭写着"加水 泡面 休息"的瓦屋。看房子的年头，应该是通高速前就已存在了，大约是当地人的民居，因为所处位置便利，可以为自驾去神湖的游客提供一些临时服务，来获得一些农牧之外的收入。

几年前高速建好后，很少有车辆再选择耗时多一倍且路况不好的省道，除非遇上像今天这样山体塌方高速被封路的情况。省道不再作为唯一路线后，原先分散在道路两旁的村落基本都搬离了。他们一路开过来，两侧都是陡峭的山体和森林，在地势稍缓的地带，分散着一些稀疏的村庄，但基本都无人居住。当然，在路上偶尔也能撞见一些留守的村民，赶着牛羊从山上下来。穿越公路的时候，他们一般不给路上的车辆让路，车辆需要主动避开牛羊，如果不小心撞死了那些家畜，等待司机的就是不得不付的赔偿金，它们远超牲畜本身的市价。

那间瓦屋就在公路边上，背后是地势稍低的山坡，有两间紧挨着的但只剩一半墙体和屋顶的砖房，房屋周围是一片玉米地，玉米已经结了苞，长势很好，显然是有人在照料。瓦屋正对着公路的方向，有一扇紧闭的长方形窗户，应该是屋主专门扩大，以作为向外兜售货物的窗口。

他们返回省道时再次路过这间瓦屋，这时雨势已经很大了，雨刷器几乎没办法扫出一片清晰的视域。她提议在小屋边的空地停下，他们可以进屋问一问路，当地人对路况肯定要熟悉得多，当然，也可以顺便把雨躲过去。他想了想，接受了她的提议。

他们原本可以沿着省道一直行驶，但宋宇坚持要走捷径。他说之前跟朋友一起来过，那时还没通高速，他们走了一条从省道边分岔的小路，用时更少，而且风景更好。他内心就是有这种固执的冒险精神，有时这让他们的相处充满了惊喜，有时，比如这个时候，让他们的行程充满了麻烦。他凭着很多年前模糊的记忆找寻那条岔路，借助不够精准的导航，结果连续两次将他们带到死路，前方要么是连接着山体的悬崖，要么干脆就是一片原始森林。

瓦屋的门在背后，他们打着伞从车门走到小屋的短短距离，暴雨就几乎将他们打湿了大半。门没有上锁，虚掩着，门口趴着一条看上去已经非常虚弱的老黄狗，它衰退的听力和嗅觉在暴雨的干扰下几乎失灵，直到他们走到它面前，它才意识到陌生人的靠近，直起身来低声地吠叫。罗茜尝试着向它伸了伸手，它没有抗拒的动作，叫声也渐渐温和，于是罗茜上前摸了摸它的脑袋，它就朝她摇起了尾巴。宋宇敲门，没有人应，从门缝往里看，似乎是没有人在。雨水顺着风飘落到他们的背上，他莽撞地推门进去，罗茜只好跟着他的脚步。

小屋是旧式的土基房，屋内是木质的承重框架，二层用劈开的厚松木板搭建而成。他们进门后轻轻把门掩上，防止雨水从外面潲进来。进门的右手边是通往二楼的松木梯子，主人有可能在二楼，他们加大音量咳嗽了几声，但上面并没有动静。楼梯旁靠着一双宽大的军绿色雨靴，梯子侧面钉着钉子，挂着破洞的毛线帽和一件男式帆布外套，另一颗钉子上挂着镰刀和锯子。门边有一根从上方坠下的细细的红色塑料线，尾端绑着一个小小的死结，是那种老式的电灯拉线。她试着往下一拉，昏暗的房间成为一片漆黑，再一拉，电流顺着沿墙边往上而后被固定在头顶松木板上的电线传达至那只灰黑的灯泡，灯泡闪了闪，然后重新亮起来。

屋子中央是一个陷入地下十一二寸的锅型火塘，火塘里烧的是松木和有烟的硬煤块。火塘边缘是三个尺寸不一但环环相接的圆形铁圈，大约是用来调节火炉的大小。铁圈上现在放着两个搪瓷杯，其中一个装着玉米粥，没有完全磨碎的干玉米粒被挤到了杯子的边缘。另一个杯子里有半杯茶水，杯壁内侧附着着经年累月的茶垢，常被主人喝水的杯沿一侧有土黄色的干裂污垢。热量透过铁片加热着搪瓷杯里的茶水，茶叶被翻滚的沸水从杯底搅动至表面，然后再次跟着滚水沉入底部。在炉子的上方，有一个由二楼垂下的粗铁丝挂着的铁壶，开水在壶里咕噜噜翻滚，滚出茶壶的沸水落在铁圈上，迅速汽化，留下一片短暂的印迹，接着又被下一次翻滚出的沸水覆盖。

火塘周围有几个歪歪扭扭的木凳，看样子是主人自己打造的样式。他们的正前方就是那扇紧闭的长方形窗户，一张刷着黄漆、带有桌芯的旧木桌放置在窗前，桌子上有一叠发黄的旧报纸和一支黑色签字笔。木桌两侧的墙边放置着货架，货架上堆着积满灰尘的零食泡面和一些日常生活用品，挂在货架上的二维码是崭新的，下面有一张手写的标签：扫码付款。

他们相互看了一眼，最后决定围着炉子坐下来。如果现在再冒雨回到车上，大概全身都要湿透，而且这样大的雨势也没办法继续赶路。他们可以坐在这里等主人回来，向他问一问路，或者等雨小一些再走。主人，看样子是位独居的男性，或许是有要紧事出去了一趟，但被暴雨拦住了回路。又或许是看暴雨要来了，着急去将他养在对面山坡上的鸡鸭或者牛羊赶进牲畜棚，以免它们淋雨生病，没办法等到卖个好价钱的时节。而此时房屋的主人可能正躲在那间用砖瓦边角料堆砌而成的牲畜棚里，坐在柔软但却臭味阵阵的稻草上，跟他的牲畜们一起等雨停。

总之，他们在一个暴雨天走错了路，然后在公路边一个陌生但温暖的小屋里坐了下来，而此时火塘边温暖的炉火让他们渐渐感受到一种从脚底涌上来的暖意和困倦。

"你知道为什么吗？"当罗茜感觉不停翻滚的沸水将她带入一种沉重的睡意之中时，她听见宋宇说话。

"什么？"她问。

"动物没有快感。"他说。

但宋宇显然没有期待她回答，没等她说话，他就接上自己的问题："猫科动物，像老虎、猫，雄性的生殖器上都挂满了倒刺。"

他说完侧头看她。她点点头，说："那蛮痛苦。"

他突然笑了起来。这种笑让她感到极其不适，她想，如果换作沈浩的话，他绝不会在这样的时刻露出如此轻佻的表情。

和宋宇认识之后，这种比较总是自然地发生在罗茜脑海里，大部分时候沈浩都不会像此刻这样占据比较的上风，而正是这种失衡加剧了她对沈浩的愧疚，对他们平静舒适婚姻关系的愧疚。但这种愧疚总能被她与宋宇在一起时所燃烧的激情所熄灭，她渐渐习惯这种愧疚短暂消失的感觉，到后来连愧疚本身也习惯了，仿佛一旦失去这种愧疚，她与沈浩的婚姻也无法再维持一样。

宋宇觉察出了罗茜脸上的不快，但有心让她继续难堪。

"你知道倒刺的作用是什么吗？"他问。

同样没等罗茜回话，宋宇就接着往下说："倒刺可以将其他雄性留下来的精液刮干净，确保留在雌性身体里的东西全是它自己的。"

他的言外之意和报复心理再明显不过，但罗茜此时并不想跟他吵架，在别人的屋子里。

她于是起身，在屋内打量起来。

罗茜非常讨厌宋宇闹脾气时候的小肚鸡肠，总是充满各种恶意的挑衅。她以为在他们今天早上准备出发的时候，他昨晚积蓄的不满已经消化得差不多了，没想到他一直憋到现在。

昨天晚上九点左右，他们抵达古城客栈，预备第二天一早出发去神湖。晚上洗完澡，他想要做爱，但她不想。他假装大度地说不勉强，但整晚都开着电视看体育频道，没再主动跟她说一句话。她当然能够理解他的不满，因为沈浩的外婆前段时间突然住院，她每天在医院、单位、家之间来返，和宋宇很长时间没有见面。但她昨晚确实没有兴趣，也不想在这种事情上迁就他，毕竟在他们的这段关系里，她对他的迁就已经够多了。

宋宇却在揣测罗茜不想跟他做爱的原因，然后揶揄她对他的"不忠"。他们总是为这个争吵，有时她会非常郑重地向他陈述一个事实："沈浩才是我的丈夫"。这句话出现的时候，宋宇挑衅的气焰会立马沉下去，然后显现出一种被伤害后的沮丧感和爱的被剥夺感，身上每一个表情和动作都仿佛在说：没有人爱我。罗茜总是感到不忍，又过去抱他："但是我爱你，你知道的。"他的情绪会渐渐缓和，但不再跟她说话。然后他们就彼此隔一段距离静坐着，一直到她该回家的时刻。他们都不是彼此的唯一，却都试图完全占有对方。

不过罗茜不得不承认，这次和宋宇来神湖，她确实产生过比以往更强烈的疑虑和动摇。沈浩外婆出院的那天晚上，她在卧室换床单，沈浩在客厅处理工作。她靠着卧室门，告诉沈浩，下周要去外地培训，一直到周日才返程。

说谎的时候，罗茜的语速要比平时快一些，为此她一直紧盯着磨毛床单上的郁金香花纹，以提醒自己保持正常语速。这一点沈浩或许很早就注意到了，但他从来没有戳穿过。

培训不是谎话，但周三就能结束，剩下的两天等于自由活动。培训所在的度假村距离古城不远，她的计划是到时跟同事打招呼说要提前回来，然后绕道去古城与宋宇会合，这样他们就有整整四天时间。沈浩没有多问，只说部门这周通过了下个月的国庆营销活动方案，他之后几乎要天天泡在公司盯流程。说完以后，他继续对着电脑回复微信未读的工作信息。夜里两三点的时候，她听到沈浩起夜，回来的时候从背后轻轻抱住她的肩膀，一会儿鼾声就起来了。那一刻她完全清醒过来，然后立即陷入到巨大的愧疚之中。坐在度假村大礼堂培训的三天里，那种愧疚每日都在加剧，有好几个瞬间甚至剧烈到她想马上取消和宋宇的约定，立刻赶回沈浩的身边去，跪在他的腿边，告诉他自己有多爱他，诉说自己有多愚蠢。但几天后她和宋宇踏上通往神湖的旅途时，那种愧疚却轻而易举地消失了。

当罗茜注意到货架上落灰的避孕套时，宋宇再次发出了那种笑声。这次罗茜的怒火有些无法抑制了，她转过头去："你今天是不是有什么毛病？"

宋宇看了她一眼，然后摸了摸自己的额头："没有，体温正常。"

她告诉自己要忍一忍，放缓语气，但话说出来的时候还是带着可以感受到的愤怒："都是成年人了，别扭至于闹到现在？"

宋宇耸耸肩："我可什么都没有说。"

罗茜被他故意找碴但却假装是她在无理取闹的态度彻底激怒。

"回去吧，"她说，"根本就不该来。"

根本就不该来，罗茜想，当今天早上她不安的感觉出现的时候，她就该遵从自己的内心，避免事情的发生。人们总是这样，在事情导向不理想的状态时，悔恨会迫使他们不断地追溯那些早已出现的端倪，他们认为那是生活给出的预示。

早上罗茜在客栈醒来的时候，宋宇不在房间，但电视机开着，播放着当地的早间新闻。"昨夜 23 时许，307 省道大落水村段往神湖景区方向山谷弯道发生重大车祸，一辆黑色越野车冲出护栏坠入山谷，目前警方正在展开搜救工作。"最新路况插播，昨夜暴雨造成市区至神湖方向高速公路塌方，现已封路，请广大市民和游客及时安排行程。"

那时罗茜躺在床上，觉察到了一种不安的信息，这种感觉在几个月前她做的那场切除甲状腺的手术中也出现过。那时在手术台上，罗茜进入了一个漫长的梦，梦里自己走在一片灰蒙蒙的雾里，什么都看不清楚，只能感觉自己每向前一步，身上就如同机器零件一般掉落一块东西，直到她的整个身体变成一堆零散的碎片。而在今天早上，那种恍惚而不安的感觉再次出现，罗茜想，是否要考虑说服宋宇，取消今天去神湖的行程。

八点左右，宋宇从外面回来。他把外套脱掉的时候，屋外的冷气和浓重的烟味被一并抖落下来。他凑过身来抱了抱她，搂住她后背的手轻轻拍了拍："准备出发吧。"她那时以为昨晚的事情已经过去了，然后她抬起头来，看见他刚剃完胡须还有些发红的下巴，突然感到自己比以往任何时候都要爱他。

就是那种偶然间抵达巅峰的爱意让她决定放弃说服宋宇取消神湖之行。她爱他，了解他想要什么就要立刻得到的脾气，所以昨夜的拒绝使他愤怒，所以他要不顾高速封路执意走省道去神湖。而现在她更没办法用那种完全没由来的感觉去剥夺他期待已久，并且马上就要够到的快乐。

此刻宋宇很满意罗茜被激怒的样子，于是收起刚才咄咄逼人的态度，换上一种悠然自得的表情，伸出手去拉她的手臂。

"别生气，"他凑近她说，"有话好好讲，生气伤身体。"

她推开他："别碰我。"

"别生气了，"他再次去拉她的手臂，"是我错了好不好。"

这就是他一贯处理争执的方式，希望以暂时示弱的撒娇粗暴地平息他所引起的怒火，而她必须跟随。她后来明白，起初他所吸引她的那些特质统统不过是他用以快速获取好感的手段，不能说那是假象，但只在他身上占很小的部分。不过她还是爱上了他，不仅仅是他身上有着她曾看到过的才华，更重要的是，她内心的一个缺口被填满了：她有过剩的爱需要施放，而他正好需要。

罗茜和宋宇两年前认识，因为一次广告商的招投标。罗茜负责单位的综合事务，项目招投标也包括在内。工作内容不复杂但很磨人，需要不停地协调沟通各部门各环节各类人，密切关注其中每一个呈现或者还未呈现的细节，存在的必要就是尽可能让所有人都感到舒适。罗茜应当感谢这份工作，因为它极大地满足了她性格中几乎病态的平衡欲。她仿佛是一个站在天平中心的人，随时准备拨动砝码以保持天平的平衡，绝不会容许任何一次行动出现明显的偏向，因此她的工作完全值得信任。但这不是说她是绝对的公平主义者，相反，她非常懂得对于哪类人该使用哪类交涉办法，就算两方实际得到的有所偏差，他们也会在心理上认为自己得到了公正对待。

宋宇在市里有一间小的广告公司，靠着他父亲的关系，中了很多政府类的标，那次也不例外。招投标结束后，宋宇做东，在经开区新开业的傣味餐厅请大家吃饭。

餐厅建筑是几座连廊的傣式竹楼，外临一片四亩左右的人工湖，湖里种满了荷花。他们的包厢临窗，探过头去就能闻到湖里新鲜而湿润的泥土气息。饭局一开始，罗茜就在注意宋宇的举动。他习惯吃一口饭再说话，再吃一口，再继续说话，发现这种频率之后，罗茜感到一丝滑稽的意味。她也注意到后来的混乱完全是由他起的头，大概在她们单位财务部的一把手开始诉苦说今年预算缩减太大时，宋宇突然站起来，为一把手的杯子倒满酒，说着那些向不同人重复了无数次的"我非常能理解"之类的话语，把酒送入了一把手的口中，自此开启了饭局上混乱的敬酒环节。宋宇看上去很善于应付这种酒桌交际场合，自如地按照落座位置一个不落地敬酒，找话题聊几句，然后在合适的时机结束，继续进行下一个。回到座位中场休息的时候，他的身子已经有些晃晃悠悠。他吃了几口早已凉透了的酸笋鸡，然后倒掉杯子里的白酒，换成红的。罗茜看见他站了起来，朝她走过来。

罗茜，他记得她的名字，承蒙关照，他说。她起身客套地同他握手，客气了。他放开手，把酒杯端起来，但随即停在半空，说，你平时看电影吗？她想他也许是找话题搭讪，虽然突兀，但她并不反感。当然，她说。他顺势在她面前的空位置上坐下来，把酒杯放到桌边。那正好，他说，我有个问题请教你，你答了，这杯酒我替你干了。她自然说好。他说，我看过一部电影，只记得情节，但名字想不起来了。她说，你讲讲，或许我看过。他的表情正经起来，电影讲的是一个男人年轻时候捐献精子，二十几年后他的精子孕育出几百个孩子，这些孩子想知道自己的亲生父亲是谁，于是踏上了寻找男人的征途。她想了想，好像看过。他笑了起来，再仔细想想。她说，答不上来，我喝酒吧。他说，我告诉你。她看着他，他眯起眼睛。名字叫作，《小蝌蚪找妈妈》，他说。她一下子笑了出来。

那个笑话她记了很久，尽管她很快就发现笑话的对应性并不那么准确。后来他们在一起的时候，有一天晚上她留在他那里过夜，半夜被冻醒，看见他裹走了整床羽绒被，双手抱着肩膀蜷在角落睡觉，她看着他随呼吸上下起伏的身体，突然想起那部电影，是一部名字很俗气的喜剧，《星爸客》。那个时候罗茜已经发现，他并不如同最初吸引她时所展现的那样幽默与圆融，相反，他的身上总是时隐时现一种可感知的脆弱。他几乎是沈浩的反面，情绪化，不稳定，但她总能从他身上捕捉到自己热爱的那种悲剧感，从而在某种程度上唤起她内心的保护欲。正因如此，她对待宋宇总是需要用另一种方式，那种沈浩觉得矫情而不必要的方式，比如无时无刻不炽烈而直接的爱的表达，甚至还要比她实际的感受过度一些，他需要她用自己充沛得过分的爱去滋养他，以弥补他身上那匮乏得可怜的安全感。

但罗茜并不对宋宇身上展现出的反差感到惊奇，因为她曾了解宋宇身上的另一面，真要说起来，他们其实算得上初中同学。他们在市里的同一所初中就读，那时罗茜总是在教学楼连廊的艺术展区看见署名为宋宇的画作。那些画总是在局部呈现出一些混乱的线条，整体上却呈现出一种奇异的秩序感，和展区其他技巧扎实但却中规中矩的素描完全不同，因此显得瞩目。后来罗茜经过连廊的时候，开始有意地寻找宋宇的画，她喜欢在他混乱的线条之中看到故事的影子，甚至在这个陌生的男孩身上产生了某种希冀，希望他真的能够成为那种离她很遥远的艺术家。不过这些往事，包括那种希冀，罗茜从来没有跟宋宇讲过，因为他目前的生活已经离那种希冀太远了。他有些才能，但不足以支撑那种希冀，于是最后只能把有限的才能转移到用以谋生的世俗生活中去，罗茜想，这种结局对于任何一个曾对艺术怀有梦想的人来说都是残忍的。

后来宋宇自己提起过，说他的父亲并不认同自己学艺术。宋宇的父亲是最早一批承包政府工程而发家的商人，希望自己唯一的儿子朝着权力，至少也是金钱的方向开拓未来，他认为那才是有价值的。当时，宋宇的母亲连续生了三个女孩，直到三十五岁才生下宋宇，他是父亲的渴望，是让父亲不惜承受当时生育政策下的巨额罚款，也要得到的一个儿子。父亲因为生意常年在外，偶尔回家，第一件事就是视察自己的儿子是否朝着他所希冀的方向成长，然而每次都大失所望。宋宇不确定这是不是父亲转而在外面建立小家庭的原因，他曾经确实很努力地想要成为父亲希望的那种儿子，但最后却发现自己身上展现出的全是父亲所希冀的反面。

父亲在外面有别的女人，后来还有了孩子，但宋宇尚不清楚那孩子到底是男是女——这很重要，那左右着将来巨大的财产分割。母亲为此闹过几次，但都无疾而终，结局就是消极的默许。或许是她的丈夫为此许诺不会撼动她作为妻子的地位，又或是向她保证绝不亏待他们唯一的儿子，作为一个没有能力逃脱男性庇护的女性，这大概是她所能接受的最好结局。

宋宇的陈述里，总是充满对母亲极其矛盾的感情。毫无疑问他敬爱她可怜她，但同时也憎恶她。他总是提起小时候母亲如何为了保护他而扇了一个只是跟他嬉闹的小朋友一巴掌，那之后几乎没有人肯跟他交朋友。母亲悍妇式的行为居然让年幼的他对父亲的出轨行为产生了共情。他的整个童年和少年都过得压抑，直到高中他转入一所收费昂贵的寄宿中学，或许是远离了母亲严苛的管教，他压抑的情形发生了转变，不过却是朝着另一个极端。宋宇喜欢向罗茜炫耀自己中学时期惊人的受欢迎程度，眉飞色舞地告诉她自己从厕所走回教室的间隙就能接到十几封情书。他们在一起的时候，他总是热衷于向她讲述过去的事情，她能感觉到现在似乎不能使他满意。后来她意识到，他并不是一个能活在此刻的人，因而总是对过往抱有极大的热情，因为它们不会再有所改变，能让他在其中随意撷取并重塑成为他所需要的那种记忆。

罗茜有一次午休和同事逛商场的时候，无意中撞见过宋宇的母亲。此前宋宇给她看过他母亲的视频号，向她抱怨不知为什么传统保守的母亲突然变成了这样，似乎在一夜之间迸发出一种对获取关注的极大渴望。你希望她不要干扰你的生活，罗茜说，那同样，你也不该干涉她的生活。但宋宇显然对她的建议不以为意。她后来怀着猎奇的心态又去看过几次，记下了那张隔了层层美颜滤镜却仍看得出衰老的女性脸庞，但不久以后她再想起去看的时候，那些视频已经被全部删除了。

宋宇的母亲脱下美颜后，罗茜还是一眼就认了出来。他母亲正跟化妆品品牌柜姐大声争执，不少人在围观。争执的内容大概是少给了她折扣，柜姐向她耐心解释，但显然面前的客人根本无法说服，她的脸上始终挂着一种时刻准备战斗的神情，争吵则让她焕发出巨大的生命能量。罗茜没来得及等到最后战斗结局的分晓，就着急和同事走了。回单位的路上，她脑子里一直想象着他母亲脸上失败或获胜所呈现的两种神情。她猜想这也许是宋宇和他妻子离婚的原因之一，尽管是一个充满偏见的结论，但罗茜认为一些母亲总是对她们唯一的儿子充满占有欲和战斗欲。当然，宋宇的离婚显然还有别的原因。

尽管很多时候宋宇都在罗茜面前表现出对母亲的极度厌

恶，但一年前他母亲在浴室滑倒昏迷，之后再没有醒过来，还是对他造成了几乎可以说是迄今为止生命里最大的打击。近三个月的时间，宋宇对罗茜避而不见，直到他把自己处理好，再假装无事发生一样出现在她面前，那之后他对于她的索取就更加无度了。

他们总是在周六下午见面，那个时候沈浩在公司加班。他们有时去酒店，但更多是在宋宇临河的公寓。坐在卧室窗边的时候，罗茜总能听到外面小孩子嬉闹的声音，要么踢足球，要么打羽毛球，时不时有羽毛球挂在窗外那棵蓝花楹上。他的公寓在二楼，开了春，那棵蓝花楹的枝干上便聚满丁香紫的花瓣，羽毛球挂上去，再被孩子们摇下来，花瓣就大朵大朵地落下去，那时她会突然意识到，她好像总是在等，尽管他的时间比她的要自由得多。

他对她是感激的，无论是等待这一点还是其他类似的容忍。这种感激渗透到性爱里，令他表现出一种近乎讨好的迎合。每次开端他总是显得小心翼翼，仿佛带着某种恐惧，然后迅速转换为无尽的索取。而她做事总是意兴阑珊，做爱的时候也是一样。她有一种特性，任何事情的高潮都已经在她提前的想象中发生了，实际的发生过程不过是让现实完整的动作。无论是做爱也好，其他也好，对她而言，最迷人的部分永远在于事情将要发生的那一刻。于是在过程中她总是假装着配合他，或者说是安慰他。但在他们近乎搏斗的相互索取中，每次结束，她还是会产生那种置身旷野的巨大虚空感。

这就是他们大部分时候的相处模式。他们各取所需，他从她身上索要所需的爱与抚慰，她则从他身上获取她要的快乐。她把这个称之为爱情。

有一度罗茜觉得自己几乎爱他爱到不能自已，做了很多即使现在想起来也觉得疯狂的事情。比如，她专门开车三小时去邻市的村庄，花重金找同事说过很灵验的神婆，希望神婆能施展法力，保佑她的爱情永恒。那位神婆的长相与穿着和村庄里其他老年女性没有什么区别，这让她感到安心，因为她相信，那些故意穿着怪异以此证明自己具有通灵能力的人往往只是在故弄玄虚。不过当那位神婆坐在厚厚的稻草垫子上开始附身的时候，她就完全变成了另一个人，之前虚弱的声音变得清澈有力，无望的眼神聚焦得犀利锋锐，甚至那张褶皱的脸庞也开始容光焕发。神婆用手指轻蘸面前瓷碗里不知用什么浸泡的灰绿色的水，点在罗茜的额头上，接着是她的喉咙，然后是心脏，最后落在她的肚脐。一切结束之后，神婆的眼睛突然失了神，然后重新成为那位平凡的甚至不知道刚才发生了什么的老太婆。罗茜从没有怀疑过那些法力给予她爱情的保佑，不过如果要说她是相信那些法力的力量，倒不如说她是相信"相信"本身的力量。

比如，她还曾试图向沈浩宣称自己找到了爱情。

那是几个月前一个下雨的夜晚，蝉鸣声笼罩着她和沈浩不

121

久前刚搬进的复式公寓，然后逐渐被雨声吞没。她跪在地毯上擦拭茶几，沈浩半躺在沙发上看《速度与激情》，雨滴随掉转的风向倾斜着击打在阳台上那面巨大的落地窗上。她向来对这种被她称之为肌肉电影的类型不感兴趣，但沈浩能够将那个系列翻来覆去地看。

她喜欢那些漫长且无聊的电影，最好带着某种神示意味，向她展现命运的不可抗拒，因为她相信那个。有时沈浩会陪她一起看，看完以后她会问他怎么样，他总是说还可以。她继续问他哪里还可以，他就会说，对不起，我快睡着了，这种电影总是让我想起小时候背语文课本的感觉。为了照顾她的情绪，他又补充说，我继续陪你看，只是你别再问我电影怎么样。她只好笑，说，那我们换个电影，看你喜欢的跑车和美女。他们就并排挤在沙发里，她在外侧，头枕着他的手臂，通常她看到一半就会睡着，因为已经看过太多遍了，但每次范·迪塞尔开着莱肯飞跃阿联酋的摩天大楼时，他还是会激动地抽一下手臂，等她惊醒的时候，他的激动又被重新按回到他那副永远四平八稳的五官之中。和他的长相一致，他就是那样一个永远稳定而可靠的伴侣，是那种能够真正进入到生活里的人。

那天晚上是他们很久以来少有的能够如此舒适和惬意地待在一起的时间，自从沈浩升职以后，他几乎每天都在加班，睡前的几句短暂闲聊也都是他的工作内容，渠道、双节、百日冲刺、代理商，每个词在她的脑海里都是冰冷而无实指的。那天晚上久违的温馨场面让她想起他们刚在一起时那些无话不谈的日子，不过通常是她在说而他负责听。他是一个非常可靠的倾听者，尽管大部分时候他并不能理解她到底在说些什么，或者在担忧些什么，但他仍会耐心听她讲述，用那种永远带着鼓励的眼神。就是这样的眼神，让她在四年前主动向他提出结婚的时候，内心就笃定他不会拒绝。

也是这样的眼神，让她那天晚上突然生出一种冲动，想要跟沈浩分享她沉浸于炙热爱情中巨大喜悦的冲动。她坐在地毯上望着他，望着他只是躺在那里就能持续给予她的可靠与安全，然后几乎是不假思索地脱口，说她找到了爱情。她用那种漫不经心的、雀跃而天真的语气，好像说出的仅仅只是她买到了一件合适衣服这样的事情，而沈浩应当替她感到开心。因为他没办法给予她的东西，她在别人身上找到了。她设想着沈浩假装木讷以维持自尊的神情，甚至她还想跟他讨论一下什么是真正的爱情，也许他还要拿出力气来同她争辩。但沈浩过了很久才抬起头，问她，你刚才说什么。

她想沈浩肯定是听到了，这是他可靠背后的众多狡猾之一。在她大胆宣称自己找到爱情之前，他肯定早就察觉到了，因此才会在性方面越来越冷淡，尽管他们之间从来都缺乏那方面的激情。从一开始她在他身上感受到的就是舒适和可靠，而不是冲动和欲望，她认为前者才是婚姻应当具备的特质。当然，她也会问他一些诸如"我们之间是否缺少一些什么"的问题，以试图掩盖那些早已心知肚明的事情，而他总是回答，我觉得我们之间很好。然后她会问得直接一点，我是说我们之间好像不是那么充满激情，比如性。他就会难得地同她开玩笑，那下次我们试试在车里？她就笑起来，然后心安理得地回到给予她舒适和可靠的婚姻中去。

那天晚上沈浩抬起头来毫无准备的神情让她失去了再次说出那句话的底气。她遮掩道，没什么，是问你周一要穿西装吗？他躺下去，继续看绚丽的跑车飞跃公路，说，不穿。她于是点点头，走到卫生间去，用凉水洗了一把脸。

对，凉水洗了一把脸，此刻她的感觉就是这样。当她沉浸在和宋宇持续而炙热的爱情中时，像现在这样时不时发生的争执有时会让她像是突然打了一个哆嗦，然后她会想，他身上那些让她痴迷的脆弱与偏执是否真的如她想象那样给予了她快乐。曾有一段时间她确实感到有些厌倦，宋宇总是在不知餍足地索取，仿佛没有人爱他，他就要像缺水的植物一样日渐干枯下去。她尝试着和他分开，回到她平静的婚姻中去，但他总是在她下定决心要离开的时候，适时地出现在她面前，用那双她永远不知道他在想什么的眼睛看着她，就像此刻一样，看着她，然后摇着她的手臂，说："别生气了，你知道的，我没办法离开你。"这句话如同一句咒语，每一次都能让她重新产生在爱中的巨大使命感，从而让她再次回到她和他的爱情中来。

争吵，和好，再争吵，再和好，这是一个无尽的循环，但每一次的争吵结束后，她仍然会相信自己遇到了真正的爱情，仍旧会虔诚地向上天祈祷，祈祷他们的爱情永远这样持续下去。

他们重新和好。尽管屋外暴雨仍旧未停，但此时屋内炉火的热量已经让他们感到身上有些微微地发烫。他们站在屋子中央，同时看向门边通往二楼的松木梯子。

"你猜楼上会有什么？"宋宇说。

这是他们之间的游戏，或者说，是宋宇的游戏。他总是热衷于在生活展现的留白处填充自己的想象，街上神情落寞的行人，门把上扎着红绳的废弃房屋，湖底偶然呈现的建筑黑影，都曾被他填充过想象。他尤其喜欢那些凶杀的桥段，当他们去一间老旧的电影院，宋宇会指着他们头顶用粗壮的柱子支撑起的乌黑穹顶，告诉罗茜这里非常适合杀人并且藏匿尸体。又或者他们途经拉满铁丝网的空地，宋宇会说，如果借用一定的力，那张铁丝网会成为最好的酷刑机器。而现在，这间瓦屋神秘的二层，成了宋宇又一个填充想象的地方。

"或许会有泡酒。"罗茜说。她想起老家木屋的二楼，那里储存着爷爷泡的几十种不同种类的药酒，有几个瓶子里甚至泡着蛇。

宋宇认为楼上如果有泡酒，那泡的一定是不同寻常的东西。
"比如人体器官，"宋宇说，"眼球，心脏，或者是胰腺。"
"又和凶杀有关？"罗茜打趣他。

"凶杀可以是故事的一种，"宋宇说，"但把这位屋主设定为黑店里的变态杀人犯，未免有些老套了。"

"那你讲一个不老套的？"罗茜说。

"可以想象屋主其实是一个热心肠的好人。"宋宇说。

"他或许喜欢戴毛线帽子，喜欢喝苦涩劲大的茶。他的牙齿黄黄的，缺了几颗，或许还留着茂密的大胡茬。他从小在这里长大，对每一片森林每一座山谷都像对他那间屋子一样熟悉。在这条经常出事故的公路上，他和他的老黄狗伙伴总是能带领警察找到那些失事的车辆，还有遇难者坠落在了山谷的哪一处。但是……"宋宇挑动着眉毛，开始为这个故事兴奋起来。

"他有一个癖好，喜欢收集那些遇难者尸体掉落的器官，给它们标号，泡进白酒里，作为他救人功勋的记录。他总是趁着警察到来之前，率先找到坠入山谷的车辆和尸体，以有足够的时间从他们身上取下他喜欢的东西。一片头皮，一根手指，或者是一截露出身体的盲肠，如果尸体损毁得更严重一些的话，他甚至还能得到一个胆囊，或者一颗心脏。"

"不错，听上去蛮有意思。"罗茜说。

但宋宇皱起了眉头，他认为此时屋主不在这间屋子，还缺乏一个可说通的故事。

"想想今天早上播报的公路事故新闻，"罗茜提醒这位讲故事的人，"或许你可以把它们联系起来。"

126

宋宇领悟似的拍了拍手："我知道了。"

"就在昨天夜里，屋主得知有一辆黑色越野车冲下了山谷，距离他的小屋并不远，为此他几乎激动得一夜未眠，但因为整夜都是暴雨，他不得不等到清晨再行动。而清晨到来的时候，他得知警察马上就要赶到，为此他有些着急，知道马上有暴雨，却忘记换上雨靴，甚至连门都没来得及锁上。不知道他的战果如何，也许得到了他非常喜欢的部分，然后带着它们回到对面山坡，回到那座用砖瓦边角料堆砌而成的牲畜棚里。那里面应该还有一张桌子，是他专门用来处理那些东西的地方。他将它们清理好，准备带回小屋，装入那个等待着灌入新东西的玻璃罐子。而这个时候暴雨来到了，他不得不坐在柔软但却臭味阵阵的稻草上，跟他的牲畜们一起等雨停。"

"不错，"罗茜说，"一篇很好的爱伦坡式的小说。"

温暖的炉火映照着他们发红的脸庞，松木和煤块扩大的焦灼部分记录了这个虚构故事的发生，当宋宇将这个故事推向结尾的时候，罗茜听到了屋外暴雨的渐渐平息。

"等你的广告公司做不下去了，"罗茜说，"没准你能转行做个侦探或者凶杀小说家。"

"巧了，我也正有此意，"宋宇说，"到时候我可以让你做我的经纪人。"

"我先提前谢谢你了，"罗茜说，"不过现在，先暂时忘记那些幻想，我们得继续赶路了。"

宋宇耸耸肩，伸出手臂活动了一下身子，然后走到二楼的松木梯子旁。他说他想上去看看，没准上面真有个人体器官泡酒展览。

"现在赶路最重要。"罗茜再次提醒他。她走到货架旁，扫架子上的二维码，买了几桶泡面和一些零食，当作在屋中休息的酬谢。

车子重新启动，在暴雨后湿润的路面上谨慎地前行。

"那些泡酒里也许还装着睾丸和阴茎，"宋宇说，"我刚才居然没想起来。"

他还在刚才编就的故事里沉迷。

"怎么整天就想着这些东西。"罗茜说。

"别忘了，"宋宇说，"今天是你首先跟我说这些的。"

"我只是提到动物的性交。"罗茜说。

"没有生殖器怎么性交。"宋宇反击。

她永远没办法在这种狡辩中取得胜利。

"这么一来，就有一个很有趣的设想，"胜利者接续着自己的故事，"那些泡酒罐子里的东西记录了死亡的瞬间，那么……"他已经完全兴奋了起来。

"我们可以得知这个眼球患过白内障，那副大肠有结石，而另外那颗心脏可能只是在死前喝了二两酒。你想想看……"宋宇看了一眼罗茜，"如果把生殖器泡在酒里的话，我们就能知道这个生殖器在死前可能勃起过，那个生殖器得过尖锐湿疵，而另外一个仅仅就是尺寸太小，所以他的老婆出了轨。"

宋宇完全陷在自己虚构的故事里了，罗茜刚才感到的有趣现在让她开始厌烦，她本来不想再接宋宇的话，但她想了想，还是说："我不认为尺寸跟出轨有什么必然联系。"

宋宇笑了起来："是吗，那好吧，你就当我是在说自己。"然后他又抬了抬手，补充："没有指涉别人。"他特意把"别人"两个字的发音过程放缓。

"适可而止。"罗茜说。

宋宇耸了耸肩："看过那部电影吧，"然后看了她一眼，说，"《感官世界》。"

她不知道他又想说什么，问："怎么了？"

"你可以把我那玩意儿割下来，就像电影里那样，"他说，"在我们到达顶点的时候。"

罗茜没有说话。

"我很乐意它被装进泡酒里，"宋宇顿了顿，然后说："别人会通过那东西知道直到最后一刻我他妈的还在和另一根阴茎作斗争。"

那一刻罗茜算是明白了，自始至终，他都没有把昨晚的事情给忘掉。

"专心开车，"罗茜说，"不要再走错了。"

"如果人类那玩意儿也有倒刺，"宋宇说，"就他妈的可以让你痛苦到只能接受一根鸡巴。"

"宋宇。"她提高音量叫他的名字。

"到此为止。"她说。她感到车子在明显地加速。

她伸过手去握住他的胳膊，把语气放缓："冷静一点好吗？"

"来玩我们的游戏，好不好？"她说，"晴天，雨天。"

这是他们之间的约定，每当争吵即将爆发的时候，用这个简单的二选一游戏来缓和他们的情绪。

他沉默了一会儿，说："晴天。"然后轮到他问："太阳，月亮。"

"月亮。"她回答，然后说："大象，猴子。"

这时候车速已经重新平稳了。

"大象。"他答。在提出问题的时候他空了一下，然后说："和沈浩做了，没和沈浩做。"

她侧头看他，意识到自己选择用游戏来解决争执的方式实在是荒诞至极。

"做了，没做。"他重复。

"别这样，"她说，"好吗？"

"做了，没做。"宋宇说。

她想了想，告诉他："做了。"

他笑出声来，到有些干咳的时候才停下来，然后对她说："继续。"

她沉默了一会儿，说："白色，蓝色。"

"蓝色。"然后他说："沈浩，宋宇。"

她诧异有时候他变本加厉的无理取闹到了非常小孩子的地步。

"换一个问题。"她尽量保持平缓的语气。

"沈浩，宋宇。"他重复。

她沉默，他则在等待。

然后他听见她开口："王瑶，罗茜。"

他有些惊讶，停顿了几秒，说："我先问的。"

"王瑶，罗茜。"她重复。

王瑶是宋宇的妻子，他们三年前离婚。宋宇母亲去世的时候，王瑶专门回来陪他，罗茜那时知道其实他们一直都没有断过联系。他们离婚的主要原因，据宋宇所说，是他出差提前回家然后撞见他妻子的出轨，和另外一个女人。这件事对他造成了巨大的冲击，我宁愿她是跟一个男人，他说，至少是两根鸡巴之间的决斗。

和自己一样，罗茜知道宋宇没办法在这种选择中做出决定，所以她希望他们能互相退让一步，没必要非走到不可挽回的结局。同样，她也明白，当他们一起执拗起来的时候，谁也没办法说服对方。

"我数一二三，"她听见他说话，"我们一起回答。"

她看了看他，点点头。

"一、二、三。"他说。

"沈浩。"她听见自己的声音先发了出来，然后听到了他的。"罗茜。"他说。

毋庸置疑，这两个答案都让他们彼此吃了一惊。她没有选择他，而他选择了她。他们都明白这只不过是一个游戏，但车厢里还是保持了起码两分钟的沉默。

按照宋宇的脾气，罗茜想，他应该会接着说，逗你玩的，你居然信了，真是纯真。

但他没有说话，一直没有。然后罗茜明白，他说的是真的。

她竟感到有些恐惧。

在自己和宋宇的这段关系里，罗茜曾设想过很多次自己战胜了别的人，然后完全占有他的情形。也许正是这种设想，让她一直不吝啬对他的付出，让她从始至终毫不掩饰地表达她的爱意，并试图将它推到永恒这样的极致，甚至于连她自己也相信了。

而恐惧产生的这一刻，她意识到，她并非真的想要完全占有他，她沉迷的从来只是那种即将占有的感觉。和他一样，他们都不是能够活在此刻的人，他活在他的过去，而她则活在一切预备发生但却从未发生的将来。

"宋宇，沈浩。"他再次问她。没得到想要的答案之前，他不会罢休。

她试图岔开话题："路口快到了没有。"

"马上了。"他说。车子向前行驶，群山之上的乌云透出了光亮，天要放晴了。

"选一个。"他说。

"你知道的，我爱你，"她几乎把语气放到最缓，"这就够了不是么。"

"选一个。"他说。

她知道他今天非得要到一个答案不可。

"沈浩。"她说。

她本可以说出另外一个答案，以结束这场无休止的追问，以保留这段她曾经祈祷永恒的爱情。并且，另外一个答案并非不是她的真实所想，在他们最开心和默契的那段日子里，她也想过离开沈浩，但没多久她就意识到那种想法的荒谬。就如同今天这样的场景绝不会在她和沈浩之间发生，他们只会舒缓地交谈着路上令人惊叹的景色，偶尔她也会背上几句自己喜欢的诗，告诉他自己曾经想做一个诗人，但后来发现更适合做他的妻子。沈浩总是会避开这些对他而言过分外露和诗意的情话，但会在那些更为实际的方面回应她，比如永远等她睡着以后再睡，因为他打呼会让她失眠。并且，他绝不会揪着那个破生殖器对她进行无休无止的逼问。

"什么？"宋宇在试图给她机会确认。

"沈浩。"这次她没有犹豫。也许只是单纯基于对沈浩轻而易举就消散的愧疚而产生的更大愧疚，让她有了想在这个答案上补偿的心理，也许只是想对宋宇的无理取闹进行一些报复。

但她显然感知到了更深处的某些东西，比如今天早上当她感觉自己比以往任何时候都要爱他的时候，她就应该意识到，当她对他的爱抵达一个前所未有的巅峰时，实质上这种爱正在消失。

"婊子。"宋宇说。他握着方向盘的手开始剧烈抖动。

"只是一个游戏，"罗茜说，"你冷静一些。"

"婊子。"他说。

"你把车靠边，"她说，"我们停下来好好说。"

他开始加速，窗外密集的树木在她眼前疾驰而过。

"你知道，我不是那个意思，"她拉他的胳膊，"你停下车，停下来听我说好吗？"

"没有人爱我。"他说，然后哭了出来。

"我爱你，我是爱你的，"她几乎是重复地哀求着，"你知道的，我爱你，停下好吗？停下来。"

车子侧翻着冲向弯道护栏的一刻，罗茜感到了剧烈的失重。她感到自己正在坠入一片灰蒙蒙的浓雾之中，有一个瞬间她似乎看见另外一个自己跌出了身体，她们一起漂浮在雾气里。她几乎觉得自己快要死了。在那个瞬间，她突然想起了自己祈祷的永恒，想起了宋宇编就的故事。永恒，她想，它竟然要在那个虚构的故事中发生了。他们停止跳动的心脏将被一起装进那个虚构的酒瓶，放置在虚构的瓦屋的二楼，永远地被浸泡在液体之中，永不变质。一场虚构的永恒在此刻发生了。

他们的车子被卡在几棵巨树和崖壁之间，没有完全冲下山谷，不久以后一辆同样走捷径去神湖的外地车经过这里，报了警和120，他们在昏迷之中被救了下来。

在医院的那段时间，沈浩片刻不离地守在罗茜身边，闭口不提她的车祸和另外一个男人，仿佛沉默可以消灭那些记忆。他喂她爱吃的牛肉羹，她吃着吃着就哭出来，他用手给她擦眼泪，擦完以后再用纸巾擦手，然后说，好好吃饭。

最后他们还是分开了。

是罗茜先崩溃的，她不知道那个时刻她到底对谁更加愧疚。在她塑造的完美的平衡体系里，她的爱和愧疚全都失衡了。

几年后，罗茜自己驾车去了一次雪山湖区，徒步五小时穿越了海拔三千七百多米的冷杉林，终于完成了从前未来得及完成的神湖之行。那是雪山脚下一汪极小极普通的高原冰湖。她跟随徒步团的向导，合手放在胸前，绕着神湖走了三圈，然后离开了那里。

回程时队伍在补给区休息。林中一片地势平缓的草甸，三间相邻但错落的木屋。屋外是一条从雪山顶流下的溪流，刺骨的清澈。向导在她旁边坐下来，她害怕他会同她搭话，问那些不知所云的问题。所幸他没有。

他们坐在溪边低矮的木桩上仰头遥望雪山，即使在没出太阳的时候，山顶经年的白雪依旧闪着一种耀眼而奇异的光芒。她记得森林与高原的静谧，那些长满青苔的枯木，还有湿润的冷杉散发出的凛冽气味。

三个月后，罗茜和那位徒步向导结了婚。他们像当时一起遥望雪山那样相处，生活中没有很多对话，但默契地朝着同一个方向。他有一个徒步队，一间旅行社，活得像一只不停迁徙的鸟，而他说她像广阔而温暖的亚热带。他们喜欢在或短或长的假期出行，驾驶他那辆有些年头的三菱帕杰罗，去城市的近郊，或者几百公里外的雪山和牧场，高原还有湖泊。她会在那个时候告诉他一些自己的过去，比如她曾经来过这里，还有那些还未曾到达的地方，包括那次没有完成的神湖之行。她会提到那场惊险的车祸，但宋宇的角色被置换成了沈浩，以略去那些她不想提及的细节。她同他说，就是因为一个虚构的故事，一个该死的生殖器，引起了一场激烈的争吵，让她几乎丧命，并且永远地摧毁了她的爱情。她接着就说起了自己濒死的经历。

像笼罩在雪山的薄雾里，她这样说。

乐园

三月的一个傍晚，母亲送来两罐新腌制的小黄瓜。

玻璃罐用超市的塑料袋装着，盖子的边缘渗出一些淡黄的汁渍。我在打扫厨房，顺手将罐子放在厨房的一角，下面垫了一张废报纸。

她略显局促地换上一次性拖鞋，小心地踮着脚走过我刚擦完的地板，犹豫着要不要在沙发上坐下来。我告诉她冰箱里有水果，要喝茶的话茶罐在电视旁边的小柜子里，然后下楼取快递。

再回到家的时候，她已经将厨房收拾好了。倒掉了水池里的残渣，把滤干水的碗放进橱柜，将厨房地板整理干净，甚至还给厨房窗台上的两盆小多肉浇了水。

快递是年前买的一盆山茶花树，不久前才发货。母亲帮我扶着花盆的底座，我用剪刀拆开了上面的几层外包装，随着包装一起抖落的，还有许多刚萌发的小花苞。我有些心疼地将那些花骨朵捡起来，铺在花盆的泥土上。我将花盆搬往阳台上的时候，母亲帮我收拾着地上的包装袋和尘土。

等我们终于在沙发上坐下的时候，天已经黑了。

我将泡好的普洱茶递给她，很直接地问："有什么事情吗？"

她的身子往前倾了倾，张了张嘴，抬起茶喝了一口，才开始说话。

"小凯的单位让我过去一趟，来回得好几天。你爸腿不方便，悠悠没人照顾，我想……"

"还是因为抚恤金的事情？"我问。

她点点头，眼里的哀伤止不住地流溢出来。

小凯是我的弟弟，比我小四岁。一年前，他和他的妻子在一次意外的天然气爆炸事故中去世。爆炸的时候，刚满月的女儿悠悠被他们合抱在怀里，幸免于难。

出事以后，悠悠的归属成了一个问题。悠悠的外公外婆年事已高，无力再照顾一个婴孩。母亲认为悠悠是弟弟的血脉，理应由男方这边抚养，于是悠悠开始跟母亲一起生活。

期间我去看过她们一次，那也是我第一次见到悠悠。她被放置在客厅的彩色爬行垫上，穿着鹅黄色的婴儿服，从地毯的这头爬到地毯的那头，将喝进去的奶又吐出来。灾难似乎没有在她还未成形的记忆里留下痕迹。

母亲诚恳地看着我："帮我照看悠悠几天，可以吗？"

见我没有立刻回答，她有些着急，说："是怕明生不同意？"

我用开水烫完茶盏，低声说："跟他没关系，我们已经离婚了。"

她抬起头，瞪大眼睛看我，脸颊的肌肉微微颤动着，每一个动作和表情都开始不知所措起来。

"什么时候的事？"她问我。

"前几天刚领完离婚证，"我回答，"本想过一段时间再说的。"

她将手里的杯子在茶几上放下，张了几次嘴，却没有说话。我低下头倒茶，再抬头的时候，她的眼睛里已聚满了泪水。

我并非刻意向母亲隐瞒离婚的事情，只是觉得没有必要。但在做离婚这个决定的时候，我曾试图找过母亲，想寻求一些建议，像悬崖边的人要抓住什么东西一样，只是本能反应而已。但母亲那时并没有意识到。

元宵节那天，母亲清晨便打电话给我，让我和明生晚上回家吃饭。结婚以来，我和丈夫一般过节都去婆婆家，母亲打来的电话常被我拒绝。但是那天我同意了，我说自己一个人回去，谎称明生有别的事情。

电话那头，母亲的声音高兴起来，语速变得很快，问我都想吃些什么。我告诉她都可以，然后挂掉了电话。

我去超市买了一箱车厘子和一些糖果，带到父母家中。屋子大概因为我要到来而完整打扫了一遍，每一个角落都显得很干净。进门的右手边比我上次来的时候多了一棵橘子树，枝干上坠着一只小小的青色橘子。上次来这里是一年前，弟弟出事的时候。

母亲迎我进门。父亲坐在轮椅上，换上了红色福字的绸缎棉袄。悠悠则坐在地毯上，正准备将一只蓝色的海马玩具往嘴里塞。

我问候父亲，他朝我点点头，比我上次见他时更显苍老。母亲抱起悠悠，指着我，教她说，"姑姑"，悠悠嘴里只是发出一些含糊的声音。母亲示意我抱一抱悠悠，我朝后退了一步，她脸上显露出尴尬的神色，转身将悠悠放进沙发旁边的安全椅内，学着婴儿的声音和悠悠说："宝宝要乖噢，奶奶去做饭饭。"

母亲进厨房忙活起来，父亲专心地看着电视。我坐在一旁，闻着这个屋子里熟悉的类似于棉被发霉的气味，还夹杂着刚打扫过后的清洁剂的气味。屋子里老老少少，画面看上去非常温馨，却并没有让正月的气候更暖和一些。

悠悠坐进安全椅后一直咿咿呀呀地吵闹，似乎觉得椅子内并不舒服，大概也不够自由，开始在椅子狭小的空间内用力摇晃。我害怕她因此而摔倒，于是扶住椅子的一侧，她的小手开始轻轻掰我的手掌，张着嘴发出模糊的声音，偶尔掉落一些口水在我手背上。我拿起她胸前的口水巾擦了擦她的嘴巴，握着她抬起来乱动的小小的手，肉嘟嘟的，很烫。她的手在我掌心里挣扎了一圈，脱离了我的控制。我看着她，她突然又抬起手，轻轻握住我的食指，几乎是同时，我将手缩了回来。

晚餐很丰富，大都是一些松鼠鱼、东坡肉之类的家常菜。母亲专门将一碟豆腐圆子放到我面前，大概以为我喜欢吃。我尽量将每道菜都吃了几口，除掉那盘番茄炒蛋，因为我对鸡蛋过敏。

就像母亲在饭桌上突然提起自己已经五十四岁，而我对于她年龄的毫无所知一样，她对于我，从喜好到饮食，也几乎一无所知。晚饭快要结束的时候，我决定不向母亲提起我准备离婚的决定。

母亲让我住一夜再走。"房间我都已经收拾好了。"她说。我拒绝的时候，她的笑容很快黯淡下来。

"那我给你装一些过年前腌的豆腐乳还有腊排骨，你带上。"她又说。

她去厨房忙活起来，碗碟瓶罐相互碰撞的声音和她有些慌乱的脚步声混合在一起。我走到厨房边，告诉她不用装太多。

她背对着我，完全沉浸在自己的世界里，小声嘟囔着要找的东西，像是学生背诵课文似的。突然又想起什么："对了小凯，这个水酸菜要不要也装上一些？"

话说完，她突然就沉默下来，忙乱的双手静止似的悬在空中。我有些不知所措，不知道是否该说些什么，然后我看见她的双肩剧烈耸动起来，尽管她在极力克制，但啜泣的声音还是越来越清晰。我陪她站了一会儿，最终还是走开了。

她提着装好的东西从厨房出来时，鬓边的几缕头发湿漉漉的，应该是用水冲洗过了脸，但眼睛还是有些红肿。我没有直视她，只是默默接过那个装着各种瓶瓶罐罐的黄色手提袋，不小心碰到了沙发的一角，发出巨大的响声。在父亲怀里睡着的悠悠被响声惊醒，大声啼哭起来，父亲将她轻轻抱在怀里哄。

母亲把我送到楼下，我说："你进去吧，我走了。"母亲点点头，站在楼梯口没有动。我走了几步，朝她挥挥手，她说："开车小心一些。"我说："好。"又走了几步，她仍旧站在原地没动，我说："回去吧，外面太冷了。"

"有空多回家吃饭。"我打开车门的时候，听见她在背后大声说。

路上很挤，到处都是熙攘的人群，小孩子被扛在大人的肩头，手里拿着金箍棒造型的烟花，两颊被冻得红扑扑的，涌向广场放烟火。远处的天空透出红色的光晕，是要下雪的预兆。我沿着护城河边开，人群渐渐稀散起来。车内的暖气很足，我有些喘不过气来，将车窗放下的时候，空中突然绽放起了烟花。伴着巨大的声响，绚烂的花朵映照在水面上，随即消散，另一片巨大的烟火又开始接续绽放。我减缓车速，母亲装好的瓶瓶罐罐在后座相互碰撞着，发出清脆的响声。我突然哭出声来。

九年前的国庆节，和丈夫领证半年后，我才告诉母亲。丈夫当时还试探地问我，我和父母是不是有血缘的那种。我告诉他，我是父母的亲生女儿，只不过关系不那么亲近。

刚出生的时候，我就离开了母亲。父母有公职，当时要遵循严格的计划生育，我在乡下的卫生所出生，被确定是女孩的时候，就被直接送到了外婆身边。

从我记事开始，我一直和外婆共用一个房间。水泥地的房间里，刚好摆得下两张并排的床，下床的时候要注意动作幅度，不然就要踢到对面的床板。终年累月挂着的帐子落满了厚厚的灰尘，窗户很小，外婆几乎不开，房间里充斥着发霉的气味。

十五岁的时候，外婆去世，我户口本上的父母，也就是大伯和伯母催促父母接我回去，直到那时，我才正式回到县城的家。

在父母和弟弟眼里，我像是一个突然多出来的人。这在每次相处在同一个空间里时都格外明显，他们随性地谈话，开玩笑，我则紧张地听着，不知要从哪里加入他们的对话。后来我试着融入他们，可以自然地插入几句话之后，我觉得好像有了那么一些归属感。可是，当手指头被刀片划伤的弟弟自然地在母亲面前撒娇，母亲亲昵地安慰他时；或者碰到父母吵架，弟弟可以一把将书摔在地上，大声说烦死了，而我只能像路上的旁观者一样，默默低着头经过，不知所措地躲进那个一半是仓库一半是床和桌子的房间，我开始明白，有些东西，是没办法重建的。

得知弟弟去世的消息时，我并没有表现出很大的痛苦与哀伤。我与他相处的时间少之又少，大概就是高中半个月回家一次的碰面，和工作以后偶尔的家庭聚会。在我的印象中，他好像从未叫过我姐姐，大部分的招呼就是，"喂"，"嘿"，"让一下"。

大概与此有关，我对婚姻一直有着强烈的渴望。我和丈夫相亲认识两个月后便决定结婚，他怕我后悔，跟我确认了很多次。我告诉他，我一直希望有自己的家庭，建造一个属于我们的乐园。

起初我们并没有买房子的打算。他是一所乡镇中学的数学老师，我则在同一个乡镇的高速公路收费站做收费员，我们在镇上租住了一间民房，虽然居住条件不太好，但我们收拾得很温馨，总算有家的感觉。

两年后的一个五月，我们的儿子康康出生。只有三十平的民房里挤着我们一大家子：我，丈夫，婆婆，还有一个刚出生的婴儿，几乎到了摩肩擦踵的地步。

我和丈夫开始利用休息时间去县城里看各种楼盘，最终选定一片紧挨着幼儿园和小学的楼房，均价三千一平。我们选中了三楼，是个小户型，三室一厅，共七十三平米。

一年后，房子交付完毕。取钥匙看房的那天，我和丈夫牵着手，看着空旷的水泥框架，幻想着每一个角落以后的样子。

休息的时候，我大部分时间都在网上搜寻各种家装图，搜索关键词类似于"小户型家装""北欧风格装修""日式装修"等等。我将喜欢的装修图片存储起来，甚至在电脑上建了一个专门的文件夹。丈夫则更加努力地到处给学生补课，节假日也不休息。

我们总在忙碌一天之后，并排躺在床上，轻声抱怨现在住的民房有多糟糕，然后我给他看那些装修图片，他皱着眉，觉得太素淡，不喜庆。我嘲笑他审美老土，他也只是笑。

房子装修是一件很费精力的事情，如果请装修公司来设计和装修非常贵。我们分别找水电工、泥瓦工，一样一样来。我和丈夫根据休息时间交叉去看工人装修，尽量告诉他们我们想要的样子。一连三个月，我们看着防水一点点做好，米色的地板砖贴满整座屋子，随后是每个房间白色的门，铃兰花形的吊灯，它们一点一点形成了家的样子。

然后是各种家具。整整半年时间，我们都在陆续购入各种必要的家具，我喜欢的雕刻着木兰花花纹的实木床，实用却不太美观的棕褐色大衣柜，还有丈夫需要的宽大而舒适的书桌，米色带贵妃榻的布艺沙发，还有橡木的茶几和电视柜。

我们专门选了康康两岁生日这天搬进新家。康康显然很满意，尤其是我在客厅中央铺的那块毛茸茸的加厚地毯，还有地毯一侧我专门给他搭的、印着喜羊羊的小帐篷。一整个晚上，他乐此不疲地在地毯和帐篷之间来回玩耍。

我把最小的那个房间布置成康康的卧室，希望他从小就能拥有属于自己的小小空间。卧室里铺满了淡黄色的壁纸，墙角有郁金香的印刻花纹，显得非常温馨。为康康购置的小床在当时看来要比他小小的身体大得多，但他的成长速度非常惊人，刚买的衣服袜子，不久以后便小了一号。我想很快，他就会长成一个能自己穿衣刷牙、自己入睡起床的大孩子。那时候这个小小的房间应该就不够他住了。

因为房子离上班的乡镇还有十五公里，我和丈夫最终咬牙买了一辆车，最低配的奇瑞QQ。加上房贷，我们每个月的还款压力很大。丈夫大概每周回家一次，而我则开车每天往返，工作上的事情不算顺心，每周一次的考核也很严格。尽管如此，回家看到康康，抱一抱他，闻着他身上淡淡的奶香味，烦恼都会烟消云散。当然，康康身上偶尔还会夹杂着婆婆没处理干净的尿味儿。

搬到新家半年后，我因为一次重大的工作失误被开除。丈夫建议我先不要急着找工作，婆婆身体不太好，我正好可以在家专心带孩子，等孩子大一些再出去找些兼职做。自那以后，我开始自己带康康。

全职带孩子之后，我发现自己的耐心其实很差。康康的性格有些顽劣，也许是我太过于骄纵的原因。他喜欢将玩具弄得到处都是，我每次收拾完，都要告诉他玩什么再拿出来，不玩了要收到箱子里。但他完全听不进去我的话，挥着小手表示不满，有时还会直接将手拍在我脸上。如果我提高音量，他便开始哭闹，不知从哪里学的，躺在地上来回扭动，怎么也不肯起来。最让我不能忍受的，是他的坏习惯，比如朝人吐口水。我纠正过他很多次，甚至还动了手。因为很生气，我出手有些重，他的脸上瞬间红了一大片，哭得撕心裂肺，大大的眼睛里全是泪水，嘴里只是重复喊着妈妈，妈妈。我抱着他，心里有说不出的愧疚。

康康出生之后，母亲来看过几次。出生和满月的时候，带来一些鸡蛋红糖什么的，总是坐一会儿就走。只有一次，我因为康康的事情主动麻烦了母亲。

康康三岁的时候，刚上幼儿园小班。上学没几天，他就染上了水痘。我没有得过水痘，没办法近身照顾他，婆婆当时又生病住院，我便只好求助母亲。

母亲带了几件换洗的衣服就到家里来了。她整天在康康的小房间陪着他，喂他吃饭、吃药，陪他玩游戏。等康康睡着了，她又来安慰焦虑的我，告诉我没什么事，只要不抓破，脸上就不会留疤。

"以前小凯得水痘的时候，没忍住抓破了脑门上的几颗痘痘，现在都还有几个很明显的小坑呢。"母亲回忆道。说完，她又略带歉意地笑了笑。

弟弟葬礼那天，我同母亲一起去墓地。墓地在离县城不远的一处山上，周围松树茂密。母亲很多天吃不下饭，几乎没有力气走路。

我扶着母亲，家中两个健壮的男性亲戚抬着父亲的轮椅，缓慢地爬上每一道台阶。骨灰盒被灰褐色的泥土渐渐掩盖的时候，母亲还是忍不住恸哭起来，整个人像滑落的石块一样瘫倒在地上，我蹲下还是扶不住她，只好跪在地上，用双腿承接她的整个身子。弟弟和他妻子的墓碑紧挨着，墓碑上的照片将他们的婚纱照分作两半。母亲靠在碑前哭喊到嗓子干哑，仍旧不肯走，只是不停重复，"我的儿。"

其他人陆续走后，我扶着母亲在墓碑旁的台阶上坐下来。母亲几乎虚脱，整个地依靠在我身上。我喂她喝水，她喝一口，又吐出来，然后突然抱住我的肩膀，用几乎已经嘶哑的嗓子哭着说："小娟，我们都没有了自己的孩子。"

四年前的夏天，我失去了自己的孩子。

周末在儿童乐园学习游泳的时候，康康不小心游进了深水区，婆婆和工作人员都没有注意到，康康很快就溺水失去了呼吸。半个月前的五月九号，他刚刚过完四岁的生日，我给他定做了一个喜羊羊的蛋糕，怕长蛀牙，只许他吃一块。我赶到医院的时候，面对他小小的身体，他顽皮的曾捧着我脸庞说妈妈不要生气的小手已经没有了温度；还有我总是忍不住亲吻他的小脚丫，总是亲一口然后说臭，他就会生气，现在那对小脚已经是冰冷的青紫色。我总以为他只是睡着了，或者只是恶作剧，我抱着他，亲吻他，告诉他我给他买了新的积木，他就会突然睁开眼睛，说："妈妈，你又被我骗到了。"

失去康康的日子里，时间似乎一下子失去了意义。我每天过得浑浑噩噩，有时一觉睡到中午，想起还没叫康康起床，跑到他的房间，发现是空荡荡的一片，连他的卡通床单都被叠放在一旁，我就开始坐在地上号啕大哭；有时候煮着东西，然后坐在康康的小帐篷里忘了时间，锅和电磁炉全都烧坏了，厨房的屋顶一片漆黑。我一遍又一遍地向丈夫诉说"要是我那天陪康康去就不会发生意外了"，或者是"要是没让他学习游泳就好了"，甚至是，"要是不让婆婆带康康就好了"。他总是耐心地安慰我、劝导我，尽管他每天上课、在家和学校之间来回，这些对他而言都是对精力的耗损。除此以外，他还在花精力应付上诉的问题。

儿童乐园为意外事件做出了赔偿，进行关停整顿。但丈夫认为那笔赔偿金是在打发我们，这样的力度根本不会让那个机构得到足够的警示，他开始找律师朋友，下决心要打一场官司。我和婆婆都无力在这件事上再投入更多的精力，光是面对这场意外就已经足够让我们崩溃。而丈夫执意要寻求一个更严格和公正的结果，这是他面对这场意外的处理方式，他认为我们的妥协是软弱和对一切恶性事件的纵容。我们无力反驳。

刚开始，丈夫执意上诉得到了周围朋友的支持，他们也认为应该要到更多赔偿，让机构受到更严格的处罚。后来机构私下找到我们，愿意给出更多赔偿，希望能够和解。丈夫执拗地拒绝了他们，说自己要的不仅仅是更多的赔偿，他当着机构负责人的面告诉他们，他要的是他们一辈子都不能做这个生意。后来事情的风向发生了转变，也许是机构在背后散播了谣言，也许是丈夫的执拗超出了大家所能忍受的程度，周围有朋友开始劝我们要学会向前看，或者说适可而止。也有人说，作为家长也要负一部分责任，不要太贪得无厌。我们在别人口中变成了想要借助死去的孩子获得更多金钱的吸血鬼父母，而因管理失误造成这场意外的机构则开始隐身。

丈夫听到的时候只是沉默，然后在那段时间学会了抽烟，一支接一支。如果说起初他的执拗是他用以支撑自己面对意外的方式的话，那么那些我们从未预想过的流言则是比那场意外更能击垮他的武器。他开始妥协，他说他受够了这种折磨，他想要新的生活。当初他有多执拗地想要上诉得到一个更合理的结果，那么现在他就有多执拗地想要立刻开始新的生活。他首先要求我走出悲伤。

他收起了康康的所有东西，一并锁进了他的小房间里，甚至自作主张换掉了很多家具。原来的上司听说了我的事情，告诉我，收费站最近有个缺位，如果需要的话，我可以回去继续做原来的工作。丈夫建议我接受，他说，工作的时候可以忘掉其他事情。我回收费站工作了一个月，却总是失误，最大的困难是，我已经没办法随时对着窗外过路的司机微笑，或者说几乎忘掉了怎么微笑。最后我还是没能坚持下去。丈夫有时也会试探地说，我们还可以再要一个。我总是装作没有听见。

就像面对他的学生一样，丈夫已经把我归为不再上进的一类，解决办法就是放弃。丈夫放弃了我。一年前，他第一次向我提出离婚，他告诉我，他被消耗得太痛苦了，他需要新的生活。我失声哭了出来，他拍着我耸动的肩膀，告诉我，房子和赔偿金都会留给我，如果需要的话，车也可以给我。

那是他第一次提到赔偿金，此前我们都刻意避开。我明白，他这次是真的想要新的生活。我止住哭泣，沉默下来。我们结婚的这几年，时间就好像快进似的前进，我们生活的起伏被急遽地压缩在这几年时间内，过早地耗尽我们的悲欢，过早地耗尽了我们之间的感情。

不久后，我的弟弟和他的妻子在那次天然气爆炸中去世，丈夫得知消息后，没再提起离婚的事情。直到今年年初，他再次提出离婚，坦诚地告诉我，他和学校新来的女老师有了感情。

结局已经再清晰不过。

元宵的时候我去了一趟父母的家，他们刚从失去弟弟的悲痛中稍微缓和过来，因为悠悠的存在，呈现出一种令人不忍破坏的温馨。我那时本想问一问母亲，我要是离婚了，好不好。但我最终没有开口。

今年三月初，我和丈夫去民政局签字盖章，结束了八年零四个月的婚姻。而后几天，母亲恰好来我家，我把这个消息告诉了她。

母亲启程后，我将悠悠接了过来。

我没有听从母亲的建议，将悠悠的婴儿床一起搬过来。

悠悠躺在我的一侧，我轻轻抚摸着她的后背，她起初只是睁着眼睛不肯睡觉，后来便突然哭了起来。我只好将她抱在怀里，轻轻摇晃着她的身子，在房间里来回走动了一个多小时，她才肯闭上眼睛。可我一将她放在床上，她便会惊醒，开始哭泣。我只好再次抱起她不停地走动，最后困极了，就抱着她坐在卧室里的单人沙发上睡着了。

悠悠到家里的第三天，终于能够不哭闹地睡觉，但是半夜还是会惊醒，随即哇哇大哭起来。我试过很多方法，比如喂她喝奶，或者是给她哼童谣，但总是不奏效。

这样连续折腾几夜，白天我的精神状况就非常坏，做事的时候经常出神，给悠悠冲奶粉的时候倒进冷水，或者抱着悠悠坐在沙发，不知不觉就睡着了，幸好她没有从沙发上摔下去。

悠悠很黏人，她在玩耍的时候，如果我离她太远，她便开始哼哼唧唧，如果我仍不去她身边，她就开始啼哭。我做饭的时候，也要把她放置在厨房不远处，让她能看到我。她玩着喜欢的玩具，会一直很安静。她喜欢玩的东西不多，都是带过来的一些娃娃公仔什么的，有时可以玩上一整天，专注力非常好。她也喜欢自己翻一些儿童绘本，指着图上的动物咿咿呀呀地说话。

母亲让我多教她说话，悠悠一岁多了，还是说不清最简单的字词，母亲有些着急。我起初试着教她认字，很简单的"大""小"之类的，她学得很快，但就是发音非常模糊，不仔细辨认的话根本听不清楚。在她兴致高的时候，我总是教她重复"爷爷""奶奶""爸爸""妈妈""姑姑"之类的词。

有时悠悠会做一些危险的动作，比如把头突然靠向地面或者旁边的茶几，我制止了几次。有一次我没注意，她一头撞向地面，虽然有地毯的缓冲，但脑门上还是肿了很大一块，她哭得停不下来。这时候我开始打量这座房子，突然觉得有些过分冷清。浅色的家具，大片空旷的客厅，蓝色的几何花纹的地毯，几乎很少暖色的东西，整个房间有种冰冷的感觉。

我试图增添一些东西，比如重新买一块毛茸茸的地毯，给茶几套上厚厚的套子，防止悠悠再撞上去，米色的沙发套可以换成暖色调一点的。我这么设想着，竟有些兴奋起来。甚至可以买一盏暖色的落地灯，在地毯的一侧可以放置一个大大的泰迪熊玩偶，悠悠可以靠在它身上。对了，可以把康康以前的小帐篷找出来，悠悠肯定很喜欢……

脑海里出现康康名字的时候，我的思绪突然沉寂下来。悠悠从地毯上晃晃悠悠地走过来，趴在地毯上，握住我的食指，就像康康曾经这样握着我说"妈妈我饿了"一样。我的眼泪啪嗒啪嗒落下来，悠悠感受到我的情绪，突然哇哇大哭起来。

再也无法忍住哽咽，我哭了出来。"对不起，"我说，"康康，对不起，妈妈没有要忘记你。"

晚上哄悠悠睡着之后，我站在小房间的门口。白色的门上挂着我亲手制作的小猪佩奇十字绣，门把手上落满了灰尘，我很久没有擦拭过。我推门而入的时候，一股浓烈的灰尘味扑鼻而来。

他的小床上堆着拆卸下来的小帐篷，上面有一层厚厚的灰。他的玩具被整齐装在两个大大的塑料箱子里，几只小猪玩偶被挤压得变了形。我轻轻打开箱子，一只红色的小皮球突然弹了出来，那是我在幼儿园门口给他买的。还有一叠厚厚的儿童读物，声母卡被折叠起来，还有学认动物的识字卡，就在这张床上，我用玩具哄着他，教他学会了"老虎""狮子"，甚至还有我第一次听到的"貘"，当时我还责怪，为什么幼儿识字卡会有这么难的字。牛皮纸箱里是康康的一些衣物，那件有老虎耳朵和尾巴的连体衣是他最喜欢的，但我只给他穿过一次，因为他总要尿尿什么的，那件衣服很难脱下；那件褪色了的缝着太阳花的黄色毛衣，是他一岁的时候母亲给他织的，他说穿着舒服，于是那个冬天我总给他穿；还有第一次给他买的牛仔裤，他不肯穿；还有穿到幼儿园被小朋友笑话的粉色的小T恤……

我把康康的物品一样一样拿出来，再整齐地放回去。整理的时候，我看到一个小小的本子漏到了箱子的一侧。那是一本32开的素描本，我买来给他涂涂画画。第一页是我们一起画的房子，周围铺满了花瓣，他那时候说："妈妈，我们给这个大房子取个名字吧。"再往后翻几页，是我没见过的图画，大概是他自己待着的时候画的。其中一页画的似乎是一个人，虽然不成形，但能看出短头发，穿着裙子，没有穿鞋子的脚画得尤其大，我屏住了呼吸，在床板上将那幅画慢慢平展开来，在装订线的一侧，歪歪斜斜地写着两个小小的字，妈妈，汉字上面还注了拼音……

我的眼泪开始一滴一滴地落到那张画纸上，用彩笔涂成红色的裙子慢慢晕染开来，我着急地用衣袖擦拭着，白色的袖子上染了一片淡淡的红。我抱着那本画册，躺在他曾睡过的小床上，泪水不停地落在床板上，滴滴答答。

母亲给我打了电话，说早上刚回来，下午就过来接悠悠。

我将悠悠的衣物和玩偶收拾好，在中午太阳最热的时候给她洗了一个澡，换上我给她新买的淡黄色外套。她闻着自己身上沐浴露的橙子味，模糊地发出"香"的发音。这个字我这几天经常说，她记住了。我陪她坐在地毯上晒太阳，她抱着绘本来回翻。

母亲提着一堆东西过来，都是小凯单位给她和父亲的一些慰问品，有螺旋藻、钙片、蛋白粉什么的。"我和你爸不会吃，都拿来给你，都是好东西，多补补身子。"她说。

我不知道说什么好，只好去厨房给她做饭，她推辞说不用，还要回去给父亲做饭。不知为什么，我突然用很严肃的语气说："饭已经煮好了，还走什么。"母亲有些无措，我缓和了语气，说："爸爸的等会儿我用饭盒装一些，你给他带回去。"

母亲就在沙发上坐下来，抱着悠悠认图画书上的字。锅里的油刺啦刺啦，还是能听见母亲教悠悠说，"蓝天"，悠悠只会发出"天"。母亲又教她，白云……

我炒了黄瓜虾仁，悠悠很喜欢吃，母亲却没碰。我以为她是吃不惯，几番推辞，她才说，她对海鲜过敏。我将夹起的虾仁放回碗里，彼此沉默了一会儿，我说："我鸡蛋过敏，上次去你还炒番茄鸡蛋。"母亲看了看我，表情有些复杂："怪不得你上次没有吃，我还以为你不喜欢番茄。"

"那扯平了。"我说。母亲没反应过来，过了好一会儿，她才轻声笑了出来。

临走的时候，母亲突然从包里掏出一个牛皮纸袋装的东西递给我。

"这是什么？"我问母亲。

母亲说："是小凯的照片，他们单位洗给我的。我拿回去总忍不住翻，给你爸爸看见了，又要伤心。他难过又不说，总一个人怄在心里。"

我把牛皮纸袋打开，有一本厚厚的相册，还有一张绿色的农行卡。

母亲小声说："这是小凯的抚恤金。"

我把银行卡还给母亲："钱我不好保管，还是你自己放好。"

母亲不接，说："你就当帮我存着。"

我不肯。母亲突然哽咽起来："拿着它，总像是我害死了小凯。"

我没有说话。悠悠抬头看着奶奶，也跟着哭了起来。

我抱过悠悠，哄着她，不哭不哭。

母亲哭了一会儿，我给她递纸巾，她擦了擦眼泪和鼻涕，渐渐缓和下来。

"这几天我天天梦见小凯，"母亲说，"梦见他追在我后边，像小时候一样，说，妈妈，你不要忘了我。"

我没有说话。

"我也害怕，"母亲把头转向阳台，"高兴的时候，我都不敢大声笑。"

悠悠在我怀里挣扎着，指着地上的图画书，要去地毯上玩，我把她轻轻放到地毯上。我想到，与悠悠相处的这段时间里，有时我总刻意与她疏远，仿佛是一种自我惩戒式的赎罪。

我看了看母亲，说："我知道。"

母亲回头看我，我避开了她的目光。

悠悠爬到我身边，拉住我的手指，指着图画书上一个短发女人，下面的词语是：女人。悠悠指着那两个字，说：妈妈。

我别过头去，不让她们看见我的眼泪落下来。

我送母亲到楼下，她坚持不要我开车送她，说自己打个车就好。我没有强求。

我把悠悠放进裹背里，肩带穿过母亲的腋下，然后紧紧将悠悠绑在她的背上。母亲娇小的身躯突然让我感到难过，我于是赶紧催促她下楼，一会儿约的车该超时了。

我们站在街边等车的时候，母亲突然靠近我，轻轻抱了抱我的肩膀。那是记忆里她第一次对我做出这样的动作，这使我感到无措。她似乎也是鼓起了很大的勇气，说话的声音都显得有些颤抖："我和你爸爸其实都希望，悠悠可以成为你的孩子。"

我侧过头去，告诉她，出租车来了。

母亲背着悠悠钻进车厢，我俯身去护悠悠的头。

"我还没有准备好。"我告诉母亲。

"我需要时间，"我说，"你们也是。"我不敢去看她的表情，话说完以后我迅速关上车门，然后站在原地，看着那辆黄色的出租车缓缓离我远去。

那张绿色的银行卡被我锁到了抽屉里，和康康的那张放在一起。和银行卡一起锁上的，还有那本小小的画册。在画册的第一页，我和我的儿子康康，一起画了一座房子，在房子前面，一家三口手牵着手，周围铺满了花瓣。我在房子下面写了两个字，注上拼音，教他念：乐园。

河岸焰火

　　傍晚阵雨过后，回暖的正月又弥漫起寒冷的湿意。街道两旁的冬樱已经错落绽放，被雨水打落的花瓣浑浊且湿漉漉地贴在青灰色的地面。远处的云压得很低，落在楼与楼之间交错的天线上，仿佛被托举着一般，靠近落日的一侧，云朵边缘被染上一圈橙黄色的光。晚霞躲在云的后面。

　　通往河滨公园的十字路口，一个女孩和她的母亲并排站在人行道上，等待着绿灯。女孩大概五六岁，穿着崭新的酒红色毛绒外套，从她母亲这边跳到那边，脸颊因为寒冷和跑跳而显出两片红晕。

　　她的母亲，一个带着倦容和略显衰老的女人，左手拎着一个大号的红色塑料袋，肩上挎着黑色的皮包，空出的右手拉住女孩外套后的帽子，轻轻提起，给女孩戴上，帽子上有两只毛茸茸的小熊耳朵，对应着外套下边一截短短的尾巴。

　　女孩时不时探着脑袋绕过女人的身体，拨开女人手中的塑料袋看几眼。袋子外伸出一截长长的拇指粗细的烟花筒，女孩轻轻碰它一下，眼神里充满着兴奋和盼望。绿灯亮起的时候，女人牵起女孩的手，穿过马路，向河边的露台走去。

露台比沿河街道低下去一截。她们走下一小段台阶，台阶和露台之间有一块未浇水泥的土地，被雨灌成了一汪泥塘。女人蹲下，右手抱起女孩，跨过泥塘时，小小地趔趄了一下，但女孩还是安稳地落在了松木板搭就的露台上。

她们走到露台的右侧，女人从发皱的黑色皮包里掏出一包纸巾，擦干一旁长木椅上残留的雨水。她将伸出袋子的烟花筒递给女孩，然后把手中的塑料袋搁在长椅的一角。

女孩举着烟花筒，仰头看着她的母亲。女人蹲下来，再次拉了拉女孩的帽子，为她戴紧。

"等等，"女人说，"等太阳再落下去一点，烟花才好看。"女孩点点头，看得出她非常想此刻就燃放手中那支烟花，但她还是听话地克制住了。

于是母女俩就在椅子上坐下来。女孩将烟花筒抱在怀里，两只悬空的腿交替晃着，随她的母亲一起看向河面。

这天正月十六，是小城的元宵节。这一天，人们会顺着河流走到另一片更宽广的水域，去那里燃放烟花，庆祝节日。

陆陆续续有人朝露台这边走过来，独身的中年男人，带小孩的父母，几个年轻的化着浓妆的姑娘，他们只是在河边看一看，感叹一下绮丽的晚霞，然后就离开。

女孩看见他们手中也握着烟花，于是问她的母亲："他们要去哪里？"

女人说："他们去别的地方。"她的声音机械一般，没有什么波动。

"我们为什么不去？"女孩又问。

女人左边的眼角有一颗朱红的痣，藏在一块拳头大小的瘀青里，眯起眼睛的时候，眼角折起几条皱纹，显得她的眼神凛冽而哀怨。

"那边人太多，会挤坏你的。"女人说。

女孩转着大大的眼珠，点点头。

天暗下来一些，路边的人群渐渐聚集起来，顺着河流的方向走去。远处的十字路口停有两辆警车，不停地闪着红灯。道路两边各站着两三名警察，负责维持当天的秩序。

"妈妈，他们在买什么？"女孩指向街边，有几个四五十岁的妇女蹲在那里，铺在她们面前的花布上堆着一些鹌鹑蛋大小的鹅卵石，几个露腿穿着大衣的女孩在那里认真挑选。

"石头。"女人说。

"为什么要买石头？"女孩问。

"扔到河里。"女人简短地答。

"为什么要扔到河里？"女孩还处在对一切事物都怀着强烈好奇的年龄。

女人的表情一直保持着平静，此时脸上却浮现起一丝困惑，过了一会儿，她答："石头丢进河里，把坏的东西送走，新年就有好运气。"这样的说法显然女人自己也不相信。

女孩思考着母亲的话，似乎一时不能明白，但她也没再问下去。

本地有一个关于正月十六的传说，说很久以前，那片水域在正月十五曾跳下过一对殉情的男女，因此先民才将元宵改为正月十六，并且在这一天，人们要去他们殉情的地方，扔下寓意着诅咒的石头，要那对放荡的男女永远沉在水底。后来，人们把扔石子的诅咒变为对今人愿望的保佑。

女人没有跟孩子讲如此复杂的故事，以女孩的年龄，还没办法理解"殉情"两个字的含义。女孩不懂的东西还很多，可惜她没办法再教给她了，女人想到这一点，眼角藏在瘀青里的痣便又垂下去一些。

太阳渐渐隐没在云背后时，女人站了起来，女孩也挪动着，从椅子上滑下来。女人在皮包里找了一会儿，拿出一个红色的打火机，女孩的眼睛一下子亮了起来，她高高地举着烟花筒，仿佛举着神圣的火炬，而她的母亲就是那个即将点燃火炬的圣女。

女人反复调整着烟花在女孩手中的位置，确保燃放后焰火不会伤到孩子，这才举起打火机，点燃引信。细细的烟花筒发出沉闷的响声，火光钻破纸张的瞬间转为锐利而细的尖叫，焰火流窜着，融入黄昏的余热，绽放前留下短暂的空隙，为天边赭红色的晚霞所填满。火花映照在水面，绽放后坠落，余热与水相遇，发出细微的响声。女人站在一旁看，在烟花落入水中的瞬间，她感到一丝消逝的悲哀。此时她看天际的黄昏，觉得那种色调绮丽得过于哀愁，使节日的焰火显出一种不合时宜的美丽。

女孩仰面看空中明灭的花火，不停发出轻声的赞叹。在烟花筒燃尽很久之后，女孩还有些恋恋不舍。女人从塑料袋中拿出一盒仙女棒拆开，取出两支，递给女孩。仙女棒没有那么危险，于是女人开始教她的女儿如何使用打火机点燃仙女棒。火焰碰到仙女棒，火花"刺啦"一下子绽放开来，女孩开心地笑着，捏着仙女棒在露台上来回奔跑，她的母亲坐在椅子上看她。手中的仙女棒燃尽后，女孩跑回母亲身边，母亲俯下身子，将手里的盒子递给女儿。

"你在这里玩，妈妈去买点东西。"女人说。

女孩乖巧地点头。

"一会儿天黑了，如果我还没回来，你应该去哪里，记得吗？"女人问。

女孩指了指街对面不远处的警务亭，说："找警察叔叔。"

女人点点头，她这时蹲下来，再次为女儿拉了拉头上的帽子，女孩躲在帽子里，笑脸红扑扑的。

她说："我走了。你玩的时候要小心。"

女孩点点头。

女人站起来的时候，又问女孩："记得见到警察叔叔要说什么吗？"

女孩说："记得。"

女人便转身，把女孩留在露台。她再次跨过那个泥塘的时候，身体犹豫了一下，但她并没有回头，朝着远离女儿的方向走去，脚步坚定。

这天早晨起床的时候，女人的脑海里浮现出一个念头，这个念头长期困扰着她，但她始终没有下定决心。她一直在等待，为这个念头做着准备。这天早上醒过来的一瞬间，她意识到，那个时刻来临了。

她为自己选了一个绝佳的地点。那地方就在人们欢庆节日那片水域的下游，她只要走过十字路口的警车，进入古城区，顺着热闹的古城街道一直往前，经过那座已近百年的四合五天井宅院，然后向右拐，沿小路一直走到尽头，就能走到那片水域的下游。人们忙于欢庆元宵，没有人会在这天晚上经过那里，而且下游的水要更深，也更冰冷。

女人走进古城区，街道两旁小贩已架起货摊。在她的左侧，一个脸上长红色胎记的男人挽着袖子，从车上抱下一筐一筐的米糖，他的女人在搭好的简易货架上铺干净的塑料布，给四角绑上绳子，防止被风吹走。那些米糖就铺摆在塑料布上，四方的酥米糖，空心圆环状的红糖徽子，小球形的花生米粘成的花生糖。她的右手边则是挂满各色气球的气枪摊子，还有十块钱套圈的货摊，一家人上阵，母亲收钱，父亲吆喝，小儿子递圈，一气呵成。

在熙攘的人群中穿梭时，她感觉到前所未有的平静，有那么一瞬间，她觉得自己脱离了身体，像她前面被扛在父亲肩头的小孩子手中握着的气球一样，飘在了人群上空，她觉得轻松。她从未这么轻松。

看到那些被父亲扛在肩头的孩子，女人还是会想到女儿，那个被她丢弃在水边的女儿。她想到女儿放完烟花后，要跨过那个对她来说还很大的泥塘去往警务亭，心绪产生了一瞬间的波动。她总该自己学着跨过今后的每一个泥塘，女人这样想着，又坦然了起来。

死亡是最容易的事情，她当然知道，她也知道这个世界上有很多人承受着比她更甚的痛苦，但她越是知道这些，就越感觉到活着的恐惧。她尝试过很多事情，更忙碌地工作，或是看病吃药，甚至信奉上了宗教，但它们都没帮她摆脱那样的念头。起初她还为年幼的女儿担忧，可到了后来，当她觉得自己的痛苦占据一切的时候，她想，没有母亲，孩子一样会长大，她找到了这样的理由，于是说服了自己。

她此时心思坚定，跟着人群往前走，走向那片通往死亡的水域。快要到达那座老宅院时，她突然想起，她还需要一支蜡烛。这里的人有一种迷信，认为人死的时候如果带着蜡烛，就更容易找到通往另一个世界的路，减少成为孤魂野鬼的几率。

她便开始在人群中张望，直到看见街对面不远处的一间杂货店。穿过人群的时候她费了很大劲，差点扑倒在杂货店门前燃烧着的巨型青香面前。

杂货店的柜台旁没有人，老旧的木质房屋散发着潮湿阴冷的气息，她绕着昏暗的灯光转了一圈，在最角落的货架上看见了透明塑料纸包裹的红色蜡烛。返回柜台时，她冲着里面的房间轻轻问："有人吗？"问了两遍，听到房间里传来一个沙哑的男声，说："稍等，马上来。"

她站在柜台旁往外看，人群愈发密集。她给自己留了足够长的思考时间，她想，跟着热闹的人流走，也许某一刻她会改变主意。但到目前为止，她寻死的决心仍旧坚定。

男人出来的时候，地板上发出"嗒嗒"的有节奏的低沉响声，她没有回头，直到那男人到柜台边坐下。

"蜡烛，两块钱。"她听见男人说话，便低头去包里翻找零钱。

她感觉到男人的目光始终追随着她，抬头递钱给他的时候，她望了他一眼，觉得有些眼熟。男人的面孔在她的脑海里转了一圈，她才看向他，说："是你。"

男人羞涩地笑了笑："我刚才就认出是你。"

她平静的表情露出一丝讶异后，迅速转身，侧对着男人，隐藏着她眼角明显的伤痕。

男人似乎并没有注意到她脸上的伤，又或许注意到了，但始终装作不曾察觉。他看到她，起初也是同样惊讶的神情，后来则羞涩更多一些。男人不过三十四五，但因为蓄了胡子，看上去要更老一些。

他接过她手中的钱，在空中转了一圈，才想起应该放到抽屉里。然后他抬起头看她，移开，再次看她。

"你去河边？"他终于想到一句寒暄的话。

女人点点头。

"人很多。"男人又说。

女人还是点点头。

"很久没见了。"男人说出这句话的时候，呼出一口沉沉的气息，仿佛用了很大力气。

女人转头看了他一眼，说："是啊，时间过得真快。"

这时轮到男人点头。

"快十七年了。"男人说。

杂货店外的两支青香燃烧着，在地上落下一圈圈香灰，再被风吹走。女人平静的表情此时有了变化。

"这么久了。"女人说。

"你还是一点没变。"男人说。

女人知道他在撒谎。她的衰老她自己最清楚，她亲眼看着一条条皱纹和褐色的斑如何占据她的皮肤，觉察着逝去的岁月如何将她消耗成如今的模样。同样，他也老得多了，她想。他的脸浮肿而胀，牙齿黄黄黑黑的，抬起头来的时候皱纹就堆在一起，已经看不到从前那个青涩男孩的影子。

但男人的话显然让她受到了触动，她已经和刚进门时候那种死寂的状态大不一样了。她的表情渐渐松弛下来，然后想到，如果不是再次遇见他，她甚至忘了自己曾有过一段无忧无虑的少女时光，那时候，那些后来损耗她生命的东西还未曾出现。那时最快乐的事，就是下课后他骑单车载她穿过小城的每条街道，她最爱看他笑起来整齐洁白的牙齿。在一条条小巷中穿行的时候，他们天真地以为会一直这样骑着车走下去，甚至他们羞涩地探讨过，以后要生几个孩子的问题。他们那时还有憧憬，相信未来会有璀璨的人生。

但显然时间没有饶恕他们之中的任何一个。

此刻她深深地沉浸在回忆里，眼神变得无比柔和。他也一样，一直浅浅地笑着，仿佛重新回到了他们十七岁的时候。那个时候，她只是她，他也只是他，她不是谁的妻子或者谁的母亲，他也一样。

他们对视着，又互相避开，眼睛里都亮晶晶的，他们抬头看店外熙攘的人群，一切似乎变得寂静起来。

"在干什么，进来帮我呀。"这样的宁静并没有持续很久，她听见里间传来尖锐的女声。

这时男人像是空中的风筝被收回了线，眼神很快黯淡下来，朝里面答着："来了。"

他起身，拿起靠在身旁的一根拐杖。她刚才竟没有发现。

他还是羞涩地笑，避开她的眼神："前几年在工地，酒喝得太多，股骨头坏死了。"毕业后他没考上大学，早早进入了社会，她则进入一所医学专科学校，回来后辗转在不同的药店工作。命运不同的轨迹将他们自然地分开，也没再让他们相见。

她没说话，他又补充："不碍事，还能走。"好像怕她替他担心一样。

她点点头。

他拄着拐杖走了一步，又折身回来，从柜台下面抽出一把烟花棒，外包装裹着桃红色的皱纹纸，像一束小小的玫瑰。

"拿去河边放。"他递给她，还是羞涩地笑着，然后转身，走了一步，又回头，想说什么，但最后却什么都没讲。

她拿着那束烟花棒往外走的时候，来时所拥有的平静开始消散，她感到鼻子有些微微地发酸。原来她也曾有过那样一段刹那的芳华，她想，她几乎都快要忘记了，在那段逝去的年华里，她也曾被人视为珍宝，被深深地爱过。她此时又想起她的女儿来了，有一天女儿也会长成少女，成为女人，如果那时她也忘了自己曾被爱过，又将如何去抵御晦暗的余生。

女人紧紧握住那束烟花玫瑰，随着人群往前走。到了那间老宅子前，她停了一下，没有朝通往孤寂下游的方向右拐，她向前，随着人流，走向那片欢庆节日的水域。

人群中爆发出一阵欢呼的声音，她抬头看见远处水域之上开始绽放的焰火。金色鱼尾般的焰火从地面游弋而起，游到墨蓝的夜空，而后相继绽放，金色的火花在夜幕下流泻，瞬间的闪耀照亮了她眼前的道路。

　　她走到河边，借火点燃那支红色的蜡烛，然后用蜡烛引燃烟花棒，举向天空，掉落的火花和空中坠落的焰火一起落入水中，那些瞬间而绚烂的美丽花火，如同曾在她生命中消逝而又悄然浮现的那个青春时刻，它们随着轻微的水波，消散成无数散裂的碎片，留下了刹那却永恒的光辉。

　　那一刻她在想，回去的时候，如果女儿问她，为什么去了那么久，她应该怎么回答。

日日夜夜

　　大学毕业前，我很尊敬的一位老师在临别时提醒我，有太大的抱负对于我这种家庭出身的孩子来说不是一件好事。她说得很诚恳，不带有任何轻蔑，她说她很珍视我的努力，但我的努力现在看起来有些过度了。很多努力其实都是不必要的，她说，幸运永远只发生在少数人身上。

　　我妹妹罗佳也曾对我说过类似的话。

　　大学时我经常给罗佳写信，很多次在信里提到那位老师和她那间可爱的充满着新鲜知识的房子。涂尔干，暖黄色的墙壁，波伏瓦，我们坐在狭窄的客厅，托克维尔，同学们热闹地争论，伊丽莎白济贫法，老师轻拍我后背鼓励我加入讨论时温热的掌心，戈夫曼，窗外的石楠花正散发着怪异的腥臊气息。

　　罗佳只给我回过一次信，信里提到我们的老街正在被挖掘机铲平。"但邻居们很高兴，他们以为新生活就要到来了"，在信的末尾她这么说。

　　"他们跟你一样，看到了一间不存在的房子。"

"我怎么会那么说话呢，"罗佳说，"太奇怪了。"

最后那段日子，我总是躺在床上陪她聊天，有一次我提到了"不存在的房子"，罗佳说她没有印象，她不记得自己说过那样的话。

"太奇怪了是不是，"她戴着蓝色绒帽的脑袋靠着我的肩膀，"我怎么会那么说话呢？"她毛茸茸的脑袋来回摩擦着我的脸颊，像一只快乐的小狗。

"你重新给我讲一讲吧，"她说，"讲一讲那间可爱的房子。"

我就给她讲那间可爱的房子，或者是她想听的任何故事，我擅长这个。叙事的语调，适时的停顿，突然的转折，尾音的拉长。我真实经历过的，或者纯粹的虚构。她小时候说过，喜欢听我讲故事，她说没准以后我能靠这个挣钱。不过后来我们都不再夸赞对方，大部分时候我们争吵，辱骂，互相较劲，大家说我们姐妹是天生的冤家。前世仇人，今世姊妹，街上的老人会这么说。罗佳每次听到，都要专门走回去，贴着老人们不再灵敏的耳朵告诉他们："我和罗娜无论哪辈子都是仇人。"

我从没想过有一天我们还能这样躺在一起漫无边际地聊天，就像小时候那样，尽管那也只是记忆里极其短暂的一段时光。医生说 PD-1 抑制剂会让人变得话多，我笑着告诉医生，我喜欢这个副作用，它竟然让我的妹妹变得柔软起来，就像我给她买的那个鸭绒枕头，她自然地撒着娇，像个孩子一样不停地跟我说话。

但也并不总是这样，后来 PD-1 在她体内也失效的时候，她开始变得暴躁，大声辱骂着让我滚。谁允许你这个婊子进来的，谁允许的，我要杀了他。你给我滚。滚。我于是会忘记她是一个病人，她那时候哪里还像一个病人，她体内仿佛蓄积着无尽沸腾的岩浆，她朝我咆哮，要将我燃烧。

我也大骂她是婊子，没有乳房的臭婊子。我说活该你得这个病，这是报应你知道吗？我知道说什么会让她失控，会让她疯狂。

我们都借着失控的名义竭尽所能地伤害对方，从来都是这样。

她拿手边一切可以够到的东西砸向我，瞄准我的脑袋、我的眼睛，我现在可以轻易地避开，不会再像小时候那样被她突然扔过来的石子砸伤，然后在眼角留下一个深深的疤。我耐心地躲避着，像看一个滑稽剧演员在舞台中央动用一切表情卖力地表演，直到她全身颤抖着，没办法再说出一句完整的话。

这时候我会走过去抱紧她，她没有力气再反抗，无数次的化疗和口服药物已经让她的身体虚弱不堪，她曾说她感觉到自己的血管在萎缩，就像在沸水里紧缩的鸭肠，像被掏空的木乃伊。我抱紧她，拍着她的背，告诉她好了，我们不吵了，已经吵了三十年了，该吵够了。

她小小的脑袋紧贴着我的胸脯，用她仅剩的力气举起脑袋捶击着我的乳房，她抽泣着，泪水、鼻涕，还有她的唾液，它们浸润着我的双乳，浸润着她也曾拥有过的，柔软的乳房。

罗佳刚做完乳房全切和淋巴清扫后给我打了电话，目的是向我炫耀。她说她扔掉了一对很重的负担，她说乳房是女性向男性献媚的祭品，是让男人离开母亲后继续含着乳头做婴儿的工具，除此以外没有别的用处。她说她现在终于摆脱了它们，她感到很高兴。

我告诉她不要总是读那些观点偏激的文章，告诉她要注意身体，然后挂掉了电话。

那时我以为罗佳的身体只是普通病变，我身边有很多乳腺出现问题的女性，即使到了要切除乳房的程度，只要后续保持药物治疗和定期复查，生命基本不会受到威胁。相比起其他癌症来说，乳腺癌的凶险性已经非常低。

后来罗佳要求医生继续切除她的卵巢，她说她不需要那个东西，她让医生把它从她身体里拿掉。李东打电话告诉我这件事情，他说罗佳最近情绪有些失控，他希望我能够回去看看她。

我告诉李东，我要是回去了，罗佳会从情绪不稳定变成彻底的疯狂。

"不会的，"李东说，"她现在很需要你。"

然后我听到罗佳在电话那头歇斯底里地咆哮，"我不需要，我他妈的谁也不需要"。她恸哭的声音，李东向她走去的脚步，他轻抚她后背发出细微的摩擦，无线电波将两个相距三千公里的空间相连，所有的声音都被一一传递。没人再说话，也没人挂断电话。很长很长的沉默以后，我听见罗佳说，她不回来吗？她还是不肯回来吗？李东说，会回来的，她说了会回来的。

"她还是恨我吗？"罗佳说。

"她还是恨我。"她说。

在省肿瘤医院长长的过道口，主治医生很耐心地向我重述了一遍罗佳的情况。三阴性乳腺癌，中晚期，已经有淋巴转移。三阴性意味着其他乳腺癌分型可用的内分泌治疗和靶向治疗都不能起作用，唯一的办法只有化疗。他们在她的上腔静脉植入输液港，防止化疗的反复穿刺对静脉造成的损伤。静脉里长长的导管和锁骨下方的港体相连，她让我摸那里高高的凸起。港，PORT，她说他们在她身体里建了一个口岸，那里只有药物流经。

开始注射表柔比星和环磷酰胺后，罗佳的反应很大，即使提前打了辅助药水，她还是不停地呕吐，一点东西都吃不下。医生开了地塞米松止吐，罗佳不肯服用，只是因为她听说这种药会使人发胖。当一个人生病，容貌的摧残是最基本的进程，光滑白皙的皮肤会变得暗黄，甚至长满密密麻麻的疹子，化疗药物会让毛发大面积脱落，指甲也会发黑腐烂，我们在健康时不懈追求的美丽此刻都变得不堪一击，医生总是会用一句话来劝诫他的病人，保命要紧。罗佳说她知道事情的轻重，但止吐药物不是必需的，她说她能忍住。当一个人还对事物的消逝怀有恐惧时，说明他还对一切抱有期望。罗佳是什么时候失去恐惧的呢？或许就是从她再也不抗拒大把大把地服用各种止吐药止疼药安眠药和其他各式各样的药丸开始。当她不再对美貌的消逝怀有恐惧的时候，她也开始不再对任何逝去产生畏惧。

罗佳的药物反应没那么激烈以后，我开始给她熬汤，鸽子泥鳅黄鳝牛尾骨，尽量换着花样。那些食物可以帮助升高白细胞，但她要捏住鼻子才喝得下，她喜欢喝五红汤，把花生、红枣、枸杞、赤小豆还有红糖放在一起煮，因为它没有肉味。她不喜欢吃肉，她说肉被咀嚼时的口感让她感到恶心。她偶尔会突然想吃冰激凌，或者医生禁止的任何垃圾食品，我会偷偷买回来给她尝上一两口。她说她想起小时候想吃水果糖之类的零食的时候，我总是有办法满足她的愿望。我的办法就是偷窃，在那间小卖部里，我从没失过手。

护士会在她的嘴里放冰块，预防化疗药物造成的口腔溃疡。罗佳总是觉得那些冰块里有消毒水的味道，我只好去超市给她买小朋友喜欢的那种长条状的碎冰冰，敲成小块让她含在嘴里。她嘴里含着碎冰冰，开始模仿小黄人说话，模仿小黄人叫我的名字，lllllooooonananaaanaa，我哈哈大笑。

那段时间她看起来很快乐，甚至不断脱落的毛发都没有剥夺这种快乐。一开始是大把的头发，后来是眉毛，睫毛，腿毛，还有她的阴毛，都掉得干干净净。她笑着说这比美容院的脱毛效果强。我从网上给她买各式各样的帽子，她说我给她头皮抹药水的时候就像童话故事里长着长指甲的巫婆。我们躺在床上看癌症纪录片，罗佳说她想知道想要搞死她的癌细胞到底是些什么东西。那些癌细胞在显微镜下显得五彩斑斓，罗佳说它们长得真好看，越是鲜艳越是漂亮的东西往往毒性越强，就像山上的毒蛇和野生菌一样。它们如果足够聪明，罗佳说，就得放缓繁殖速度。如果它们很快把我搞死了，罗佳说，对它们来说有什么好处？她甚至试图跟她的癌细胞对话，教它们怎么聪明地跟她共存。我给她化疗后发黑的指甲贴上彩色的甲片，她笑着回忆小时候我们用捣碎的凤仙花染红的指甲。她要我陪她玩小时候我们喜欢的词语游戏，从一个词语开始，接上另一个跟它相关的词语，这个游戏我们可以不间断地玩下去。她先说了指甲，然后我说了紫色。浪漫，她说。诗人，我说。语言。欺骗。谎言。爱。虚幻。

爱是一种虚幻，她说，然后笑了起来。

但后来她的快乐让我感到恐惧，因为那种快乐看起来无所依托。大部分时候我搞不明白她为什么突然就笑起来，不明白她为什么刚从药物带去的沉睡中苏醒过来，就开始手舞足蹈地表演快乐。她开心地说着那些我根本没有印象的事情，妈妈房间里的老鼠洞，牵牛花架下刻着字的石碑，稻田里死去的红色蜻蜓。有一次她甚至笑着说方家老屋的缅桂树下埋着一具尸体，我正用粘毛器处理着她病床上脱落的毛发，我问她什么尸体。很久以前我就不再从她说的话里分辨真假，她一直是个爱撒谎的孩子，从前我试图纠正它，但我没有办法，我只是她的姐姐，不是她的母亲。如今我已经没有必要对她表示质疑，面对病人的时候，宽容是一种自然而然的美德。尽管这种美德总是面临着失效。

她说是方大头和他表姐偷偷生下来的婴儿的尸体。你记得吗，罗佳眨着眼睛问我，方大头和他表姐。记得，我说，我记得。有一次我和罗佳躲在方家老屋的谷仓里，只是为了不让爸爸找到我们，故意惹他生气。我们牵着手蹲在角落，从砖墙的缝隙里看见大头和他表姐在稻草席上做爱。我记得罗佳说他们像两只被剥了皮的死耗子，而我说他们像粘蝇纸上挣扎的绿头苍蝇。我忘了后来我们什么时候回的家，但我记得我们并排躺在堂屋里，罗佳滑稽地模仿着方大头和他表姐做爱的姿势，我坐在旁边装作想要呕吐的样子，然后我们捂着肚子笑得停不下来。

你怎么知道的，我问罗佳。她说是陈小红告诉她的。陈小红是姑姑的儿子，我们的表哥，他小的时候总是生病，算命先生说阳气太盛要换个名字，于是他从陈刚变成了陈小红。我说是吗，我没听说过，婴儿是生病死了吗？我问她。不，她说，不是，婴儿是被他们杀死的。为什么？因为那是乱伦，罗佳说，乱伦会生出阴阳人，女生也会有小鸡鸡。但我和你没有，我说，爸爸妈妈也是表兄妹。假的，罗佳说，爸爸是捡来的孩子，他和妈妈没有血缘关系。我说我不知道。你当然不知道，罗佳，爸爸只告诉了我一个人。我说是吗。当然，她说，爸爸最喜欢的孩子是我。那他为什么抛下你，我说，他没有带你去死。我撕下粘毛器上的贴纸，在还没有意识到自己说了什么之前，我已经听见罗佳的回答。他爱我，罗佳说，所以他要让我活着。她的声音开始变得怪异。他不爱你，她又说，所以他要带你去死。

事情就是这样，当人们对一件事的理解不对等的时候，它就不能在同一种语境里被提起。当我不假思索地将那段记忆当作一件可调侃的往事说出口的时候，显然它不在罗佳可接受的范围里。我想是我误判了形势。那段时间我们似乎活在一种虚幻的爱里，也许是隐约浮现的死亡让我们感到了恐惧，感到了危机，感到了我们内心那些匮乏的还未经开采的部分。我们收起憎恨，克制住伤害的本能，配合彼此表演一种爱的游戏。在表演所营造的爱的氛围里，我们产生了一直彼此相爱毫无嫌隙的错觉，我误判了很多话可以说出口的可能。而在它们被不经意脱口而出的时刻，我们才终于意识到那些埋藏在假象之下的我们从未敢真正触及的东西。

那天晚上我借口打电话，从她的病房逃了出去。等我回去的时候，她已经安静地睡着了。第二天我陪她去做第五次化疗，开始注射白蛋白紫杉醇。护士提醒我们，之后可能会出现手脚发麻的症状，如果影响到了躯体行动，要及时找医生。如果是前几天，罗佳一定会突然大笑起来，要么表演起手脚发麻的症状，要么就讲一些不着调的笑话，比如她会问我"米的妈妈是谁"，我说不知道，她就会大笑着告诉我是"花"。为什么？因为"花生米"。但那天她什么也没有说，所有的过程开始变得很安静，安静地注射，安静地行走，安静地吃饭，安静地睡觉。她虚浮的快乐消失了，我想是我击碎了它。如果说从前无休止的争吵和憎恨，以及对它们刻意的掩饰和徒劳的修复让我们彼此联结，那么现在连那种联结也没有了，我们处在一个失去联结的空间。那时候我没办法分辨到底哪一种感受更令我恐惧。

我想到唯一的办法就是逃离。

李东说没关系，在开车送我去机场的路上，他说我和罗佳只是需要时间。他说亲情有强大的内部修复功能，只不过需要一些契机，他说这次就是一个契机，而我们这段时间已经做得很好。

"她需要你，"他再次这么强调，"这种需要是我不能替代的。"

我告诉他没有什么是不能替代的。

他说我总是在感情上表现得太冷漠。

"你总是这样，"他说，"试图用理智战胜情感。"

"不要随意对我进行评判。"我说。

"这不是评判，"他说，"只是一个老朋友的提醒。"

"我也不需要提醒。"

"李老师说得没错，"他说，"你跟她一样固执。"

李老师是李东的母亲，也是我初中时候的班主任。

"她最近还好吗？"我说。

"不太好。"李东说。

"怎么了？"我说。

"我爸爸回来了，"李东说，"我爸爸回来，说想要复婚。"

"李老师不愿意吗？"我说。

"她愿意，"李东说，"所以不太好。"

"她心里想要复婚，想在晚年有一个人陪伴，"李东说，"但她觉得那违背了她一直以来对学生的教育。"

"是，"我说，"她一直教育我们要学会独立，不要对男性产生依赖。"

在我家里发生变故后，她想各种办法让我能够继续念书，她说这是她的责任。她说希望我们有一天能获得自己的力量，可以不需要依靠别人，尤其不需要依靠男性，她说她太晚才意识到这一点，不想再让我们重蹈覆辙。她是第一个对我说这些话的女性，我的妈妈什么也不对我说，我的姑姑则教育我要好好读书，目的是嫁给一个有出息的男人。

"她对我们的教育和她复婚并不冲突。"我说。

"对，"李东说，"问题的关键就在于她认为是冲突的，所以她痛苦。她认为自己独身那么多年，已经摒弃了对男性的任何需求。然后我爸爸回来了，打破了她的以为。"

"她在钻死胡同，"李东说，"她认为接受我爸爸就是在葬送她的独立性。"

"你没跟她谈谈吗？"我问。

"谈了，"他说，"我还借用了你小说里的话。"

"我告诉她，"他看了我一眼，"我说男人和女人不是对立的关系。"

"然后她把我赶了出来。"

"她现在听不进去任何话。"李东说。

"她需要时间。"我说。

"是，"李东说，"是这样。"

"所有事情都需要时间。"

"她知道你和罗佳的事吗？"我问他。

"不知道。"李东说。

"我不知道她知不知道。"他又说。

"这是什么绕口令。"

"我没有跟她提过，"李东说，"但我猜她可能察觉到一些。"

"怎么说。"

"有段时间她总在我面前提你和罗佳小时候的事情，"李东说，"把你俩做对比，警示我罗佳的……"他在想用词。

"恶劣。"他说。

"我知道，"我说，"以前她总说罗佳是个坏孩子。"

她原话说的是，罗佳是个天性扭曲的孩子。我把这句话给罗佳转述过，在一次我们爆发争吵的时候。和打仗一样，在数回合的正面攻防仍旧无法找到敌方破绽以一击即中的时候，适时地选择侧面突袭就显得很有必要。在争吵中，借用别人尤其是权威人士的话进行攻击就是侧面突袭的一种策略，往往会达到出其不意的效果。当时取得的效果是，罗佳人生中第一次大骂我是婊子。这是我们的姑姑骂人的话，贱人，婊子，骚货，对女性全方位的羞辱。罗佳说我是婊子，她说同一窝老鼠能有什么区别，我只不过是会伪装，她说我知道别人喜欢什么，所以我就扮演成什么样，这是婊子们的惯用伎俩。她说我就是靠这个骗取别人的喜欢，靠这个骗取爸爸的爱。

我和罗佳总是在争论爸爸更爱谁，但没准我们最后会发现他谁也不爱。我们从不争论妈妈更喜欢谁，因为我们知道她最爱的是弟弟。小时候罗佳总是问我，为什么妈妈是个女人，却不喜欢女人。我没办法回答她的问题，因为我也搞不明白。

妈妈的脾气很坏，我不明白为什么所有事情在她眼里都能显得如此糟糕。她抱怨烧不起来的炉火，咒骂阴晴不定的天气，责备我们满是污渍的衣裳，但她从来不教我们要如何把它洗干净，她甚至抱怨她自己。尽管后来我意识到她也不过刚开始学做妻子和母亲，没有人教她，没有人帮助她，我们的爸爸服从她，却永远无法理解她。我能想象得到她所有的痛苦和无助。但我还是恨她。

就像后来罗佳在意识偶尔清醒的时候还是会突然问我，她说她快要死了，我原谅她了吗？我还恨她吗？

我问她，你还恨我吗？

她说恨。

我说我也是。

她笑了起来。

我知道，她说，我知道你肯定会这样。

但是，她背对着我躺下，轻轻地问我，死亡也不能消除恨吗？

死亡也不能消除恨吗？当时我没有回答她。而如今我可以告诉她，如果她还能以另一种形式听到的话，不能，我会告诉她，死亡不能消除恨。

死亡只能暂停恨。妈妈，就是这样。

"开往机场的路。"李东突然说。

"什么？"

"你的小说，"李东说，"《开往机场的路》。"

"那句话出自这篇小说。"他说。

"噢，对。"我说。

"跟现在很应景。"他说。

"你写了一个男人和一个女人分别的过程。"

"但我不太明白。"他说。

"不明白什么？"

"你真是那么想的吗？"他说。

"对于那件事，你真的像小说里那么想的？"

我看着他。

"罗佳跟你说了什么？"我问他。

车子穿过清晨薄薄的雾。

"她说了事情的经过。"他说。

"她说她毁了你的婚姻，"他说，"所以你恨她。"

"还有呢？"

"她说她想求你原谅，但她知道你一辈子都会恨她。"

想想那些依靠性的伦理禁忌来推动剧情发展的连续剧，当一个女人发现她的妹妹和她的丈夫赤裸着躺在床上的时候，接下来会发生什么？无数电视剧都上演了观众所期待的捉奸、醒悟与复仇，然后通往大快人心的结局。

而当这种烂俗剧情在我面前上演的时候，我当时想的是什么？

当我看着罗佳和陈恺交叠躺在床上的时候，我想的是什么？

太愚蠢了，我想，这种方式真是太愚蠢了。

当初在我决定让罗佳重新进入我生活的时候，我就预料到了她的报复。而在所有可供报复的选项中，她却选择了最

185

愚蠢的那一种。

我一直认为罗佳在很多方面都比我更具洞察，她能敏锐地感知到周围的一切，用令人忌妒的直觉触及某些更为本质的东西，而我则需要花上更漫长的时间。就像当初她用直觉提醒我那间"不存在的房子"，而我后来花了很长时间才真正领悟到它背后所具的含义。就像我们后来能在真正意义上重新提起爸爸的时候，她看着我的眼睛问我："难道你当时没看出爸爸在向我求救吗？他说他不想再活下去。"可是爸爸，我从未觉察到这些。

但当事情面向她自己的时候，她却失去了她的判断力。我清楚地知道她对陈恺毫无感情，她曾笑着说他像一台挖掘机，我问她什么意思，她说陈恺的作用就是把书里的知识搬到现实生活中来，就像挖掘机用铲斗把土块从一个地方转移到另一个地方。她形容得没错。有的人对生活的理解来自于经历的领悟，而有的人对生活的理解来自于知识的获取，陈恺就是后者。

当初在那间可爱的房子里碰见陈恺的时候我就知道，他所有的迷人和令人失望的地方都来源于这同一种特质。他在那间房子里夸夸其谈，引经据典，讲着那些我从前完全没有听说过的名词和理论，然后用他的逻辑把它们串联在一起，向我展示了一个丰富而广阔的世界。在最初，他脑海里那些新鲜而有趣的知识和他所置身的被诗意包围的乌托邦似的生活对我产生了巨大的吸引。

但我一直都知道，就算没有罗佳，我和他最后也会走向分离。当他脑中那些新鲜的知识不再对我产生吸引时，当他乌托邦似的生活最终被证明是毫无依托的幻象时，我会真正意识到我们之间完全的不同。他的知识包围着他，让他产生很多听上去深刻的理解和表达，但我最终会发现那些理解始终只是附着着他，像是行星围绕着太阳公转，看上去只隔了一定的距离，但却永远无法真正接触与靠近。太阳的引力如此之强，让他根本没办法离开轨道，去了解真正的生活。如果罗佳洞察到了这一点，她就不会选择以"性"作为报复的工具，因为根本无须"性"的介入，我的婚姻最终也会自然地散架与崩溃。

但她最后还是选择了那种方式，她知道那是她最得心应手的武器。当我们还在孩子的世界里游荡时，我就意识到她身上所独具的性吸引力，如果在当时那还是我们所恐惧逃避和厌恶的东西，那么在进入成人世界以后，它所展现出的力量就足以令人忌妒。我知道陈恺会对罗佳产生兴趣，就像很多男人那样，不单单是对外表，那只是最浅的层面，更为根本的是罗佳身上所展现出的那种多灾多难却又坚韧存活的气息，就像风暴后挣扎着活下来的植物，令人怜惜而又心生敬意。但其实你没办法真正去理解她身上的吸引力，因为那也是令人忌妒的天赋的一种。

而罗佳真正的愚蠢之处在于，她选择了这种方式，但却产生了愧疚。她愧疚的方式就是在报复完成以后迅速和苏强结婚，那个混混无论在哪一点上都不能说是罗佳最好的选择，除非她的目的就是毁掉她自己。或许，那正是她的目的。她用一种愚蠢的方式提前结束了我注定会结束的生活，并把自己迅速丢入她还没准备好的生活，然后一遍又一遍地在心里诉说："罗娜恨我。"

"我从没有真正怪过他们，但我的婚姻已经不能够再继续。我被毁掉的生活是憎恨与报复的牺牲品，而这只是可见的结果，那件事的发生再次提醒了我和她之间始终存在的裂痕，这才是更为重要的部分。如果说从前的裂痕也许曾有机会被修复，那么那件事的发生则彻底断送了可能存在的机会。如果说我有恨，那也是恨她毁灭了我们之间的缝隙被缝合的任何可能。"

李东几乎没有错误地复述了我那篇小说的结尾。

"你真的没有怪过他们？"他问我。

我转头看他。

"我想知道你是怎么想的。"他说。

"是你想知道，"我说，"还是罗佳想知道。"

他没说话。

"罗佳想得到一个直接的恨的答案，"我说，"因为那比我说不曾责怪过她要更令她安心。"

"你呢，"我说，"你想听到什么答案？"

"放声陈述我的憎恨？哭诉我的痛苦？还是破口大骂他们是悖德的狗男女？"

"我只是觉得你总是在用一些理性的用词掩盖你的真实想法。"他说。

"因为那些想法不符合你的想象，"我说，"所以你认为它是虚假的？"

"大家总是想得到自己想听的答案，"我说，"这样才能合理地解释他们所疑惑的问题。而当那个答案超出他们所能理解的范围时，他们就会感到痛苦，甚至愤怒。"

我看着他。

"你说得没错，"他说，"我没办法反驳。"

"但我感觉你的文学思维正在侵入你真正的生活，让你忽视一些本能的情绪。"

"在你想表达情绪的时候，"他说，"你想的是如何让它具有艺术性，如何让它具有克制的美德。我觉得那样很危险。"

"那是因为你混淆了我的虚构和我真实的生活，"我说，"你把我的小说当作现实去理解。"

"小说难道不是现实吗？"他问我。

"小说当然不是现实。"我说。

"你可以说小说是现实的镜像。但它不是现实。"

"你把小说和现实混为一谈，是因为它们所成的像看上去是一样的，但你没有意识到它们内在完全不同的成像逻辑。"

"我不明白。"李东说。

"不用明白，"我说，"我也不过是在瞎讲。"

李东深吸了一口气。

"那我们就只谈现实。"他说。

我看着他。

"为什么要用愚蠢判断这件事情？"他问我。

"不愚蠢吗？"我说。

"把性作为工具不愚蠢吗？做了背离道德的选择却产生道德的愧疚，不愚蠢吗？她产生的愧疚再次验证了她所选方式的愚蠢，这一切还不够愚蠢吗？"

"性和愧疚是愚蠢的吗？"他说。

"性和愧疚本身不愚蠢，"我说，"但它们和报复相联系就是愚蠢的。"

"可你为什么认定那就是报复呢？"他说。

我看了看他。

"也可以认为那不是报复。"我说。

"或者说不全然是报复。那么我就得承认我判断的失误。"

"那么就是罗佳并非对陈恺没有感情，这个故事就变成，一对互相吸引的男女终于冲破了道德的禁忌。"

"是无法抑制的欲望，"我说，"还是伟大的爱情？"

"你觉得哪个比较好？"我问他。

"我的意思是，"李东说，"你这样说只会让整件事情变得简单起来，就没办法真正理解这件事背后的复杂原因。"

"原因？"我说，"报复本身就是原因。她的报复让整件事得以发生。"

李东叹了一口气。

"如果你认定那就是报复，"他说，"那她为什么要报复你？"

"为什么？"我说。

"因为她认为我抛弃了她。"

罗佳认为我抛弃了她。在有选择放在我面前的时候，我选择了抛弃她的那个选项。

十五岁的时候我有两个选择。以我刚过线的分数去市里最好的高中，但需要自己解决学杂费，或者留在县里的中学，他们会免除我的费用，并给我一笔钱，作为留下的奖励。所有人都认为我会留下来，对一个失去了父母，和妹妹相依为命的女孩来说，主动承担起家庭的重任是一种理应的道德。

但我选择了前者。

李老师说她希望我有一天能彻底走出这个地方，但要一步一步来，现在只是一个开始。她想尽办法为我到处递申请，以免除我去市里上学的各种费用，她知道我不会接受她个人的接济，但她希望我能走出去，而不是被困在这里。

"只是李老师的希望吗？"他说。

"我想离开。"我说。

"我不想再待在那个地方，不想再看见罗佳。"

"为什么？"李东说，"你们之间发生了什么？"

"很多。"

"其中最重要的呢？"李东说。

"她没跟你讲过吗？"

"哪部分？"

"她当着所有人的面指认爸爸杀人。"

"没有，"李东说，"她没讲过这部分。"

爸爸在医院里醒过来的时候，罗佳当着所有人的面指认爸爸杀人，但没有人让她那么做。事情本来可以很简单地掩盖过去，完全可以说他们误食了农药，妈妈和弟弟误食得多，所以死了，爸爸和我误食得少，所以被发现的时候还活着。

但罗佳对所有人说她看见爸爸把农药倒进了饭菜，然后爸爸承认了，他说是这样的。

"也许她是真的看到了？"李东说。

"不，"我说，"她在撒谎。"

李东从车内的后视镜看我。

"爸爸确实想带我们去死，"我说，"这是事情的真相。"

"但没人需要这种真相。我想所有人，包括警察，都更乐于见到事情被归结于一起食物中毒，而不是一个丈夫谋杀妻儿然后自杀的社会案件。"

"而罗佳跳出来，虚构了一个她没看到的场景，只是因为她觉得爸爸抛弃了她。"

"抛弃？"

"对，抛弃。"

"吃饭前爸爸让罗佳去姑姑家拿东西，她正好可以留在那边吃饭。如果我们都死了，她就是唯一活下来的人。但她认为爸爸抛弃了她。"

她认为所有人都在抛弃她。

这一次也一样，她会把它加进去，加进我再次抛弃她的罪证。

她认为她就是那个唯一的受害者，所以她有足够的理由去不断摧毁和报复别人的生活。这就是她的原因。

我恨她吗？你一直想知道。

你们一直想知道。

恨吗？

当然。

倘若恨能足够坚定，足够决绝，足够到能完全地摒除愧疚和怜悯，那么很多事情都会好办得多。

可情感从来不会绝对单一地存在，恨不会，愧疚也不会。

我的恨何时开始被愧疚所侵扰？当我以为终于摆脱过去，开始过一种全新的生活的时候，却发现阴影始终笼罩着我？当我意识到还有一个跟我息息相关的人也同样在阴影里挣扎，比我挣扎得还要用力？在我感到被两种生活所撕裂的时候想起了还在另一种生活里的同伴？我想到她仅仅是因为我需要一个再次和过去相连的接点，是这种想法催生了愧疚，而非愧疚本身？而仅仅为了缓解那种愧疚带给我的压迫，我选择再次将她纳入我的生活？那些信一封一封地寄出去，告诉她我在那间房子里所获得的启迪，告诉她我在那间房子里看到了我们此前从未设想过的生活，通过这种方式，让我假装她跟我一样，也可以拥有面向另一种生活的可能？

而她告诉我那些都是假象。在她唯一一次的回信中，她对我说我看到的那种生活是虚假的。她让我想想我的父母，想想老街上的邻居，想想我真正置身的生活。然后她说，我看到了一间不存在的房子。

我是多久以后才真正意识到那间不存在的房子？又是多久以后才察觉到这种意识不过是所有溃败的开始？而生活势必走向的崩溃仅仅是其中一个小小的端倪？

而那个端倪我又是何时意识到的？

在争吵发生的时刻吗？还是矛盾凸显的时候？还是所有的不安、不适、无法忍受的情绪出现的瞬间？

似乎都不是。

恰恰是在我的幸福到达一个顶点的时候。在我所幻想的生活置于我眼前的时候，我突然感到一种巨大的幻觉。

我觉得我们的生活像一个泡沫，那时候我跟陈恺这么说。

他说我只是还没适应。他说我还没适应真正的精神生活。什么是真正的精神生活？热烈的讨论，积极的行动，他说，和当代生活紧密联结。什么是当代生活？贫穷，性别，他说，暴政，战争。我们现在有志同道合的朋友，我们充满激情地争论，试图用行动改变这一切。你现在找到了归属，你的想法再也不会有人觉得奇怪。你在远离贫穷，远离庸俗，远离无知。

最初我的确是这么想的，那间可爱的房子里，那个崭新的世界里，充满了新鲜的知识，洋溢的生机，和改变一切的决心。他们拉着我的手，试图理解着我的遭遇，理解着他们只在骇人听闻的社会新闻里所获知的但却真实发生在我身上的一切。我成了他们认知实验的最佳样本，被摆在圆桌的中央。贫穷给我带来了什么？我如何靠教育突围？原生家庭带给我什么样的心理创伤？性别对我造成的阻碍？女性在我的经历中所起的作用？走出底层突破阶层分化对于我的意义？我的经历能给整个社会提供怎样的启示？

我欣然地接受着，接受他们往我身上放置的各种话语，接受自己作为一个范本而被推向前列。

阶层跃迁，改变命运，介入社会，自由意志，价值实现，我开始进入这样的话语体系。我在信里向罗佳展示了这样一种生活，一种和我们从前截然不同的生活。它令人眩晕，面向世界，和社会对话，它看上去充满希望，具有我们想要的改变一切的力量。

我在信中向罗佳介绍陈恺。我和他如何在热烈的氛围中看见彼此，他如何带我进入一个更广阔的世界。一件昂贵的大衣，一条奢侈品项链，就足以颠覆我以往的生活，还有那些围绕在一起的人们，他们和陈恺一样欣然接受我的加入。谈论文学，谈论政治，谈论艺术，谈论那些令人眼花缭乱的名词。谈论阶层，谈论性别，谈论教育，谈论这个世界坏成了什么样子。

那些我曾期望的生活渐次在我面前展开，但我说我感到恐慌，陈恺说没关系，他说很多新的东西都要慢慢适应和熟悉。

但令我感到恐慌的不是那些，不是陈恺所说的新的生活，不是被知识、金钱所包围的世界，不是我在他们面前没办法正确地读出某个理论或某个奢侈品牌，不是我没办法在恰当的时候引述一本重要的著作，或者上数几代列举我所拥有的家学渊源，甚至不是恐慌我仅仅作为一种突围的个例而被他们所凝视和剖析。

我恐慌的是所有表象之下突然显现的东西。那些干瘪的知识，空洞的理论，抽象的生活，不曾真正被理解的贫穷和不幸。我该怎样用语言向你们描述那种感觉，理解苦难如何被当作一种自我满足的资源，施放善良如何被当作一种证明悲悯的手段，说着平等的时候，却同时用表象去划分等级，讲着努力的时候，却本能地崇拜天资与出身，谈着包容的时候，却下意识地抗拒着相异的一切。而最令人恐慌的，是有一天你发现自己也是其中的一个。

然后，你真正意识到了那间不存在的房子。

而在它所指向的溃败真正开始之前，那些恐慌已经预示了生活势必走向的崩溃。

罗佳正是在它通往崩坏的途中进入的。

或者说，她其实就是推动它崩坏的可能的力量来源。就像所有可供利用的力量一样，只要加以引导，就会向着你期望的那个方向蓄力，那为什么不用呢？

有些事情你知道它有一天一定会发生，比起结局到来时所造成的冲击，那种等待的过程更加令人煎熬。那为什么不尽快催促它的发生？

在我被长期以来积蓄的对罗佳的愧疚情绪所折磨时，在我的生活不可避免地要走入崩溃时，在二者显露出在某种程度上交汇的可能时，为什么不加以利用呢？好好利用那些显露或者还未完全显露的痕迹，罗佳的报复，她的吸引力，陈恺的好奇，他们视线交错时不易被发觉的闪躲。甚至无须行动和引导，当力量自身足够强大的时候，只需要等待，只需要容忍。到合适的时机，推开那扇门。

很好，鼓掌，妹妹和丈夫同时背叛了我。

这个时候，故事有了另外一种讲法。让我们回到它的开头。

当我看着罗佳和陈恺交叠躺在床上的时候，我想的是什么。

终于发生了，我想，这件事终于在我生命中发生了。

我的生活终于依靠它的惯性力量导向最后的崩溃，与此同时，折磨着我的愧疚正在向外转移。

这个时候你明白我所说的那种交汇的可能了吗？

让我来告诉你。

解除愧疚的最好方式就是，转移它。

这就是故事的另一种讲法。

"我喜欢听你说恨。"李东说，"让我想起你以前的样子。"

"什么样子。"我问。

"混乱，野蛮，"他说，"生机勃勃。"

"是吗？"我说，"我不记得有这些样子。"

"因为你在排斥过去。"他说。

我没有否认。

"你知道我和罗佳后来为什么会在一起吗？"他说。

"为什么？"

"罗佳说她在我身上找到了和过去联结的方式，我说我也是。"

"什么？"

"共同的记忆，"他说，"重合的身体。"

"她生病后我在医院碰到她，我们聊得很开心。我们都经历了失败的婚姻，毫无头绪的生活，更重要的是，我们重合的记忆里都有你。我们从你聊到过去，然后聊到我们的生活，聊到病痛，聊到死亡，最后聊到性。"

"她说她喜欢跟我做爱，因为能在我的身体里感受到你的痕迹，她说她喜欢在那个时候想象我和你曾经如何紧密地结合在一起。"

"不用说这些，"我说，"这些不用告诉我。"

车子驶出机场高速。

"我没有别的意思。"他说，"只是想提供给你，那件事发生的另外一种可能的原因。"

而不仅仅是，愚蠢的报复，不可避免的崩溃，和愧疚的转移。

和陈恺分开后很多年，他给我发过一条信息。他说他看了我出版的小说，他说他很高兴。

"我一直都在告诉你，你可以，"他说，"现在你做到了，甚至做得比我想象中更好。"

"过去从来都不是你的阴霾，"他说，"它是独属你的丰富矿藏，只要你找到正确面对它的方式。"

"我很高兴看到你现在开始诚实地面对它了，虽然还未完全敞开，但一切都需要时间。不过那天总会到来的不是吗，相信那个时候我能从你的小说中看到更多令人惊喜的可能性。"

他在最后提到了罗佳。

"我说这个不是为自己开脱，"他说，"事情过去了那么多年，也没有这个必要了对不对。我只是想告诉你，如果说我和罗佳曾有过某种联结，那么联结我们的，是你。当我们在一起的时候，就是你看到的唯一那一次，虽然很荒唐，但我们面对彼此的时候，我们想到的都是你。"

"你知道的，"他说，"我从来都很爱你。"

"我相信她也是，"他说，"只不过我们都用了错误的方式。"

人们总是在为自己的越轨行为开脱，试图不让它被简单归入欲望的漩涡，试图让它导向某些深层的心理动因，以此来和动物性的本能划清界限。

而当性发生的时候，欲望是最本能的驱使，只是欲望的产生有着种种诱因，于是在诱因的范畴内，产生了许许多多的谎言。

谎言出现第一次的时候，你会觉得可笑至极。而时隔多年，在不同的空间，由另一个人再次陈述它的时候，你就会开始怀疑那个谎言是否具有某种真实性。

陈恺和李东把罗佳和他们发生的性都指向了我，或者说，我在他们的性中占据着一个荒唐的位置。那些被欲望的本能所驱使的性，在发生的过程中掺杂着当事人对他们自己之外第三者的想象，而当性的双方各自想象的第三者被指向同一个人的时候，一切都变得荒诞至极。

我该如何理解？我要如何理解？或者就像陈恺曾说的，我根本不懂，也就无从理解。

陈恺曾说过，他说我不懂得性。

他说我在说爱他的时候，却拒绝着性。

性是什么？他说。

性是爱，是欲望，他说。

是试探时身体情动的颤抖，他说，而不仅仅是动作的交合。

而你在说爱我的时候，他说，我感受不到你的身体。

我爱陈恺吗？曾经，这个问题无论谁来问，我都会毫不犹豫地给出肯定答案。

尽管最后我否定了他和他的生活，但确实是他带我认识到更多。是他鼓励我，过去不会永远都是束缚。也是他告诉我，男人和女人不是对立的关系。个体与个体之间存在的差异和对立要比男性和女性之间多得多，也复杂得多。

他鼓励我写作，鼓励我更开阔地写作，诚实地面向一切地去写作。

他是朋友，是老师，是同伴。他曾让我深切感受到爱与信任所能给予一个人的力量，让我明白一个人能在一段重要的关系中获得怎样的成长。

他未必能对每件事物都有认真和深入的理解，但他愿意接受和包容。他说从前向别人强加自己的狂妄和自大让他在一段段关系中走向失败，因此我和他的相遇就显得尤为珍贵。

不过后来我才意识到，当他包容的范围在无限扩张的时候，接受的诱惑也在不断加剧。只是我不那么在意。不那么在意他的包容也面向别的人，甚至不在意那种包容里也含有性。

也许确实如他所说，我不懂得性。我不懂得性与爱要在何种程度上统一，不懂得从两个人的性之中去感受第三者在什么意义上才算合理，也不懂得当性与爱相连的时候，它是否真正地具有排他性。尽管我从未在身体上背叛过他，也从未想要去探究他是否那么做过，又做过多少次。

直到我看到他和罗佳交叠着躺在床上。

这一切发生的时候，我想的是什么？

如果我的内心有忌妒，有疯狂，有领地被侵占的愤怒。那我是不是可以毫不犹豫地说恨？

但如果说我没有感觉到那些情绪呢？

那我还恨吗？我应该恨吗？用什么理由？

当一个人不觉得自己是事件中的受害者时，恨还会产生吗？所谓的伤害又该如何界定？

如果在这件事上我并没有对罗佳产生恨的话？

我感受到的恨意还在持续吗？

如果它还在持续，它又来自哪里？

或者它仅仅是一种本能？

因为这种本能我们才能在根本上被联结？

"那你现在知道了吗？"李东说。

"什么？"

"你爱陈恺吗？"他问。

"我不知道。"

"那对我呢？"他说，"有过爱吗？"

"我们只是年少时的好奇，"我说，"跟爱不爱没有关系。"

"喜欢总算吧。"他说。

"算吧，"我说，"算的。"

他笑了笑。

"我想知道，"他又说，"我跟罗佳在一起你介意吗？"

"介意？"我说，"不，我不介意。那是你们之间的事情。"

"但听上去有些复杂，"他说，"我们的关系。"

我点点头。

"混乱，"我说，"我们一直都很混乱。"

"我是说生活的状态。"我补充道。

"我知道，"李东说，"我知道你的意思。"

车子在航站楼前缓缓停靠。

"但没什么好遮掩的，"他说，"对吗？"

"我们说出来，"他说，"面对它。然后放下。"

"放下？"我说，"会吗？"

"会的，"他说，"只是需要时间。"

"时间？"

"对，"他说，"时间。"

而罗佳告诉我，没有时间了。

疫情暴发封控的第六个月，李东给我发来罗佳 PET-CT 的影像照片，照片清晰显示着癌细胞的复发转移，胸壁、骨、淋巴，接下来是肝肺胰腺，最后在她的头部暴发，只是时间问题。

在电话那头，她说，罗娜，我没有时间了。

进展太快，医生说，我们也没预料到。生存期不到半年，也看病人的具体情况。可以转院，医生说，往上肿或者协和转，但结果不会差太多。可以开始问问病人还有什么心愿，肿瘤在耐药后随时面临不可控。

我要死了，罗娜，你开心吗？她问我。

罗佳说她不转院，李东说，她说她不想死在别的地方。

你他妈终于能摆脱我了，她说。

医院制订了新的化疗方案，李东说。

你们都能摆脱我了，她的声音变得尖锐。

更强劲的药物。吉西他滨，顺铂，艾瑞卡，安罗替尼，奥沙利铂，卡培他滨。

你们都在等着我死，他妈的婊子，贱人，烂货，你们都想我死。

第二次化疗结束后复查评估 SD。SD 什么意思？ Stable disease，病变稳定。

尖叫，恸哭，喘息。

四疗后评估 SD。情况没有变糟就是好消息。

哽咽，平静。

情况有些不好。怎么了。胸腔积液，肺部进展。怎么办。可能要换化疗方案。

为什么是我？她说。

不好。肺部大量积液，肝转骨转进展。怎么办。插管引流胸腔积液，恩度胸腔灌注。

为什么爸爸抛弃的是我？

还在进展。进展。药物为什么不起一点作用？

为什么死亡选择的是我？

进展。毫无作用。还在进展。

为什么是我？

还没解封吗？你还能回来吗？快了，马上，有希望。

为什么不是你？

等一下。再等一下。

为什么？

无尽的核酸，漫长的隔离，死亡从未间断的催促。

出发了。快了。到了。马上。就来。

她躺在床上输液。她睁开眼睛看我。

她的眼神平静。毫无欲望的平静。

疼，她说。

我握着她的手。

疼，她说。

我给她按下止疼泵。

疼，她说，我疼。

时钟的嘀嗒声从未像现在这样被清晰地捕捉。

时间，所有的事情都需要时间。

还有时间。抓紧时间。把握时间。

时间。等待时间。耗费时间。

时间。失去时间。

最后的时间。

在医院的大部分时候，罗佳都只愿意躺在床上，最多让我帮她把床摇上去，从七楼的窗户往外望一望。

要出去走走吗，我会问她，就去走廊上。她摇摇头，说她没有力气。

癌细胞和药物在同时将她掏空。那些药物进入她的身体，杀死对药物敏感的癌细胞，不敏感的就逃跑。一轮接一轮的狙击、追杀和逃亡，说不清到底子弹和目标哪个造成的伤害更大，它们同时摧毁着那个追击与被追击的空间，直到它终于成为一具残破不堪的躯壳。

医生说那些留下来的细胞往往恶性程度最高，因为它们有着最强的求生欲。他鼓励罗佳，无论何时都不要放弃希望。罗佳说，是那些细胞本来就比其他细胞更适合生存，而不是求生欲让它们活下去。医生笑了笑，说头脑清晰，逻辑严密，把这种状态保持下去。

罗佳说她想回家，她已经在医院待得恶心。我让她再坚持一下，至少等这轮化疗结束。

"你他妈的不知道我有多难受，我有多疼，"她说，"你他妈的只会说这些风凉话。"

"还有力气骂人，"我说，"不算太差。"

"你他妈的也骂我我还会习惯一些。"她说。

"胳膊抬起来。"我说。

"有机会，"我脱下她满是汗渍的上衣，"以后骂你的机会多的是。"

她裸露的身体展现在我面前，两条长长的伤疤斜贯她的胸部。我给她换上干净的上衣，眼神没有停留。

"你什么时候也学会了这种虚伪的假温情。"她说。

"不知道，"我说，"可能看见要比自己先死的人就会脱口而出。"

她大声笑了出来。

"我也想不到有一天会死在你前面。"她说，"我以为那些农药多少会让你少活几年。"

"可惜，"我说，"我只喝了一点点。"

"我不喜欢喝可乐，"我说，"而农药正好在可乐里。"

罗佳看着我。

我知道她想问什么。

"我吃了很多饭菜,"我说,"但只喝了一点可乐。"

"而我没有死。"我看向她。

"你从没跟我说过,"她说,"你没说过可乐。"

"现在你知道了。"我说。

"你他妈拿我当傻子,"她说,"你从来没告诉过我。"

"你们都他妈拿我当傻子,"她说,"你这样。爸爸也这样。"

"他把我支开,"她说,"就他妈的为了让你们喝可乐?"

当时我先笑了起来,然后她也开始笑,最后我们一齐放声大笑,简直停不下来。我趴在她的病床上,她用手不停地捶着我的背,就像小时候我们互相讲笑话时那样,直到护士把我从床上拉起来,她担心我动作太大压到罗佳身体里的导管。我坐在椅子上,用手顺着我笑得发痛的胸口告诉她,我说我发誓这个笑话比你以前讲的任何一个都更搞笑。

我以为是死亡让她开始放下很多事,所以她才能用一个即使现在回想起来也觉得好笑得要死的疑问句结束了一场我以为会再次爆发的诘问和争吵。而后来,当她的诘问再次出现的时候,我才明白,死亡并不是能够让人放下一切的万能药。

真正的疼痛侵袭她的时候,她已经没有力气再喊一声疼,甚至没有力气呻吟,一直在吃的曲马多已经没有效果。她的眼泪不断地从眼角流出来,我不敢给她擦得太频繁,那样会让破损的眼周皮肤更疼。她吃不下任何东西,稀饭喂进去吐出来,羟考酮喂进去吐出来，甚至连水也往外吐。她脸部的肌肉牵动着皮脂不停地颤抖，扭曲，变形，这时候你会知道那些表现主义画作并非只是主观情感的反映。

医生给她打了一针布桂嗪，她渐渐睡过去，我也坐在床边打瞌睡。几个小时后药效开始消退，她再次被疼醒，这一次她轻轻翻滚着呻吟，她抓着我的手，看向我的眼睛浑浊而通红。

"我想回家，"她说，"我不想化疗了，不想治病了，带我回家好不好。"

我用湿纸巾轻轻按着她被眼泪浸湿的皮肤。

"让我死吧，"她说，"好吗，死了就不会疼了。"

我一遍一遍地摸着她枯黄的因失去脂肪支撑而凹陷的脸颊。

她看着我，肌肉抖动着，我知道她的疼痛正在加剧。

"吗啡，"她说，"让医生给我打吗啡好不好。"

最强效的止痛针打下去，静待时间流逝以使药物在体内生效。

她拉着我的手，她仍旧看着我。我试图去感受，去感受她的疼痛她的煎熬，但我知道我没办法真正做到，我不能真正理解癌细胞在她体内肆意侵袭时她的难忍和痛楚，不能真正理解面对死亡时她的不甘她的崩溃她的恐惧，因为我没办法真正理解死亡。她说得没错，我写了那么多死亡，但我不懂得死亡。

我唯一懂得的，是当我们面对绝症病人的时候，当我们说感同身受的时候，那只是一个不可持续的谎言。起初我们还能用共情维持着那些疼痛和折磨的共感，但很快，和他们相处时那些具象的琐碎，照顾他们所需的耐心，所承受的压力与折磨，最终会把死亡所指向的情感和意义渐渐掏空。当他们的死亡再也不能刺激起我们情感上的回应时，死亡就成了一个符号。死亡的那一刻只有平静的解脱，为他们，也为自己的解脱。而那些所谓的悲痛、思念和迟到的爱，统统来自于时空距离被拉长后感受的再次复苏。罗佳，我只懂得这个。

十分钟后，药物在她体内生效，她的眼泪慢慢消失，她看着我，在她陷入沉睡之前的那几十秒，她看着我，眼神平静得看不到底。她看着我，她对我说，为什么是我。

为什么是我？

我也曾一遍一遍地问自己，像你一遍一遍对我的诉说和诘问那样。

为什么爸爸抛弃的是我？我和你花了那么长时间都在思索同一个问题，你想知道爸爸为什么不带你一起死，而我，罗佳，我想知道，爸爸为什么要选择带我而不是带你去死。我们总是在争论他更爱谁，但我们知道根本不会有答案，因为我们甚至不懂得爱是什么。你曾在求我原谅的时候嘶吼着对我说，没人教你什么是爱，没人教你什么是性，没人教你怎样过一种正常的生活。你说我们都抛弃了你，爸爸抛弃了你，我也抛弃了你，你说你在棋盘上甚至不能够被称为一枚弃子，因为你没有一点能取势的价值。你说活着对你而言是一种痛苦，你说你每一步奋力往前都在陷入更深的沼泽，你说你恨我，你说你恨爸爸，你恨所有人，你那时说你只想去死。而后来在我们即将分别的前夜，你记得吗，你拉着我的手，你说你还不想死。你说你从来没有像现在这样想要活下去过。但那时你已经不再问了。为什么是我？后来你不再问这个问题了。

所有蒙受厄运与不公的人都曾问过这样的问题。他们向谁提问，具体的对象还是一个更虚无的空间？以什么姿态提问，愤怒？痛苦？疑惑？反抗？绝望？处在不同时空的不同个体接续思索同一个问题，我们只想摆脱它，因为我们明白我们永远解决不了它。

你是从什么时候摆脱它的呢？从不再发问开始吗？还是你已经找到了答案？或是你发现那个答案对你已经不再重要了？又或者是你其实已经忘记了有这么一个问题。因为那时你的意识已经不再彻底属于你自己。

有一阵子似乎一切都在变好。

新一轮化疗结束后，罗佳的癌细胞没有再进展，随后的检查显示肿标下降，她的精神状态也在渐渐转好。医生说接下来可以回家口服化疗药物和免疫抑制药物维持，持续的化疗身体也不再能吃得消，熟悉的环境对病人心理和身体的修复都有好处。

　　那大概是她状态最好的一段日子。我们把房子里里外外收拾了一遍，清洗床单被套沙发套，擦洗厨房和卫生间，把她买的各式各样的杯子用小苏打清洗一遍，挂在窗边的杯架上晾干。我们去花市买花，非洲菊要，金百合要，洋桔梗要，金鱼草也要，还要奥斯汀玫瑰，要唐菖蒲。唐菖蒲我知道，罗佳开心地大叫，敷它捣碎的球茎可以治大耳巴。你得过？我得过，罗佳说，你居然不记得。大耳巴学名是什么。腮腺炎，她说，流行性腮腺炎。那指甲花呢，学名叫什么，我问她。凤仙花，她回答。我们就这么玩起了说学名的游戏。叶子花？三角梅。狗核桃？曼陀罗。折耳根？鱼腥草。藠头？薤。芫荽？香菜。啊不对，她说，芫荽就是学名。你知道灶鸡子是什么吗？她问我。我知道，我说，蟋蟀。对了，她说。我们大笑起来。

　　我们晚饭后去河边散步，走一段路就坐下来休息，身旁的雪松和马褂木在深秋仍旧葱郁。在北方，秋天金黄却短暂，冬天漫长而凋敝，我告诉她，但这儿永远是翠绿的。你喜欢那儿吗？她问我，她的呼吸已经带着沉沉的杂音。谈不上喜欢，我说，只是习惯了。习惯什么，她说。习惯走到哪儿都没有人会在意你，我说。不觉得孤独吗？她说。会，我说，但我喜欢那种感觉。我喜欢热闹，她说。我知道，我说，你喜欢所有人都围绕在一起。就像小时候那样，她说，爸爸妈妈弟弟，我还有你，我们都围绕在一起。

"我前几天梦到他了，"她说，"梦到了爸爸。"

"他跟你说了什么？"

"没有，"她说，"他没有说话。"

"他走在前面，我跟着他。我问他我们要去哪里，但他不说话。"

"然后我们就一直走一直走，走到我累了，然后我就醒了。"

"那时候你在睡觉，"她说，"还流了口水。"

"是吗，"我说，"我怎么会流口水。"

"你一直都会流口水。"她说。

"不可能。"我说。

"你还会磨牙，"她说，"有时候打呼。"

"那你会说梦话，"我说，"还会在梦里唱歌。"

"唱了什么？"她问我。

"有一次你唱了国歌。"我说。

"我记得，"她笑着说，"我要做升旗手那次。"

"还有一次你唱了《北国之春》。"我说。

"那是爸爸最喜欢的歌。"她说。

"对，"我说，"他还会用日语唱。"

白樺 青空 南風

こぶし咲くあの丘

北国の ああ 北国の春

"是这样唱吗？"她问我。

"是。"我说。

"爸爸教我的，"她说，"他教你了吗？"

"没有。"

"我说过吧，"她说，"我说过他更爱我。"

我看着她。

"但你没有让他留下。"我说，"如果他留在我们身边，也许他就能活下来。"

"或许能活到现在。"

她转头看我。

她看着我的眼睛。

"难道你从来都没有感觉到？"她说，"他已经不想再活下去了。"

"那时他看着我的眼睛，"她说，"他在向我求救。"

"他的眼神告诉我，他不想留下，他不愿再活下去。"

"你觉得你的谎言是在帮助他？"我说。

"那不是谎言。"她看着我。

"那是爸爸需要我说出的答案。"她说。

"当一个人想死的时候，"她说，"什么都阻拦不了他。"

"是吗？"

"你在某些方面有难以想象的，"她说，"天真。"

"他杀了妈妈和弟弟。"她说,"你觉得他怎么还能活下去?"

"但他留下了你。"我说。

"不,"她说,"他抛弃了我。"

她看着我。

"他抛弃了我们。"

那些曾令罗佳疯狂的记忆在那天被如此自然地提起,被平静地陈述,冷静地分析。我意识到某些转变正在她身上发生,似乎突如其来,但又好像有迹可循。说不准是药物在她身上产生的作用,还是她内心切实发生的变化,更说不准这种转变到底是令人安心还是更让人恐惧,恐惧那些药物在她体内失效的时候,疯狂会不会加倍地来临。

她不再拒绝别人的来访。在本地师范念书时的同学,聋哑学校的同事,还有她的学生们。那群八九岁的孩子来的时候她最高兴,她用她各式各样的杯子给他们倒饮料,看他们用彩笔给她画的风景画,他们用手语比画着问她什么时候回学校,他们说很想念她。客人们走后,她回房间躺下,起初是哭泣,轻轻地哭泣,然后呼吸渐缓,最后沉沉地睡着。她会睡很久很久,一直到我们周围一家接一家地亮起灯火。我在昏暗的厨房坐着,开着抽油烟机吸烟,她有时候会悄悄走过来坐下,我知道她来了,但我们都没说话,就那么面对面坐着,穿堂风经过,杯架上的杯子互相撞击在一起,发出清脆的接连不断的响声。后来她拉着我的手,说她再也听不到那种声音了。

姑姑也来过。但罗佳不愿意见她，她躺在床上假装睡觉，不久后就真的睡着了。姑姑坐在客厅向我诉说自我离开后她如何辛苦地照顾罗佳，诉说她琐碎的家事和她无尽的委屈，甚至诉说起了她对我们的爸爸、她唯一的弟弟的想念。她在客厅哭起来，我不知所措，只好走去厨房给她倒水，后来又借口要下楼买东西，然后送走了她。苏强来的那天是个傍晚，罗佳特地戴了假发，我回房间，让他们在客厅聊天。后来罗佳开始哭，然后他过去抱她，跟她说对不起，是他以前没照顾好她。苏强走后，罗佳靠在沙发上发呆。我过去给她盖上毯子，她把假发扯下来，然后告诉我，她是真的爱过他。

李东一般周末会过来，他不久前工作有了调动，回来单程一百二十公里，他开玩笑说自己需要一架直升机。工作调动是升迁的前兆，我们为他感到高兴，他只是尴尬地笑。如果工作提前结束，他周五就会开车回来，到的时候是深夜，罗佳已经睡着了，我就和他坐在厨房聊天，主要是一起抽烟。他说罗佳现在这样真的很好，好像重新焕发起生机的植物，充满了魅力。他说很高兴看到我和罗佳变得这么好，像一对真正的姐妹。我问他什么叫真正的姐妹？亲密互爱，他说，彼此依靠。爱和恨相依，我说，它们互相存在，不会彼此掩盖。他说我说那话的时候像是喝醉了。然后我们就真的偷偷溜下楼去喝酒，在小区对面的烧烤摊，肉不新鲜，蔬菜烤得太焦，隔壁桌后来还吵起了架，眼见要打起来，我们赶紧提着酒瓶子溜去河边。

深夜的河边，有散步的男人扯开裤子对着草丛尿尿，也有小情侣不顾冷风在暗处轻轻起伏，我们趁着酒劲冲他们吹口哨，他们不逃走，动作愈发起劲。李东说现在的年轻人跟我们当年不一样了，当时我们就躲在后操场拉个手，听见咳嗽声都吓得发抖。我说发抖的是你。他发誓说我也抖了。不可能，我说。但后来在我家那次你肯定抖了，他说。那是我们的第一次，在他家的沙发，黄昏，光来自九点钟方向，落在沙发前那棵巨大的发财树上。没有生理知识，没有安全措施，最本能的颤抖和欲望，寻找，还有进入。我们学着做爱，学着感受人世间初次的情欲，学着在这宇宙的虚空之中找到一方为爱填充的空间。他抱着我，说我们永远也不分开。我说好。在后来的故事里，没有怀孕，没有争吵，没有撕心裂肺，我们自然地分开，又自然地重逢。这就是我们所有的经过。

他看着我，身体渐渐向我靠近，路灯在河面上倒映着粼粼的光亮，风，露水，他炙热的气息落在我身上。你醉了，我轻轻推开他。因为罗佳吗，他问我。不是，我说，我对你没有感觉。我说，我对你没有那种欲望。他垂下头，说对不起。他说他不会再这样了。

你对男人没有感觉吗？有一天晚上罗佳突然问我。什么？李东跟我说了，罗佳说，他说你拒绝了他。我看着她。我们无话不谈，她说，因为我们对彼此没有占有欲。是吗，我说，很有趣的说法。陈恺也说过，她看着我，陈恺也说你对他没有反应。你跟他也无话不谈吗，我问她。不是，她说，他跟我只谈你。跟他做爱是什么感觉，我看着她的眼睛。她没有闪躲。你真想知道吗？她说，而不是我听不懂的讽刺。我点点头。不太行，她说，陈恺不太行。她看了看我，苏强最好，因为他懂得等待你。李东呢，我问她。李东，她说，李东前奏太长，磨磨叽叽。我笑起来，她也笑，然后开始咳嗽，大口喘气。我给她倒水，让她吃药。她侧靠在床头，沉重地呼吸。你呢，她用压低的声音问我，他们不能让你快乐吗？不知道，我说，我没有那种概念。你不喜欢男的吗？她问我。我笑了起来，喜欢，我说，我喜欢男的。那就是他们的问题，她说，他们不能让你有感觉。那谁让你有感觉，她问我，谁曾让你有过感觉。

"你今天说了太多话，"我对她说，"现在该休息了。"

"你知道我第一次是和谁吗？"她问我。

我知道她想说话，想一直说下去。

"陈小红，"她说，"是陈小红。"

"结果他一上来就射了，"她笑着说，"你知道为什么吗？"

"为什么？"

"因为我告诉他，他的爸爸正在看着他，正在看着我们。"

"真的吗？"我问她。

"真的，"她说，"我故意让他撞见的。"

"为什么？"

"他喜欢偷偷盯着我看，"她说，"那就让他看个够。"

"他对你做了什么？"

"没有，什么都没做。"她说。

"不，"她又说，"他做了很多。"

"他偷偷给我零花钱，带我去公园，去坐旋转木马，但我已经不是小孩子了。姑姑打我的时候他就假装把碗摔碎，可笑极了，他竟然不敢上来阻止。他帮我去开家长会，老师批评我的时候他就低着头。我说我不想去学校了，他就说要好好念书。我跟陈小红勾肩搭背打闹的时候，他就让陈小红去给他买烟，或者买酱油，可家里的酱油还有大半瓶。我问他你是不是喜欢我，他说别瞎说话，我说你喜欢我你想要我但你却不敢承认，他就走开。后来他经常不回家。姑姑找不到他就生气，生气就打我，陈小红拦着她，她连陈小红一起打。陈小红给我脸上贴创可贴，我问他你想不想试试。他说试什么，我就拉他到床边，然后等他爸爸回来。我知道他要回来。"

"为什么那么做？"

"不为什么，"她说，"就是想那么做。"

"你想想，"她说，"假如一个人对你有性的渴望，而你恰好在他面前和别人做爱，即使他在身体上没有参与，但在内心的欲望里难保没有和我们融在一起。"

"那样说的话，"她说，"我的第一次就不只是和陈小红，还和他的爸爸，我们三个人完成了我的第一次性。多么有趣。"

"有趣吗？"我说。

"有趣。"她说。

"跟陈恺跟李东呢。"我说。

"也是因为这种游戏很有趣？"

"不是，"她看着我，"不是游戏。"

"只是一种方式。"

"当你想和一个人产生联结的时候，身体是最直接的方式。身体会诚实地记得与它产生过联结的所有对象。当一具身体作为中介的时候，所有和它产生过记忆的对象都会被联结到一起。而被中介联结的对象，即使处在不同时空，也能被感受和感知。那么，性就只是一种方式。一种联结的方式。"

"是吗？"我说。

"如果你只把它看成一种方式，"我说，"那为什么还要感到愧疚？"

"为什么还要求我原谅？还要一遍一遍地说我恨你。"

她看着我。

"是你觉得我在愧疚。"她说。

"是你在自以为是地揣测我。"

"我求你原谅，我说你恨我，是因为这种方式破坏了束缚着你的道德，是你需要我求你原谅，你需要我说你恨我。"

"是吗？"我说，"那些道德从来没对你产生过作用？你是说你可以完全摆脱它们而生活？完全把性当成一种方式？”

“那你内心遭受的折磨呢？”我说，“你内心发生的所有的一切。”

“都只是我需要你那么做是吗？”

你不说话。

你沉重地喘息。

故事到这里就该停止了。

那时你这样说。

你背靠在床上，胸痛已经让你感到说话成了一种负担。你说想听我给你讲，你说你想知道我在写什么。我把小说念给你听，然后你说它应该结束了，因为我试图在其中寻求答案的尝试已经统统走向了失败。

你说我的小说永远也不会到达我所期待的那个终点。

“你记得吗，”你问我，“我们在卧室里的聊天。”

“当我说身体和性的时候，你说的是愧疚、道德和折磨。当我们说起爸爸的时候，我说的是他不可避免的死亡，而你在说他活下来的可能。”

“我们怎么能在两条分岔的道路上走向同一个终点？”你问我。

“停止吧。”你说。

"我们永远也不会得到真正的答案。"

"我们永远也不会到达我们所期待的那个终点。"

在你生命最后的时间，我们说着比以前更多的话，交换着我们从未诉说过的秘密，试图用更密集更丰富的语言去描述这一切，只是希望事情能最终走向开阔，最后却发现我们已经迷失在语言缠绕的迷宫里。

如果李东所说的"放下"是我们起初看到的终点，那么后来我们在它之后看到了一个更远的终点，而我们最后发现永远无法到达那个终点，这时，我们学会了停止。因为我们永远不可能理解彼此。

我们不可能真正理解彼此，因为我们不可能离开自我。我们永远只能在自我能够延伸到的那部分理解对方，而在那些无法延伸到的部分，我们能做的只有沉默。

我说那也是一间不存在的房子。但那时你说你不记得自己说过这样的话了。

在最后的日子，我们共同达成了有关停止的默契。

停止修复，停止缝合，停止包容，停止理解。

你说你很喜欢现在这种感觉。然后你靠着床头睡着了。

你比之前更加嗜睡，甚至吃着饭也会睡着。等你醒过来的时候，你经常会忘记自己在什么地方，然后要花很长一段时间确认事情的经过。然后你开始崩溃，你开始哭泣，你让我滚。

为什么要回医院，你说，你们连死都不让我好过。

等你捂着胸口开始大口喘气的时候，我会把平板电脑递给你，我让你要骂什么就在平板上写下来。你开始笑，接着又哭，最后渐渐入睡。

剩下的日子都是这样无尽的重复。你重复地醒来，哭泣，发怒，平静，睡去。重复的呕吐，发烧，浮肿，骨痛，幻觉。医生说所有可用药物的作用只是延长，并尽可能缓解病人的躯体痛苦。

当癌细胞终于走到头部的时候，你已经变得非常平静，因为那时只剩下沉睡和幻觉加剧时的喃喃自语。你指着输液瓶说是白色的小狗，床头的花瓶是恐怖的木乃伊，你说天上盘旋着很多很多的战斗机。你指着窗边说爸爸就站在那儿，弟弟手里拿着没有手臂的奥特曼，你问窗边的爸爸，妈妈呢？妈妈在哪里？液化气，你又说，你闻到了液化气。快去关掉液化气。

也有少数清醒的时刻，你会坐在床上用平板电脑画画。一堆混乱的颜色和图案，但我能明白你画的是什么。我坐在你身边工作，只能写一些短小的片段，你停止画画的时候就看着我，直到我也抬头看见你的眼睛。如果说你曾在爸爸眼神里看到过什么，我想那时候你眼睛里也有同样的东西。

后来你的鼻涕和口水还有眼泪开始不受控制地往外溢出，你自言自语地说着好烫，说你想吃冰激凌。你不停地把被子往外掀，你开始看不清东西。每次我靠近你的时候，你总是瞪大眼睛看着我。你不认得我了吗，我问你。你不说话，只是睁大眼睛。你开始不能控制大小便，身体里的分泌物一直往外流泻。我给你换垫褥，擦拭你的皮肤，那时候你的身体已经不再浮肿，呼吸却变得很慢很艰难。

心电监护仪从下午开始报警。

呼吸频率，0，9，13。

血压，60/30，55/45。

心率，70，105，房颤，44。

第二天凌晨，你最后一次张开嘴深深地吸了一口气。咽下。像每次入睡前那样，缓缓闭上眼睛。

罗佳去世了。对。她死了。

曾有整整几个月，我用这些话帮你回复了很多电话和信息。说实话，那是一件令人厌烦的事情，所以后来我干脆给你停机了。

你死了。两年。我坐在桌边写东西的时候，还是会习惯性地抬头，想确认你的输液瓶里是否还有药水。而我现在抬起头，只有房间里那盏长长的吊灯随风来回摇荡。我买这盏灯的时候曾给你看过图片，你问我上面写的什么风，我说侘寂风。什么寂？侘寂。日本人喜欢的东西，你说，怪不得那么阴气。当时我很生气，但最后我还是决定买下它，你知道的，我们最大的乐趣就是做对方不喜欢的事情。

你死了。她死了。一个人死了。我用这些句子做过很多篇小说的开头，但最后都没办法写下去。有很长一段时间，我觉得自己失去了感受的能力。我走路的时候总觉得自己像是漂浮在空中，别人迎面走来同我打一个招呼我都会被吓一大跳，然后对方也被吓一跳，像是一场即兴发挥的哑剧。我好像和周围的一切失去了联结，我跟心理医生形容说我就像连不上的蓝牙和密码输入错误的 Wi-Fi，他说我的人格正在发生解体。这个词让我想到太空中的飞行器，你记得吗，我们一起看过很多部那样的纪录片，你说你喜欢那些碎片飘向宇宙深处时，万物都显得渺小的感觉。

一个人死了，当我拿起手机的时候，我知道该怎么描述了。一个人死了，他的微信对话框再也不会突然地弹出提示信息。我们的最后一条消息停留在 2020 年 12 月 11 日 15 点 27 分，你问我在哪里，我拍下长长的核酸队伍发给你看，你回给我一个崩溃的表情。如今一切都在继续，不知道会变得怎样，我们身在其中，但却看不清楚大部分事情。他们说这个世界在变得更糟，如果你听到肯定要说真可笑，世界就是在他们、在我们自己手里变糟的，所有人却都以为自己能够被排除在外。

我微信里还留着在医院时加的患者群。很多人后来都死了，跟你一样。他们的家属在群里分享治疗方案，可用的药物，临终照顾的经验，分享《地藏菩萨本愿经》。有一个女孩联系过我，你记得吗，那个扎着马尾辫刚考上大学的女孩，她的妈妈跟你一样是三阴，晚期，有一次化疗的时候在你隔壁。

那个女孩曾向我询问你当时的治疗方案和用药情况。我回复她的时候，那些药物再一次占据了我的词语系统，就像你的癌细胞一样，在我脑海里再次扩散。几个月前那个女孩又联系了我，她告诉我她妈妈去世了。她叫我姐姐。她说姐姐，我现在才明白《与妻书》那篇课文的含义。我也从来不信这世上有鬼，而现在我也希望可以真的看到鬼。姐姐，我很想妈妈。你呢？

我没有给她回复。我不知道该说些什么。

李东也给我发过信息，他说他要结婚了，和他们单位一个年轻的女孩，他把电子请柬发给我。我没有回复他。你死了，我和他之间的联结已经消失了。除非他跟你一样，有一天突然发信息告诉我，我要死了，快回来。在那种情况下联结才有可能被重新捡起。

还记得我们三个人最后一次在一起吗？在你入院的前一晚。

我推开你的房门，看见你们抱在一起，赤裸着身体。你招招手让我过去，我在你身边坐下来，第一次认真地观看斜穿过你胸部的伤疤，看你阴部再次生长出的绒毛，看你枯萎的身体，你抱着我，你们抱着我，那时我有了一种感觉，像你曾说过的，身体将我们联结在了一起。你说性是一种方式，一种联结的方式。但在我这里，最深刻的联结甚至都不需要真正的性的参与，最深刻的欲望在欲望之中就已经进行和完成。你曾问我对谁有过感觉，我没有回答你，也没有想过要回答你。你知道的，我从来都不会对你讲太多事情。

如今我常有一种恍惚的感觉，早晨刚洗完澡，可到了晚上我又把淋浴头打开，我总觉得早晨的事情仿佛发生在几天前，每一天都变得很久，一个月一整年却飞逝得很快。就像我想起你大骂着让我滚出去时狰狞的样子，仿佛就发生在前几天。还是太近了，时空距离还没有拉长到让悲痛和思念发生，你说是这样吗？

这一次你消失了两年，比起从前我们失去联系的那些年，我现在似乎还感受不到它们之间的区别。除非我开始意识到一些彻底消失的征兆，比如注销的户口，再也拨不通的电话号码，不再更换的微信头像，我想起你时头脑里开始模糊的脸庞，你的声音，最后是关于你的记忆。

现在我想到过去时经常有一种感觉，就是你的记忆开始向我侵袭，每一个你描述过的细节，用语言，用文字，用图画向我展示过的细节，如今都在我脑海里越来越清晰，甚至变得让我难以区分，到底哪些是你的记忆，哪些又是我的。那个站在牵牛花架下踩死老鼠的女孩，那个睁着眼睛躺在黑暗里的女孩，那个想起死亡时就恐惧得开始哭泣的女孩。这些到底是谁的记忆？还有那些曾令你痛苦的过去，你将它们一并转交给我，每一个细节，每一副表情，每一种情绪，所有的记忆因为有了它们而使痛楚更显。

我想，这是你做得最好的一次报复。

记得吗？后来你总是向我重复你记忆中最喜欢的场景。你说你一直不停地梦见小时候的那片稻田。

在爸爸用稻草垛搭成的小房子里，我们躺在湿润的稻谷上，透过草垛的缝隙看头顶渐晚的天空，蓝色与粉色逐渐交融在天的边际。我们听见清脆的鸟叫，感到从山间吹向平原微凉的晚风拂过我们的脸庞。爸爸站在远处的稻田里弯腰收割最后一片稻子，妈妈坐在田埂边，用绣着山茶花的墨蓝色裹背把弟弟绑在身后，低头将稻谷捆成堆，等待最后搬出稻田，运往路边等待的牛车。

墨蓝色染透了天际，我们听见爸爸朝我们大喊，我们却躺着不动，直到他从远处朝我们走来。然后我们直起身体，双手在嘴边聚拢，学着他一起大喊："回——家——咯——"他就笑着转身，扛上稻谷，朝坡边的公路走去。你跑着追上爸爸，他用腾出的左手牵你，你们在田埂边回头，朝我招手，让我快点跟上去。

我躺下来，湿润的稻谷淹没了我。我闭上眼睛，稻田里只有秋虫与风的声音。

午后风平浪静

第二次碰见画家，是李娜三十岁生日的前一天。

那时已经入夜，她开车在盘山公路上行驶，副驾上码着陈巍那堆还没来得及送回办公室的扶贫材料。残留着油墨气息的打印纸随着窗外的晚风翻开，合上，再翻开。因为喝了些酒，她开得很慢。

酒是陈巍带回去的。晚上他下班回家，宝贝似的藏在怀里，眯着眼睛赞叹是好酒，找了好些地方，最后藏在了集成灶头顶的橱柜。那橱柜用来藏抽烟机的烟筒，不放东西，一般没人打开。李娜对着瓶口抿了两嘴，后来干脆一大口，白的，残在喉咙里，冒着火。刚喝下去的时候没感觉，等车子上了山路，她才渐渐觉得有些上头。

夜间同样进山的一辆白色丰田从她耳边呼啸而过，她再次放慢车速。迎面开来一辆出山的面包车，司机连续按几声喇叭，到了前头才知道，原来是提醒她有落石。车子驶入山路上段，雾气随着夜深在山间升腾起来。她觉得有些喘不上气，把窗户降到底，山风和寒意从她燥热的眼眶贯入身体。她打了一个激灵，然后打着双闪，把车停在路边。

路边有一块废弃的休息区，指示牌只留下一根生锈的铁杆，杂草从铁杆旁同样生锈的长椅缝隙中穿过，李娜在椅子上坐下。山路一层一层环绕而上，刚才超车的白色丰田已经行驶到对面山路，远光灯穿透路旁生长的云南松或是干香柏，在山路间影影绰绰，直至消失在视线所不及的山路另外一端。夜色中最清晰的，是对面山顶上架着的一排风力发电机，巨大的白色风车在夜色中缓缓转动着三片巨型扇臂。草丛里的蚊虫从裙底钻进皮肤，噬吸着她的血液，那种瘙痒蔓延到喉咙，她想起车里还有半包印象。

取完烟回到山路边的时候，李娜看见画家就坐在那条生锈的长椅上。仅看背影李娜就能认出他，她没在其他人身上见过那样的坐姿，上身板直，双肩往后扩，右肩比左肩低一寸，脖子伸出衣领，半仰着向前。李娜在他旁边坐下来，顺手给他递了一支烟。他的右手插在裤兜里，用更远的左手伸过来接烟，但并没有看她。

烟蛮好，不卡嗓子，画家说，挺贵的吧。李娜说不晓得，陈巍买的。陈巍是谁，画家说。李娜说，我丈夫。画家点点头，说，都结婚了。李娜说，是，快四年了。对方什么来历，画家说。李娜说，公务员，最近刚升副科。画家说，蛮好，然后深吸完最后一口烟，把掐灭的烟头扔进山间。李娜重新递一支给他，他摆了摆手，说，尝口味道就够了，凡事都得……凡事都得留个想，李娜接下他的话。他这时转头过来，看着她，你怎么知道。

他的脸几乎和从前没什么变化，只是眼睛凹陷得更厉害，几乎能看见眼眶的形状。李娜说，你以前说过这句话。画家说，我认识你？李娜说，原来你这半天都没认出我。画家说，失敬，抽了你的好烟，还没来得及问你是谁。李娜说，你还欠我一幅画呢。画家说，哦，是你。李娜说，怎么突然又认出来了？画家说，我这辈子没欠过人什么东西。就记着欠一个女孩一幅画。原来是你。

风从山间吹来，指间的烟蒂随夜风燃尽最后一丝光亮。

好久了，李娜说，上次见你的时候我十一岁，马上我就满三十了。画家说，近二十年了，确实久。李娜重新点燃一支烟，感到胃里的酒翻涌上来，脑袋嗡嗡作响，像磁带卡在机器里。等机器停止，磁带被抽出来，成为一层层黑色的褶皱时，她手中的烟已被风卷走大半，剩下的她猛吸了几口。

怎么上山来了，画家说，大半夜的。李娜说，有点事。你呢，下山做什么。画家说，买点酒，山上的小卖部卖光了。李娜说，走上来的？画家说，是，走上来的。李娜低头，把烟屁股按在椅子上，看见他右边的脚光着，脚背和裤腿沾满了结成块的泥巴。他把脚往后缩了缩，说，路上有个大泥坑，小腿陷进去，拔出来鞋子不见了。李娜说，最近在修路呢。他点点头。李娜又说，挺冷的吧。他说，还好。要来口酒吗，他又说。他把身上破旧的皮夹克掀开，左侧的内袋里插着一瓶松子酒。李娜说，不要了。他点点头，让酒瓶重新贴紧他的身体。

山间的雾渐渐浓重起来，李娜从椅子上站起来，跺了跺脚，试图将深夜的寒意驱散一些。被群山环抱的坝子隐在山雾之中，但仍能看见其间星星点点的亮光，光点分散的地方是村落，光点集中的便是城镇。画家也站了起来，李娜听见他衣服抖动的声音。那声音走到和她并肩的位置，风和他铁锈一般的声音一起飘过来，他说，你看。李娜随他手指向下的方向，看这片深陷在高原群山之间广阔的坝子。

你看，他说，这些灯光像不像夜晚在海上漂浮的船只。李娜点点头。他说，来，把你的胳膊抬起来。李娜看了看他，抬起她的胳膊。他说，我们是灯塔。我们指挥那些船过来。

李娜举着胳膊，说，你之前也讲过同样的话。画家说，是吗？李娜说，是，一个字没变。画家说，我忘记了。李娜说，不同的是，船只比以前密集多了。画家说，是吗？李娜说，是，十一岁的时候，游向我们的船只还很少。

十一岁的时候，游向他们的船只还很少。画家举着胳膊，说，我们是灯塔，船只会朝我们驶过来。十一岁的李娜说，山路上的船也会开过来吗。画家说，当然。李娜把发酸的胳膊又举直。山间穿行的车辆越来越少，只亮着零零散散的光。画家说，我们坐下休息一会儿吧。李娜执拗地站着，高高地举着胳膊。

画家叹了口气，说，有没有这种可能，你妈妈是故意把你落在山里的。李娜回头看了他一眼，胳膊渐渐落下来，然后在他身边坐下，说，有可能。我妈会做这种事。画家说，如果真是这样，你要怎么办。李娜看了看画家，说，那我就陪你回寺庙，一起等你女儿。画家笑了起来，硬硬的胡茬聚在一起，像夜晚山间密集的树木。

白天李娜第一次看到画家的时候，他也是这么笑着看她。

那天是山里的集市。

李娜十一岁的时候，她妈妈丁阿琴还没有跟随第二任丈夫离开小城去做他们的大买卖，那时丁阿琴每天的生意是奔波于各个乡镇的集市，摆摊贩卖她的潮流时装。山里的集市是周六，上山的路程远，要起得格外早。丁阿琴把李娜叫醒的时候，李娜觉得自己好像还在梦里。丁阿琴朝李娜的屁股重重给了一巴掌，她才迷迷糊糊地爬起来，闭着眼睛一件一件穿衣服，耳朵听着丁阿琴进进出出，大包小包地往车里装她的商品。

坐上丁阿琴那辆二手面包车的时候，李娜看了看窗外，月亮还高高地挂在天上。车子刚出城就下起雨来，进山的时候已是满眼的雾，飘在山腰上，一伸手就能够到。进山的车很多，大都是做生意的，每辆车都打着双闪小心翼翼地前行。丁阿琴生怕到山上晚了抢不到好摊位，一直猛按喇叭，这大概惹恼了前面的司机，等车子在一个急弯处堵起来的时候，前车的司机冒雨走过来，黑壮的脸贴着李娜这边的窗户，开始重重敲击。丁阿琴一把搂过李娜，压在自己的胸前，她们隔着窗户还能清晰地听到男人的谩骂，不时地对着她们的车拳打脚踢，李娜感觉到丁阿琴也在微微地发抖，不知是冷还是害怕。后来雨越下越大，男人一手拍在后视镜上，后视镜哐当一声掉下去，然后沿着山路往下滚，直至在一个裂缝处转了弯，而后掉进山谷。男人这才心满意足地离开。

车子打了好几次火，第四次或是五次的时候才重新启动，缓缓上路。李娜说，妈，我们的车不会被他踢坏了吧。丁阿琴不说话。李娜说，妈，咱们开慢一点吧，雨天路滑。丁阿琴没吱声。李娜又说，妈，你以后开车稳当点，别老按喇叭。丁阿琴说，是不是我拿针给你嘴缝上？李娜就闭上嘴巴。

李娜从没集中地见过那么多场车祸，冲出路边水泥桩的，整个车身倒个翻在路边的，追尾只剩半个车身的。她的手一直紧紧攥着屁股下面的毛线坐垫，学着奶奶在世时那样念叨，毛主席保佑毛主席保佑。奶奶在的时候，总把观音像和毛主席像挂在一起，甚至毛主席像还要挂得比观音高半个脑袋，她嘴里总念叨，镇邪祟还得靠毛主席，毛主席保佑毛主席保佑。

到达山集的时候已经快中午，那时候雨刚停，太阳冒出来半个头。丁阿琴把车停在山边一块泥泞的空地上，有个老婆子扛着伞坐在一边的高石坎上收钱，停半天六块，一天十块。丁阿琴说，又涨价了？老婆子不说话，丁阿琴说，赚不死你们。

李娜拉了拉丁阿琴，丁阿琴往集市那头看了一眼，说，扯球蛋好位子全没了。李娜说，妈，我们少说一点脏话。丁阿琴顺手拍了一下李娜的嘴巴，说，缝起来。李娜看见丁阿琴难得地露出了一个笑，这时她才从雨雾天的惊魂不定中醒过来，确认了她们的安全，于是她又低声说，谢谢毛主席谢谢毛主席。

下午太阳完全出来了，赶集的人渐渐多了起来，集市变得熙熙攘攘。李娜本来自告奋勇给丁阿琴收钱，收岔了几次，反应不过来顾客说的"妹妹我再给你一块你找我十五块"这样的算法。丁阿琴把钱找好，转头说，就你这水平以后卖菜都难生存。李娜说，我数学考了一百分你忘啦。丁阿琴把李娜手里装钱的塑料袋一抽，说，走走走，别耽误我。李娜就走开，在山集里转悠开来。就是那时候碰见了画家。

山里的集市统共就两条街，一横一竖。横街打头的是猪肉摊和牛肉摊，走过一截是卖蜂蜜蛋糕的摊子，紧接着是水果、米糖、拨浪鼓和小皮球。横街生意最好的，是现场划开整块皮革做裤腰带的摊子，摊主是个年轻的卷发女人，她捏着小铁锤，给做好的裤腰带打洞钉开花钉，钉一个五毛，年轻男人排着队，都要在腰带上钉上满满一排开花钉，以示时髦。丁阿琴的时装摊在横街的尾巴上，紧邻山上流下的水渠。她的生意不差，虽然脾气臭，爱说脏话，但做起生意来有她自己的一套。

沿着水渠流向的就是竖街，竖街没有横街那么热闹，卖的都是一些农用工具和蔬菜种子，李娜只认得锄头钉耙镰刀，还有莲花白种子和土瓜种子，其他叫不上来名字。沿着竖街走到头，街尾巴上有一棵高大的银杏树，村里的老头老奶坐在树旁的青石板上叙家常，老银杏巨大的树荫将他们笼罩在烈日的凉爽里。

银杏树紧靠着一片庭院，那是一座很小的寺庙。庙门窄窄的，黑漆的匾额上刻着金色的"龙海寺"三个字。李娜想起奶奶总说，遇见了庙要进去拜一拜，不然是不敬。她于是跟在一个挎篮子包扎染头巾的女人身后，走进寺庙。

寺庙正中有一汪极深的潭水，周围用大理石围了一圈护栏，护栏上挂着一条石雕的小龙，它瞪着滚圆的眼珠，对着进出的山民吐着信子。午后的阳光照过来，穿透龙潭中冰凉的潭水，潭底堆叠的硬币闪着亮晶晶的光。顺着龙潭前的三级台阶往上，石基平台上立着一个铜铸的小香炉，绕过香炉，就是寺庙的正殿，殿前挂着"佛光普照"。龙潭的左侧是一间没有名字的厢房，右侧的厢房里有一面破旧的大鼓，门外挂着一块牌匾，匾上刻着四个字：惠此南国。

扎头巾的女人进了正殿，李娜跟在她的身后。女人把篮子放到一旁，在蒲团上跪下，合手对着面前的如来磕了三个头。磕完头女人没有立即起身，而是保持双手合十的状态，闭着眼睛，干裂的嘴唇不停地开合。她的声音很小，李娜听不清她说的是什么。等女人终于念完起身，弯着腰将篮子里的橘子放在供台后，李娜也在蒲团上跪下，郑重地磕了三个头。

走出大殿的时候，扎头巾的女人已经不见了。李娜站在香炉旁，看见庙外走进一个扛着锄头的男人，他把衣服掀起来，露出了黑而圆滚的肚皮。男人并没有朝正殿走来，而是走到"惠此南国"前，冲着厢房里，用上扬的语调说，画家你又来啦。这时肚皮男人的身后涌出好几个山民，一起凑到厢房前，冲着里面张望。

李娜走下台阶，绕过龙潭，走到人群中。什么也看不到，她于是退到他们身后，蹲下，透过他们大腿的缝隙，看见了房子里的鼓面，它遮挡住了李娜的视线。李娜再往边上挪了挪，这时她看到了，看到了屋子里的那个男人。他面向墙壁坐着，上身板直，双肩往后扩，右肩比左肩低一寸，脖子伸出衣领，半仰着向前。

扛锄头的男人又说，画家，女儿还没从墙里出来哇。男人背对着人群，点了点头。看到男人有所反应，人群就嬉笑起来，嬉笑过后又突然静默。他们出于朴素的善意，没有走到房里去，只是站在门外，围在肚皮男人周围，开始压低声音探讨这个怪异的男人。李娜于是知道，这个男人把自己的女儿弄丢了。他们探讨得差不多了，又一起同情地回望了一眼这个失去女儿的男人，然后走出庙门，重新回到热闹的集市中去。

李娜从外面走进去的时候，男人并没有察觉。他穿着一件白色的确良衬衫，袖子挽上去，两只手晒得黝黑，但胳膊是雪白的。他盘腿坐在低矮的草凳上，右手插在裤兜里，在凉爽的屋子里仍旧戴着草帽，帽檐遮住了他的双眼。

　　他所面对的墙壁上，是一幅还未完成的佛像壁画。李娜仰着头看，画面几乎占据了整面墙壁，只剩墙壁右下的一部分空着，那片白色的墙壁已经发黄。李娜想起那些山民叫他画家，她于是走到他身边，问，这是你画的吗？男人点点头，但并没有看她。李娜蹲下去，这时看见了草帽下他垂着的双眼，他的眼窝深陷，眼周呈淡淡的青紫色，眼下生皱纹的地方闪着一丝奇异的金色的光。李娜问，画的是观音吗？他又点点头。李娜又指了指观音脚下和身后巨大的海浪，问，观音为什么要漂在海上呢？他没有说话。

　　李娜在画家的旁边坐下来，学着他将双腿盘起来。她跟着画家仰头的角度看向墙壁，只看到一片片翻涌的海浪。她凑到画家的面前，再抬起头来，看到空白的墙壁，在贴着墙壁的角落，有一朵海浪，浪头仰着，像小小的龙头。它溢出了墙上黑色铅笔框定的画框，并不属于画面的一部分，显得孤单而突兀。这是画家一直注视的地方。

　　李娜回到自己的位置上，坐了一会儿，转朝画家，问他，你的女儿丢了么？画家点点头。李娜问，怎么丢的。画家又没有反应。李娜想了想，端正了她的身子，仰头看向她前方的海浪。李娜说，我爸爸也丢了。画家这时转头看她了。李娜说，三年级期末考试，我考完数学回家，他就不见了。

　　"早上去上学的时候，他睡在卧室里。我妈早起去村集摆

238

摊，换我喂他喝水。他说疼，我问他哪里疼，他用嘴指了指他的手腕。他手腕上都是血印子，有的结了痂，有的还没有。"

这时李娜感觉自己的脸有点痒，她抬手擦了擦脸，然后指了指自己的脑袋。

"我爸这里有点毛病。"

"他白天总爱裸着身子在单位院子里打滚，内裤也不穿，从篮球架这边滚到那边，再从篮球架那边滚回来。边滚边说，李大海被捉进了监狱，李大海同志是被冤枉的。"

"李大海是我爸的名字。"

"但他很听我的话，我每次说，李大海爸爸，回家吃饭了。他就不打滚，乖乖地站起来，跟着我回家，然后自己用毛巾沾水把身上擦三遍。我爸他有洁癖。"

李娜把手从脑袋上放下来。

"后来他们胖胖的领导就不让他去上班。我妈把他绑在家里，绑在那张铁床上。用绳子绑着他的手和脚。"

画家看着李娜。李娜看着那朵孤单的海浪。

"他说他手疼，我就用剪刀把绳子剪开，费了好大劲，松开了他的手和脚。我给他手腕上的伤口呼呼，说，爸爸你要乖乖的，不许出去，等我回来。他对我点点头。"

"但那次他没听我的话。我回家的时候，他已经不见了。我想，他是被我弄丢了。"

画家仍旧看着李娜，这次轮到李娜安静下来。

渡海观音，画家这时说话了，他的声音铁锈一般。这幅画叫渡海观音，他说，海是苦海的意思，观音要救助众生脱离苦海。李娜问他，什么是苦海。他沉默了一会儿，说，你长大就知道。李娜撇了撇嘴，你们大人就喜欢说这句话，真没意思。画家就笑了起来，硬硬的胡茬聚在一起，像夜晚山间密集的树木。

画家止住了笑声，就去看他左手边的军绿色帆布包，然后拿起来，他的右手还是插在裤兜里。他打开他的包，抽出一个印着毛主席头像的军用壶，用嘴扭开盖子，喝了一口。李娜问他，喝的是什么？画家说，酒。李娜说，好喝吗？画家说，还行，要来一口吗？李娜说，酒就不要了。画家点点头，又仰起脖子喝了一口。李娜说，你还没告诉我，你女儿是怎么丢的？画家不说话。李娜问，是被人贩子拐走的吗？他还是不说话。李娜又说，她几岁了，是不是赌气离家出走？他仍然不说话，这时李娜有些生气了，她说，你自己的女儿怎么丢的也不知道吗？他看了李娜一眼，眼神平静，像是午后静默的潭水。

画家站起来，用右边的胳肢窝夹住酒瓶，左手抚摸着墙上的画。他的手够到观音的眼睛，那里回了潮，墙皮鼓起来，李娜感觉那观音仿佛瞪着眼睛在看他们。风从外面吹进来，地上的土钻进了她的凉鞋和脚趾缝，然后她听见画家铁锈般的声音响了起来。

被海浪卷走了，画家说。李娜抬头，看着画家的背影，你带她去海边了？画家说，没有。李娜问，那怎么回事。画家开始沉思，仿佛在选择从哪里讲起。等风把地上的土吹起来，吹进李娜的眼睛，吹得他们背后那扇鼓面哔哔作响的时候，画家的故事就开始了。

"在我跟你这么大的时候，我的母亲去世了。"画家说。

那个故事从画家的母亲开始，尽管十一岁的李娜只是想要知道画家的女儿为什么会被海浪卷走，但她没有打断在这之前画家花费很长的时间讲述其他事情，先是他的母亲，后来是他的妻子，而李娜未必能听得懂那些。又或许正是因为她不懂，大人们才愿意讲，也因为，她对所有故事都具备超出她年纪的耐心。她十一岁之前听到过的所有故事都教会她，要愿意为故事而等待，如果她想要知道那个试图毒死公主的王后最后是怎样的结局，那她就必须要忍受故事行进过程中公主和王子冗长的爱情故事，它们很烦人，但必不可少。在山间的那天下午，李娜同样知道，在画家讲到她想听的那部分故事之前，她也需要等待，漫长而耐心的等待。它们冗长，但必不可少。

在我跟你这么大的时候，我的母亲去世了。

我的母亲不识字，却懂得很多道理。我们小的时候，只有逢年过节才能吃上好东西，平时馋极了，那个时候就狼吞虎咽，第二天准要胀气发烧，看见肉都再吃不下。那时我的母亲告诉我，凡事都得留个想，不仅吃饭是这样，万事都是这样。

后来我长大了，也遇到很多事情，才觉得我稍微懂得了那句话。

她去世那天下午，我在山上放牛。那天我割了很多蒲公英，准备带回去给她煮水喝，但最后她还是没喝上。我给老黄牛找到草地吃草，把它拴在松树桩，然后我钻进了对面的松树林。沿着松林的东边一直走，最里面藏着一面湖，有一次放牛的时候我偶然发现的。后来我就总去湖边睡觉，谁也找不着我。每次睡醒的时候，我身上就落满了翠绿的松针。后来我闹风湿，就是那会儿在树林里睡出来的。

那天我睡过了头，做了一个长长的梦，梦见什么忘了。只记得快要醒的时候，听见我母亲的声音，她说，快起来，沾潮气了。然后我就醒了。那时天已经全黑了，月亮和松树都落在湖里，随着风一层一层地摆动。我起来准备走的时候，突然下起了暴雨。雨哗啦灌下来，像是天上破了一个口子。我躲回松林等雨停，但浑身还是湿透了，松针和泥点子裹满了我的衣裳。天上的口子终于合起来的时候，我钻出松林，来到湖边，把衣裳脱掉，准备在湖里洗一洗。那时我抬头，天空开始发白，然后越来越亮，直到亮堂得像白天，不，像午后一样，刺着我的眼睛。等我把遮光的手放下来的时候，眼前的松树林在午后般的亮光里消失了，然后天空和湖面连在了一起。我揉了揉眼睛，再睁开，山和大地也消失了，我面前成了一片广阔无际的海洋，我就站在海的中央，踩在自己的影子上。风吹过来的时候，我的影子和月亮一起在午后般发亮的海面上摆动。

那是我第一次看见海。

二十年后，我才再次看见那片海。

我母亲在世的时候，一直希望我长大以后能当老师。后来我上了师专，毕业时没拿到县里中学的名额，回了镇上，教语文，兼职美术。有空的时候还给乡政府画宣传画。画在乡路的墙壁上，画笑着的母亲抱着孩子，下面写标语：只生一个好。那时候老乡都夸我画得漂亮，叫我画家。有时也画海，画海边的礁石和灯塔，画在进村拐弯处的墙壁上，后来开车的司机总往海里撞，还是换成了一胎宣传画。几年后我结了婚，跟同学校一个教英语的女老师。她皮肤黑黑的，总是扎两条长辫子，笑的时候就露出鼓鼓的上牙龈。

女儿出生那年，我原本有机会调到县里，后来又被关系户抢了先，没办法，只能留在镇上。就是那会儿开始喝酒，起初还能留个想，后来越喝越多，最后自己也控制不了，把我母亲的忠告丢在了脑后。每次我一醒过来，就看见学生趴在我家窗台往里看，敲着窗户，大声喊，老师老师，醒醒，该上课了。我就晃晃悠悠地站起来，跟着他们去上课，讲了什么自己也不知道。就这样迷迷糊糊地过了几年，老校长跟我长谈了很多次，每次都写保证书，但酒还是没能戒掉，后来就给我停了课。开始是一周，然后是一个月，接着就是一个学期，再一个学期。

女儿四岁那年，她妈妈借调去了县里，好几天才能回来一次。白天女儿在幼儿园，晚上照顾她的任务就落在了我身上。那个时候我才发觉，原来女儿已经长这么大了。女儿很乖，很少哭闹，只是叫我爸爸的时候，总是把头扭过去，不看我的眼睛。那段时间我正给山上的龙海寺画一幅壁画，白天喝了酒要睡觉，只好晚上去画。傍晚的时候出门，先去幼儿园接女儿，很多次睡过了头，女儿已经被送回家来，门锁着，她就坐在门口等，把美术本垫在腿上画画。等我醒过来，开了门，她就低头叫一声，爸爸。我抱她进来，看一看她手上的画，还挺像样。然后我就背上我的画具，手牵着她，沿着山路上山，去寺庙。要是走累了，我会背她一段，她就乖乖地趴在我背上，一动也不动。每次我们到达山上的时候，天已经黑了下来。我总是先带她站在山路边看一看，看山下的灯光一盏接一盏地亮起来。我问她，你看，这些灯光像不像夜晚在海上漂浮的船只。她听不懂我在说什么，但总是回答，像。我又说，我们是灯塔。她也跟着重复，我们是灯塔。我说，我们指挥船只过来。她就咯咯笑起来，但只记住后半句，就说，船只过来。

再看见那片海的时候，也是个下雨的夜晚。那天我和女儿刚走到山路旁，天边的黑云就压了下来，我背起她往村里跑。刚跑到老银杏树前，暴雨哗啦一下就下了起来。我那天酒喝多了，身子不稳，脚刚踩过寺庙门槛，就整个摔在地上。我没来得及护住她，她的额头重重地磕在门板上，划出一条长长的口子。我抱她走进厢房，脱下衣服包住她滴落雨水的头发，把酒壶里的酒倒在衣角，给她擦额头上的血，再点上烟，弹下烟灰给她止血。她疼得眼泪直掉，但一声也没哭。我说，对不起，爸爸今晚表现不好。她把头别过去，说，爸爸，今晚没有灯塔了。我说，没事，待会儿爸爸画一个。她就点点头。大概是暴雨压坏了电线，那天晚上屋子里没有电，我点上蜡烛，只能照到我还没画好的观音的右脚。我开始给观音画右脚。酒喝多了手就抖，蜡烛太暗也看不清，我眼前出现好多重影，把观音的脚趾画得弯弯曲曲，最后画好了我一数，脚趾画出了六个。

蜡烛烧了一半，观音的脚画完了，整幅画只剩观音脚下的海浪。我那时候回头，女儿已经躺在我给她垫的蒲团上睡着了。我就开始画海浪，画了两片，想起我刚才说要给女儿画灯塔。我把蜡烛移到最右边的空白角落，那部分不在框好的画面里。我开始画灯塔，加一点红色的颜料，在角落里建起一座坚实的灯塔，然后在塔尖用黄色点出光亮。光亮刚点好，女儿就醒了。她揉了揉眼睛坐起来，我告诉她，你看，这就是灯塔。她点点头，重复我的话，这就是灯塔。那天晚上雨一直在下，没有停过。女儿趴在灯塔旁边看，我又重新开始画我的海浪。汹涌的浪花终于托起观音的右脚时，外面突然一阵光亮，像白昼一样。是闪电。然后紧接着一声巨雷。女儿扑进我的怀里，双手捂着耳朵。我用外套裹紧她，让她小小的身体躲进安全的空间。那个时候我有一种感觉，她妈妈怀她的时候，她也是这样安全地躺在那片包裹生命的羊水之中。雷声过后，女儿抬起头来，第一次看着我的眼睛，叫，爸爸。暴雨紧接着换了方向，从窗户这边灌了进来，我抱她躲到墙角，红色的灯塔就靠在我们身边。

闪电再次将黑夜变为白昼的时候，我也闭上眼睛，用双手捂住女儿的耳朵，等待着雷声的降临。雷声没有如期而至，我睁开眼睛，黑夜消失了，光亮从上方笼罩下来，我听见海浪的声音，然后转头，墙壁上的观音消失了，紧接着，一片海浪朝我涌过来，墙壁也消失了。海水灌进了我的口鼻，我想起怀里还有女儿，低头的时候，我被袭来的海浪淹没。从海上浮起来的时候，我发现女儿并没有在我怀里。我在海上呼叫，找寻着她的身影，一阵更大的海浪汹涌而来，模糊中我看见远方灯塔微弱的光，然后，海浪吞没了我。

我醒过来的时候，已经过了中午。太阳从窗户照进来，照在墙壁上，墙上的观音完好无损，好像什么也没发生过。我坐起来，觉得头痛得厉害，然后开始找我的女儿。厢房里，寺庙里，集市里，哪里都没有。我重新回到厢房的时候，发现墙上的灯塔消失了，一朵我没有画过的海浪覆盖在灯塔的位置，海浪的旁边有一朵小小的红色毛绒花，那是女儿帽子上的。我捡起来，毛绒花还湿漉漉的，我把它装进我的口袋。然后我摸到我有些发硬的衣角，伸开手，干掉的海盐洒在我的手上。

听完画家的故事，李娜走到墙壁最右边的角落，但那里并没有红色的灯塔，只有那片溢出画框的孤单的龙头般的海浪。这时透过窗户照在墙壁上的光往右移了移，刚好移到了那片孤单的海浪之上，她似乎看见墙底有一点光亮，它穿透海浪，融进了他们置身的光影里。李娜擦了擦眼睛，再去看，海浪下的光亮消失了。

真的么，李娜问他，你女儿真的被海浪卷走了？画家背对着她，没有说话。李娜移到他的身边，说，那你再画一片海浪，或者灯塔，把海变出来？让她回来？画家转头看她，眼神平静，像午后静默的潭水。他摇摇头，说，画不了了。李娜着急了，问，为什么，为什么画不了。画家低下头去，说，我拿不起笔来了。李娜说，怎么会呢。这时，画家把藏在裤兜里的右手缓缓抽出来，然后举起来，他的手指开始轻轻地颤动，然后加速，频率越来越高，直到颤动到李娜看不清他每一根手指的位置。画家伸出左手，握住他的右手，他的左手也开始颤抖了，然后，他的左手一使劲，狠狠将他的右手塞回了裤兜。他的颤抖平息了，然后他说，我的手废掉了。那天之后就废掉了。

李娜不知道该说些什么。

我在这儿等她呢，画家又说。然后他就笑了起来，硬硬的胡茬聚在一起，像夜晚山间密集的树木。

李娜说，一直在等吗？

他点点头。

李娜说，那片海会再出现吗？

他没说话。

李娜说，要是那片海再出现的话，她就能回来了是吗？

他还是不说话。

他们并排坐着，一起仰头看着墙上那朵孤单的海浪。光再次照到墙壁上，照到观音的鼓起的眼睛，照到一层层海浪，照到还未完成的空白。他们在光里流动着，像两片漂浮的尘埃。

他们对着墙壁不知坐了多久，久到李娜的整个背都被烤得暖烘烘的，然后她说，我有点困了。画家说，困了就睡一会儿。李娜点点头，说，那太阳快落山的时候你叫醒我。画家说，好。

画家并没有遵守约定叫醒李娜，因为他也靠着墙壁睡着了。等他们醒来的时候，天已经完全黑了下来，集市散了，妈妈也不见了，只剩下木头货架上的塑料薄膜在风里左摇右晃地飘着。画家说，抱歉。李娜说，也不能怪你，我太贪睡了。画家说，现在怎么办。李娜说，只能在这里等了。我妈也许是今天钱赚得多，有些开心，一时把我给忘记了，等她回过神来，发现没人在她耳朵边磨茧子的时候，她就反应过来了。画家点点头，说，我们去路边等，那里看得到山路和车。李娜说，好。

李娜跟在画家身后，他的右手仍旧插在裤兜里。他们穿过夜晚空荡的集市，画家黑色的影子跟着他的脚步缓慢晃动，像一台破旧的机器。李娜追上他，走到他的左侧，拉住他的手。他愣了愣，看着李娜，看着他们脚下重叠的影子。不要回头，他说，影子会把你吃掉。李娜说，好。他于是笑了笑，牵着她往前走。

他们走到中午停车的空地，那个老婆子还坐在高石坎上。对面是小卖部，外头挂着一个昏暗的灯泡，柜台上的电视机亮着，老婆子就坐在高石坎上看电视机里放的山歌对唱。李娜走到老婆子面前，问，你见到我妈没有，红头发那个。老婆子摆摆手，示意拦着她看电视了。李娜就移开，和画家往外走，一直走到山路路口，那里有一块延伸出去的大石头，石头旁边有一棵巨大的松树，往下可以看见整个坝子和蜿蜒的盘山公路。

那天晚上，画家和李娜坐在山头，一起搜寻山间穿行的汽车，猜想哪一辆车上坐着她的妈妈。李娜向下看着自己生长了十一年的坝子，在那样的视角下，它显得如此陌生和遥远。后来很多个夜晚，李娜都在不断梦见那个晚上，梦见画家说，你看，这些灯光像不像夜晚在海上漂浮的船只。我们是灯塔。来，把你的胳膊抬起来，我们指挥船只过来。你看，船只越来越多了。真广阔啊这片海洋。说完，画家拉着李娜从山上跳下去，他们落在海面上，海水冰冷，她看见群山和船只渐渐消失在她的眼前，接着，夜空也消失了，月亮沉到了海底。李娜拉着画家，他的身子渐渐往下沉，她跟着他沉下去，一直沉到海底，她抓住了他的衣角，看见他凹陷的眼睛，然后，他也消失

249

在她的眼前，海底无数的灯火开始在她的眼前闪耀，然后，连她自己也消失了。

后来呢，画家问。他退到椅子边坐下来，结着泥块的裤腿被风艰难地吹起来。后来你妈来接你没有，他又说。李娜说，看来你是真的忘记了。画家说，真的忘记了。

"后来我们等到半夜，看见对面有一辆车亮着远光灯朝山上开过来。我站起来，大声告诉你，那是我妈。"李娜说。

"你跟着我站起来，说什么都看不清楚，怎么确定是你妈妈。我说，你看那辆车右边的灯光是不是比左边的灯光高一些。你说好像是。我说那就了。早上我们的车被一个壮汉踢了好几脚，右边车身都陷进去了，后视镜也掉了。车子不平衡了，肯定往左压，那左边的灯光是不是就会低一点。你说不明白。我说就像人的耳朵，你要是右边耳朵被割掉了，是不是走路就不平衡了，走路肯定得往左边掉。车的两个后视镜就像人的耳朵一样。你问我谁说的。我说耳朵是一个作家说的，我忘记是谁了。不过后视镜是我说的。你说耳朵有点道理，后视镜没道理。后来我跳下了大石头，跑了几步，又回头问你，等你哪天手好了可不可以给我画一幅画，就画我们今晚看的海和船。你说好。说得很大声，我感觉整座山都能听见。"

我记起来了，画家说。这时月亮升到了他们的头顶。李娜说，记起来了？画家说，全记起来了。你从石头上跳下去的时候鞋子掉了一只，一只黄色的塑料凉鞋。李娜说，那是我小时候最喜欢的一双鞋。画家说，我捡起来了，但之后没再见着你，还不回去了。后来我把它藏在了大石头和松树的夹缝里，不知道还在不在。李娜说，等天亮了我们去找找。画家说，行。

李娜摸了摸手边的烟盒，在凸起的金色商标上摩挲了一会儿，又把手收回来，说，不过你当时说的没错，我妈应该是故意把我落在山里的。只是那次她还不够狠心，后来她再有机会的时候，就真的把我丢了。

李娜感到风吹了起来，吹立起她脸上细小的绒毛，吹散他们周围的山雾。

"我妈后来又结婚了。"她说。

"大概是我上初一那年吧。对方也做服装生意，他们总往外地跑。开始的时候，我妈几天回来一次，后来变成一周，再后来是一个月，一个学期。等我上了大学，我们一年才见一次。毕业的时候我才知道，她后来生的孩子已经快上小学了。"

画家打断她，问，还有烟么。李娜说，有。不是说要留个想么。画家说，现在想了。李娜把烟递给他，然后也给自己点起一支。烟雾从她的鼻孔钻了出来。

"后来我结婚的时候，她也没来。打电话过去，说是忙。再打过去的时候，就是占线。那时陈巍他妈当着大厅里很多宾客的面说，你妈心挺硬，我希望你以此为戒，以后做个好母亲。我笑着对她说，天下的母亲也不总是爱她们的孩子。有时候她们的恨也毫无来由。您说是不是。"

画家没有说话。他手里的烟雾升了起来，与山雾混在一起，又随着风，飘到了别的地方。

"不过我后来想，我妈大概也不是恨我，可能就只是累了。先是我爸，后来是我。我们都让她觉得累了。"

画家静静听着，偶尔动一动他向后扩着的肩膀。

李娜把最后一口烟吸进肺里，捏紧还未熄灭的烟蒂，余火灼烧着她的皮肤。说她做什么，李娜突然笑了起来，不说她了，没什么意思。说说我吧，好吗。说说我自己，说说我为什么要到山上来。你刚才不是问我来着么。你来猜一猜。

画家弹了弹手中的烟灰，吐出嘴里的最后一口残烟。和陈巍吵架了？他说。李娜摇摇头。画家又说，他打你了？李娜还是摇摇头。画家说，那我就猜不出了。

他应该是死了，李娜说。画家说，什么。

"陈巍应该是死了。我走的时候他还有气。"

要下雨了，画家突然说，雾全起来了，雨一会儿就该下了。

"我走的时候还有气，现在应该是死透了。"

画家把左手抬起来，抚摸着山风，抚摸着雾。要下雨了，他说，你现在开车回去还来得及。你到家的时候估摸着刚好下雨，好好睡一觉，醒过来的时候雨就停了。

李娜说，来不及了。

画家说，怎么来不及。

李娜说，我把陈巍给杀了。

画家举着的左手缓缓放了下来。很久之后，李娜听见他的声音，他说，怎么杀的。语气平静，仿佛问的是一个最平常不过的问题。

镰刀，李娜说，用镰刀割断了他的喉咙。

画家没说话。

李娜说，那之前我还梦见我爸了。

梦见他什么，画家说。

李娜抬起头，湿润的雾气将她裹紧，模糊着周围的一切。

梦见他坐在客厅的沙发上，李娜说。

"我上个月新换的沙发。他就坐在沙发上，手和脚被绳子捆着，跟从前一样，手腕上被勒出一条条血痕。他看着我，问，锄头和镰刀哪个更锋利一些。我在他面前蹲下，把杯子递到他的嘴边，他喝了一口，然后吐出来，水从他的嘴角流下来，湿透了整个衣领。我说，应该是镰刀吧，听说过用镰刀杀人，锄头杀人听的比较少。我用毛巾擦了擦他的衣领，水浸湿了他的皮肤，我感觉到他在轻轻颤抖。他说，正好，你用镰刀，我用锄头。我说，你要做什么。他说，我们从监狱南边那口废井开始挖，挖出一个通道，一定要把李大海同志营救出来。我说，要是挖到监狱长的办公室怎么办。他说，这个我倒没想过。我伸出袖子帮他擦了擦胡须上沾着的水，说，营救工作不是儿戏，得做好万全准备。李大海同志有洁癖，到时候他嫌弃洞里脏不肯出来怎么办。他说，这点我给忘了，那你容我再细想想。我把毛巾被盖在他的身上，盖住他手腕上的血痕。我说，这就对了，你再好好想想。想不通也别为难自己，先睡一觉，睡饱了再想。他说，好。"

画家说，也许他是想你了。

不，李娜说，这是一种预示。

"这是一种预示。我从梦里醒过来的时候，那把镰刀就挂在门后，月亮照进来，反着光。镰刀是陈巍他妈从师娘婆那里弄回来的，说是能辟邪，拴了绳子挂在我们卧室门后。"

"陈巍他妈知道我爸精神病失踪之后，就老怀疑我脑子也有些问题，请了师娘婆来看风水。师娘婆说挂把镰刀就顶用。一来锋利压得住邪祟，二来是党徽，威慑力强。我当时还跟陈巍说，这师娘婆政治觉悟比他还高。"

李娜自己说着笑出了声。等她止住笑，听见画家问，为什么杀他？

李娜想了想，然后说，打呼。

"没完没了地打呼。刚结婚的时候还好，严重的是最近一年，每天晚上喝完他妈搞来的备孕中药之后，打呼打得尤其厉害，换着法子地打，张嘴是一种，合上嘴是一种，单用鼻子是一种，半张嘴半用鼻子又是另一种。吵得我晚上根本睡不着，白天没法上班。"

"试过分房睡，但他妈半夜总偷摸过来视察。我们和他爸妈住一个小区，当初给我们买房的时候要求的，说是在一起好照应。每天明着过来两次，早一次晚一次，早上七点准时过来做早饭，看着我们喝白天的备孕药，晚上八点又过来，再喝一次晚上的药。对了，我还得多喝一种，是他妈专门配的，说是专治遗传的精神问题。暗着过来就不知多少次了，像是家里安了一个免费的移动监控头。"

"半夜，大概十一点半左右吧。我从梦里醒过来，看见那把镰刀对着窗户闪光。我走到窗前，看见他妈刚出我们单元楼。披着一件桃红色的手工披风，是我去丽江的时候带回来的，挺贵，她嫌不好看，丢在家里，看电视的时候用来盖腿，晚上大概是冷，随手披在了身上。"

"我回到床边的时候，陈巍的呼噜声开始此起彼伏，音调顶到天花板又突然落下来，声音堆在肺里，像发情的猪，然后又突然顶上去。我走到他旁边，伸手重重给了他一个巴掌，他没有半点反应。我看见他嘴角还留着中药的残渣，圆滚的肚子把薄毯顶起来，身上散发着浓重的膻腥气。我突然就笑了起来，想起晚上他不愿喝中药，跟他妈怄气，他妈拍着自己三十来岁的儿子，说宝宝乖，听妈妈的话。他就一口咽下去，他妈高兴地拍了拍他鼓起的肚皮。"

"我摸着他的脸，摸着这个永远没法长大的男人。他真是可怜，小的时候找地方藏玩具，长大了要藏酒，也许还藏别的什么。好让他的妈妈不要生气。我摸了摸他的胡茬，结婚的时候我最喜欢他的胡茬，它们刺在我的脸上，让我想起我爸。"

"最后，我摸了摸他的喉咙，他的呼声就低下去。我想起过年的时候被割断脖子的土鸡，刀子一抹，土鸡的叫声就戛然而止。"

"我取下门后的镰刀，回到床边，把镰刀贴近他的喉咙。镰刀在他脸上映着银色的光，像武侠小说里讲的刀光剑影。我听见我爸在我背后说，镰刀和锄头哪个更锋利一些。这时陈巍的呼噜声又顶了上来，顶到天花板的时候，我举起镰刀，朝他脖子上一划，声音停在了天花板，接着他的喉咙像扎破的气球，发出一串长长的漏气的尖锐响声，然后迅速下坠。他的血就溅到了我脸上。"

"我觉得有点像做梦。我做过很多梦，梦里有时捂住他的嘴巴，有时捂住他的鼻子，有时勒住他的脖子，然后他就死了，在梦里死了很多次。我用指甲掐了掐我的胳膊，很疼。我就走到卫生间，把身上的血洗干净，换上干净的衣裳，在橱柜找出他藏的酒，喝了几口，很辣。我看见桌上的车钥匙。我就想要上山来。"

"走的时候，我去房间看了一眼陈巍，他不知什么时候睁开了眼睛，翻着眼白瞪着我。我不喜欢他那样的眼神，于是伸手过去，把他的眼皮合上，碰到他鼻子的时候，我感觉还有一丝鼻息。"

画家沉默地看着前方，尽管这时雾大得什么也看不见。

256

李娜感觉自己有点冷，她抽出一支烟，捏住烟屁股，发现滤嘴全湿透了。再抽出一支，还是湿透的。她把烟盒扔出去，然后听见寂静的夜里，烟盒滚下山谷的声音。

他们坐在漫山的浓雾里，寒冷渐渐将他们吞噬。

现在几点了，李娜问画家。

画家想了想，说，公鸡刚打第二次鸣，大概三点多。

那他应该完全死掉了，李娜说。

她听见画家改变了频率的呼吸，漂浮在浓雾里，雾气也跟着一点点颤动起来，颤动幅度渐大的时候，画家铁锈般的声音再次响了起来。

要下雨了，画家说。

李娜说，再过两个小时，我就三十了。

画家说，是吗。

李娜说，我凌晨五点生的。我妈说，那个时候我哭得很响，响到所有人都笑了起来。

画家说，雨要来了。

李娜说，是吗？

画家说，我们去庙里躲一躲。

李娜说，雾太大了，看不清路。

画家说，你跟着我。

李娜说，太远了。

画家说，来得及。

李娜说，我累了。

画家说，你忘了。

李娜说，什么。

画家说，我还欠你一幅画。

李娜说，小时候说着玩的。

画家说，我没把它当作玩笑。

李娜说，你的手还行吗？

画家说，我试试。

李娜说，其实没有必要。

画家说，走吧。

他站起身来，一层层雾气从他衣服上抖落。

李娜说，以后吧，今天来不及了。

画家说，怎么来不及。

李娜说，一到七点，他们就会发现尸体。

画家说，以后没机会了。

李娜说，以后，是啊，没有以后了。

画家说，走吧。

李娜说，但我的脚完全僵掉了。

画家说，我背你。

李娜说，我不是小孩子了。

画家说，我虽然老了，但可以试一试。

他慢慢蹲下来，背脊向前倾斜。他的右手仍旧插在裤兜里，左手绕过肩膀拍了拍自己的背。李娜走上前，将她的身体放在他的背上。

画家缓缓起身的时候，李娜搂住了他的脖子，他的左手往后，托住她的腿。在浓雾里，他们缓缓前行。

画家的右脚没有鞋子，走起路来晃得厉害。

重么，李娜问他。

他说，不重。

她就把头靠在他的颈窝，那里暖洋洋的，她用脸颊蹭了蹭，脸上细小的湿润的绒毛也暖和了起来。

我有点困了，李娜说。

困了就睡一会儿，画家说。

不行，李娜说，我的脑子太乱了。

画家说，闭上眼睛试试。

她就闭上眼睛。

她感觉到他的背脊宽阔起来，宽阔到她的整个身体都被容纳，像是帆船漂浮在广阔而平静的海面。浓雾笼罩着他们，湿润浸染着她身上的每一根汗毛。她却觉得温暖，回到生命之始漂浮于承托一切的羊水之中那样的温暖。温暖而安全。

她在他广阔而温暖的脊背上漂浮，漂浮了很久，她听到有人在远处说话，声音越来越近，直至到达她的耳边。

猜猜看，是儿子还是女儿，那是一个女人的声音。

女儿，一个男人说。

小家伙又踢我了，女人说。男人说，蛮好，以后是个活泼的姑娘。女人说，还是文静一点好。男人说，那就让她学画画。女人说，舞蹈也要学。男人说，行。女人说，还有钢琴。男人说，太多了。女人说，不多，什么都学一点很好。男人说，好好长大就够了。女人说，你说她会长成什么样。男人说，长得像阿诗玛一样漂亮。女人说，不行，阿诗玛最后变成了石头。男人说，那就长成花，长成孔雀草，想怎么长就怎么长。女人说，行，那就孔雀草，让她自由地长。你要好好长大呀我的女儿。男人说，好好长大呀我们的女儿。

　　李娜睁开眼睛，画家的颈窝积起了一汪小小的潭水。她的睫毛沾染着潭水，看见他的背脊已经弯曲得不成样子。

　　放我下来吧，李娜说。

　　画家说，还有一段路。

　　李娜自己松开了搂着画家脖子的手，身体从他的左手滑落。她的脚落在地面，寒意穿透她的脚心。这时李娜才发现，原来自己一直没有穿鞋子。

　　她离开他的背，离开那片早已湿润的脊背和那汪小小的潭水。

　　画家往前走了几步，转身看她。

　　不要回头，画家说，雾大。

　　李娜说，好。

　　然后他们沉默着，一前一后地，在夜间的浓雾里穿行。

李娜感到自己的脚渐渐与脚下的土地相连，大地吮吸着她的脚掌，紧扣她每一根脚趾。她的脚掌渐渐与大地相融，融到她快要感觉不到它们存在的时候，画家回过头，他深陷的眼眶看着她。他说，我们到了。

这时李娜看见了在雾中显现的寺庙窄窄的门，它们已经破旧得不成样子。牌匾歪斜地挂在门上，左下方缺了一个角，缺角处的木刺密密麻麻，像画家脸上密密的胡茬。

他们跨过门槛，走进寺庙，雾气留在了他们身后。月亮在他们头顶挂着，院子里清澈而宁静，每一处都清晰可见，每一寸都沾染着温柔而晶莹的夜色。潭水上的小龙仍旧盘踞在大理石的护栏上，朝他们吐着信子，借着月光看过去，它的眼珠似乎动了动。

他们绕过潭水，朝右走去，走到厢房前。

"惠此南国"的牌匾已经不见了，门框上挂过牌匾的钉子洞还隐隐可见，还有牌匾和门框曾经摩擦和相互依靠留下的印痕。一层厚厚的蜘蛛网挂在门框的拐角处。

月光漏过蜘蛛网，跟着他们走进房间。

画家走到那面破旧的大鼓面前，鼓面已经破裂，鼓皮垂向地面。他弯下腰，将他的左手从鼓面的裂缝伸进大鼓的腹部，他掏出一支蜡烛。然后是一支画笔，再接着，是一桶干涸的墨汁。

他的左手提着墨桶，往前走，走到壁画面前，走到右侧的空白面前。

蜡烛点亮，观音露出的脚趾和脚下的几片海浪在他们眼前显现。

画家转身，将蜡烛递给李娜，然后掀开他的外衣，掏出酒瓶，用牙齿拧开瓶盖。酒灌进了干涸的墨桶，在暗夜里发出咕噜咕噜的响声。他仰头深深地喝了一口酒，酒从他的嘴角流下来，湿透了整个衣领。他在地上缓缓坐下。他的上身板直，双肩往后扩。

李娜知道他要做什么了。

她举起蜡烛，看见画家的左手握住右臂，将它从裤兜里缓缓抽出来。

他的右手开始在烛光前颤动，影子印在墙上，像不停扇动着翅膀的飞蛾。接着是小臂，然后整条手臂，它们颤动着，在墙上留下一片颤动的黑色阴影。

他低头，用左手捡起地上的画笔，放进他右手拇指和食指的缝隙里，他的手指加速颤动着，画笔掉了下去。他再次捡起来，放进缝隙，画笔又掉了下去。第三次，第四次。

汗珠渗出他的脖颈，一滴一滴，和熔化的蜡烛一起，不间断地落向地面，在寂静的深夜发出一声接一声的清脆响声。

不知到了第几次，画家的画笔终于不再从他手指的缝隙中掉落。这时熔化的蜡烛已经覆盖了李娜的手背，它们在她的虎口堆积成一片红色的半透明的山峦，在山峦的周围，一粒粒细小而透明的水泡鼓了起来，像是环绕山峦而新生的小小山丘。

画家握笔的手还在颤抖。他把左手抬起来，然后放下，紧紧握住他的右臂，在颤抖稍微减缓的一刻，画笔在那片空白上面艰难地落下去。那是海浪的边缘。

当画家的右臂带动左手也一起再次颤动起来的时候，李娜走过去，在他面前蹲下，用她的右手握住画家颤动的小臂。画家手臂上的汗水顺着她的虎口渗进手掌，颤动也渗进她的手掌，然后是她的手臂。最后她的整个身体都在微微地发颤。

闪电起来了，屋子顷刻间被光点亮，吞没了蜡烛微弱的光。

他们背对着那片白昼，谁也没有回头。

画家说，握紧了。

李娜松开手里的蜡烛，它跌落在地面，浇灌出一片红色的印迹，然后熄灭。她空出的左手绕过他的肩膀，握紧他手臂的瞬间，雷声响彻天际。她感到大地也在微微地颤动。

三只手一同握紧的画家的右臂，它颤抖着，在墙上按下重重的一笔。雷声再次响起，在天上撕裂出一个巨大的口子，暴雨顺着口子贯入大地，贯入他们脚下。

画家的画笔紧紧按在海浪上，他整个身子开始剧烈地颤抖。

闪电熄灭而重归黑暗的瞬间，右侧的墙底突然亮起一丝光亮，它穿透了墙壁，穿透那朵孤单的海浪，开始在他们眼前闪烁。

灯塔，李娜说，灯塔亮了。

她松开画家的手，跪立在灯塔面前，海浪仍旧淹没着它。但是光在闪烁。

她用指甲抠着那片海浪，墙壁一点一点脱落，她的指甲里渗满了血。

光没有熄灭。

雷声再次响起，天上的口子拉得更大，雨淹没了她的腰际。

画家的身子扑倒在墙壁，墙壁跟随着他的身子轻轻晃动。他的画笔仍旧握在手里，落在那片海浪之上。

他重重地喘息，来得及，他说。

李娜加快了速度，在那片海出现之前，她要找到灯塔。那座红色的灯塔。

她的十指染满了鲜血，红色浸透着墙壁。光还在闪烁。

画家虚弱地发出一声沉闷的嘶吼，然后他的身子立了起来。画笔在他手中颤动着。在如注暴雨的巨响中，她却清晰地听见了他咬紧牙齿，牙床挤压而破裂的声音。他的画笔重新开始划动，一笔，两笔。海浪卷了起来。

他再次在墙壁瘫倒，这次没再立起来。他的手臂剧烈地抖动着，缓缓离开墙壁，画笔顺着他手指的缝隙跌落下去。笔落下去，发出咕咚地沉入水底的响声。

李娜的十指渐渐失去知觉，眼前已是一片被浸染的鲜红。

然后，那点光亮在鲜红之下开始加速闪烁，它穿透墙壁，穿透海浪，然后穿透了她眼前的黑暗，发出一片刺目的光芒。

她闭上了眼睛，感觉到水正没过她的胸口。

然后她听见了海浪的声音。

她睁开双眼。墙壁上的观音消失了，壁画深处卷起一片巨大的漩涡，它席卷着海水，卷起那片孤单的海浪，朝她袭来。海水灌进了她的鼻子和喉咙。

墙壁上浸染的她的鲜血消失了，鲜血下的光亮开始后退，再后退，墙壁消失了。画家，她回身寻找画家。这时远处的大地消失了，月亮消失了，接着，天空也消失了。

无垠的海面在她眼前出现。

在短暂的平息中，它显得广阔而深沉，广阔得连夜空也一并容纳。远处的夜空和海面衔接，她抬头，同样灰蓝阴暗的夜空如同海面的一层倒影，倒映着海面的浪花和暂时的安宁。

风吹了过来。还未蓄积起力量的海风轻柔地拂过广阔的海面，拂过倒映海面的夜空。然后，夜空晦暗的阴霾渐渐消散，点点星光开始闪烁，越来越多，直至繁星挂满了整面夜空。

没有月亮。

她意识到，那不是夜空的繁星，那是夜空倒映着的海面。她于是低头，看向海面，这时海面已经漂浮起星星点点的光亮，它们将灰蓝阴暗的海面变得几乎通明。但这些光亮并没有依托，它们只是亮着，却不知从何而来。

她随着海面漂浮，随着海面上星星点点的光亮漂浮，缓缓摇晃。

在遥远的夜空与海面相接的地方，突然闪烁起一阵巨大的光亮，它照耀着远处海面，海面开始搅动，先是一个小小的圆点，然后圆点扩大，直至形成一个巨大的漩涡。它搅动着海水，然后升腾，席卷着海上星星点点的光亮，然后瞬间吞噬了它们，紧接着，漩涡扩大，更高地升腾，再次吞噬更前方的光亮，直至整片海面都掉进那片巨大的漩涡。广阔无垠的海面，不，广阔无垠的漩涡剧烈地晃动着，倒映着海面的夜空也在晃动，光亮一层接一层地消失，直到整片海面重新归于晦暗。

在还未全然意识到发生了什么的时候，她已经掉入了那片漩涡，和广阔的海面，和倒映着海面的夜空，和星星点点的灯光一起，掉入那片漩涡。她朝着海底，朝着漩涡初始的地方下坠。她突然想起了那个梦境。想起画家拉着她从山上跳入海面，他们跟月亮一起沉到海底，他消失在她眼前，然后，她也消失了。

她想，这是一种预示。就像在她用镰刀割断陈巍喉咙之前梦见爸爸问她镰刀和锄头哪个更锋利一些的梦境一样，它们都是预示。她早该知道，她在消失，在缓慢地消失。

她伸开她的双手，她的身体，让它和漩涡相融，让它在消失之时能更为舒适地舒展，让它在消失之时开始自由地生长，长成花，长成孔雀草，想怎么长就怎么长。

然后，她睁开了眼睛，再也没有海水能够灌入她的眼眶，她比任何时候都更加清晰地看到围绕着她的一切。看见她的皮肤，她的血管，她血液奔涌的地方。看见山，看见湖，看见坝子里星星点点的灯光，它们像是夜晚漂浮在海面的船只。看见刀口最初划过陈巍脖子时渗出的一粒接一粒的红色血珠，它们互相融合，直至融为一条奔涌的血流河。看见漩涡的中央亮起的光束，光束沿着漩涡朝上。看见爸爸从那支光束里浮起来，他向她招招手，手腕上被绳子勒出的血痕仍旧醒目。他的嘴唇颤动着，但她听不见他在说什么。她感到困了，她从没这么困过。她似乎听见画家说，困了就睡一会儿。闭上眼睛试试。

她闭上眼睛，做了一个长长的梦，梦见自己站在巨大的空白和苍茫之中，弯腰捡起自己掉落在地上的手指，手掌，手臂。她的骨头，她的双脚。然后她醒了过来。她靠在大理石的护栏上，潭底堆叠的硬币闪着亮晶晶的光。护栏上挂着那条石雕的小龙，它瞪着滚圆的眼珠看她，额头上有一丝血迹。

珊瑚和海葵飘在空中，银色的鳕鱼和红色的鮟鱇从她的头顶游过。她伸开紧握的手掌，一片坚硬的大理石的龙鳞躺在她的手心。

她站起身来，回头，脚下是广阔的山谷，一盏接一盏的灯火亮了起来。

她看见画家就坐在山谷边的那块大石头上，石头旁有一棵巨大的松树。他背对着她，上身板直，双肩往后扩，右肩比左肩低一寸，脖子伸出衣领，半仰着向前。

李娜在他旁边坐下来。

他的右手从裤兜里伸出来，递给她一支烟。一群水母吐着泡泡从他们的眼前游过。

这是什么地方，她问他。

猜猜看，画家说。应该是海底，李娜说，看见了腔吻鳕。画家没说话。李娜接过烟，说，海底能抽烟吗? 画家笑了笑，说，你试试。李娜点燃了她的烟，烟雾随着海水飘散，像空气一样。

你怎么在这里，李娜说，我刚才一直在找你。

画家说，我在这儿等你呢。

一直在等吗，李娜说。

画家点点头。

李娜指了指山谷里星星点点的灯光，问他，你说，这些灯光像不像夜晚漂浮在海面的船只。画家点点头。李娜说，不对，它们是在海底的船只。还是不对，它们是海底的村镇，光点分散的地方是村落，光点集中的便是城镇。

月亮挂在山谷的中央。

李娜意识到，那片广阔海面上亮着的无所依托的灯光，它们不过是海底的倒影，而那片天空，是倒影的倒影。

现在我们可以去找你的女儿了，李娜说。

画家没有说话。

你说，她会不会在灯塔下等我们。李娜说。

灯塔，李娜开始寻找灯塔。然后一仰头，就看见对面山顶上架着红色灯塔，塔顶亮着微弱的黄色的光。

走吧，李娜说，我们到灯塔去。

画家没有说话。

现在几点了，李娜问画家。

画家看着前方的灯塔，说，快五点了，公鸡刚打第三次鸣。

李娜说，我三十岁了。

画家说，生日快乐。

李娜说，谢谢。我们去灯塔吧。去找你的女儿。

画家说，暴雨快要来了。

李娜说，什么？

暴雨要来了，画家说，你的镰刀放在了哪里？

李娜说，什么？

画家说，杀人的镰刀。你放在了哪里？

李娜说，床底下。不，卫生间的浴缸里。

画家说，换下来的衣服也在吗？

李娜说，在，都在浴缸里。

画家点点头。又说，你的车钥匙呢？

李娜说，在包里，第一个隔层的口袋里。她看了看自己，又说，包放在了车上，车窗还开着。

画家又点点头。

李娜说，你问这些做什么？

画家说，还来得及。

李娜说，什么？

画家说，还来得及。来得及七点之前赶过去。

李娜说，你在说什么？

画家说，你知道怎么去灯塔吗？

李娜说，知道。穿过村子，绕两座山，就能到对面。但是你要做什么？

画家说，接下来的路你要自己走了。

李娜说，你到底要做什么？你女儿还在等你。她一直在等你。

画家说，我知道。

李娜说，别再丢下她，好吗？

他回头。他看着她。漩涡中央的那束光又出现了，光从他湿润的睫毛漏下来，为他的深陷的眼窝刻上了一丝奇异的金色的光。

她说，别再丢下我，好吗？

他笑了笑，平静的潭水般的眼睛泛起了海浪。

暴雨要来了，他说。

这时山谷的中央，挂着月亮的地方闪烁起一阵光亮。先是一个小小的圆点，然后渐渐扩大。是那片漩涡，它又出现了。它从山谷升起来，席卷着灯光，一层又一层，直到将它们一一吞噬。

她拉住他的胳膊，叫喊着，风暴来了，快一点，我们赶去灯塔。

他避开了她，她扑倒在地，差点跌下山谷的时候，她抱住了石头旁巨大的松树。

漩涡裹挟的风暴朝他们袭来，山谷瞬间消失在巨大的风暴里。她感到身体在剧烈地晃动。画家破旧的夹克随着风剧烈地飘扬。他回头，抬起他的右手，他的手指和手臂已经不再颤抖，他握着的拳头面对着她，像一面厚厚的墙壁。

他往崖边走了走，然后松开他的手掌，一片红色的毛绒花飘了起来。

他的嘴巴张合，她听不清他在说什么。

她伸出她的左手，抓住那片飘过来的毛绒花，它还湿漉漉的。风将她的身体吹到半空。她收回手，握紧她的拳头，再次抱紧那棵巨大的松树。

她感觉到身下的巨石动了动，然后看见巨石和松树的夹缝中，有一只黄色的塑料凉鞋。

她抬起头。画家的身子倾向山谷。

不要，她说。

他纵身跃入了那片风暴。没有回头。

承接他身体的那片巨大漩涡翻涌起一阵巨大的波浪，他飘扬的衣角终于在波浪中隐没的时候，漩涡开始渐渐平息。

山谷中灌满了幽深暗蓝的海水，月亮从谷底漂浮起来，将海水渐渐照亮。光亮还在继续，吞没群山，吞没山顶的灯塔，直到她周围的一切明亮得如同白昼，不，如同午后一样。

海水涌了上来。它们淹没了她。

她在海水中漂浮，冰冷的海水包裹着她，四周一片明亮。她感到自己正在上浮，海水托举着她，像一具温暖的胸膛，她在那片胸膛之中摇晃，直至重新浮出海面。

海面平静，倒映着海面的天空明亮而悠远。她浮在海面上，看见前方漂浮的红色灯塔，它正闪烁着微弱的光亮。灯塔下的海面，漂浮着群山的倒影，群山往下，是重归平静而后亮起点点星光的山谷。它们穿透海水，在海面上投下点点亮光，亮光再映向天空，消失在天空与海面的衔接处。

这时她想起了画家跃入风暴前嘴巴的张合，她学着他嘴巴开合的角度，重复他的话语：我们在巨大的虚幻里。

那片广阔海面上亮着的无所依托的灯光，不过是海底的倒影，那片天空，是倒影的倒影。而海底，不过是这世间的幻象。我们漂浮在巨大的虚幻之中。

画家说，我们在巨大的虚幻里。他铁锈般的声音响了起来。他说，不要回头。

她在海上漂浮，手里紧握着她的毛绒花，朝着虚幻的灯塔前行。当她抬头环视四周，看见自己置身于午后般的海面，它如此广阔而安宁，它曾吞噬一切，而现在，它风平浪静。

图书在版编目（CIP）数据

最小的海 / 叶昕昀著 . -- 北京：新星出版社 , 2023.9（2024.3 重印 ）
ISBN 978-7-5133-5291-8

Ⅰ . ①最… Ⅱ . ①叶… Ⅲ . ①短篇小说 - 小说集 - 中
国 - 当代 Ⅳ . ① I247.7

中国国家版本馆 CIP 数据核字 (2023) 第 154952 号

最小的海

叶昕昀 著

责任编辑	汪 欣	**特约编辑**	曹 原	白 雪
营销编辑	李琼琼 刘治禹	**装帧设计**	韩 笑	
责任印制	李珊珊 史广宜	**内文制作**	田小波	

出 版 人 马汝军

出　　版 新星出版社

（北京市西城区车公庄大街丙3号楼8001　100044 ）

发　　行 新经典发行有限公司

电话（010）68423599　邮箱 editor@readinglife.com

网　　址 www.newstarpress.com

法律顾问 北京市岳成律师事务所

印　　刷 河北鹏润印刷有限公司

开　　本 850mm×1168mm　1/32

印　　张 9

字　　数 170 千字

版　　次 2023 年 9 月第 1 版　2024 年 3 月第 4 次印刷

书　　号 ISBN 978-7-5133-5291-8

定　　价 49.00 元